LA MALDICIÓN DEL
GANADOR

LA MALDICIÓN DEL GANADOR

TRILOGÍA DEL GANADOR: LIBRO UNO

MARIE RUTKOSKI

Plataforma
Editorial

Round Lake Area Library
906 Hart Road
Round Lake, IL 60073
(847)546-7060

Título original: *The Winner's Curse*, publicado en inglés, en 2014, por Farrar Straus Giroux Books for Young Readers, Nueva York

Published by arrangement with Charlotte Sheedy Literary Agency through International Editors Co., S. L. Spain. All rights reserved

Primera edición en esta colección: octubre de 2015

© 2014 by Marie Rutkoski
© de la traducción, Aida Candelario, 2015
© de la presente edición, Plataforma Editorial, 2015

Plataforma Editorial
c/ Muntaner, 269, entlo. 1ª – 08021 Barcelona
Tel.: (+34) 93 494 79 99 – Fax: (+34) 93 419 23 14
www.plataformaeditorial.com
info@plataformaeditorial.com

Depósito legal: B. 23.619-2015
ISBN: 978-84-16429-70-7
IBIC:YF

Printed in Spain – Impreso en España

Diseño de cubierta:
Elizabeth H. Clark

Realización de cubierta:
Ariadna Oliver

Fotocomposición:
Grafime

El papel que se ha utilizado para imprimir este libro proviene
de explotaciones forestales controladas, donde se respetan
los valores ecológicos y sociales y el desarrollo sostenible del bosque.

Impresión:
Liberdúplex
Sant Llorenç d'Hortons (Barcelona)

Reservados todos los derechos. Quedan rigurosamente prohibidas,
sin la autorización escrita de los titulares del *copyright*, bajo las sanciones establecidas
en las leyes, la reproducción total o parcial de esta obra por cualquier medio o procedimiento,
comprendidos la reprografía y el tratamiento informático, y la distribución de ejemplares
de ella mediante alquiler o préstamo públicos. Si necesita fotocopiar o reproducir
algún fragmento de esta obra, diríjase al editor o a CEDRO (www.cedro.org).

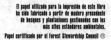

El papel utilizado para la impresión de este libro
ha sido fabricado a partir de madera procedente
de bosques y plantaciones gestionados con los
más altos estándares ambientales.
Papel certificado por el Forest Stewardship Council ®

MIXTO
Papel procedente de
fuentes responsables
FSC® C109440

Una vez más, para Thomas

NO DEBERÍA HABER CAÍDO EN LA TENTACIÓN. ESO fue lo que pensó Kestrel mientras recogía las monedas de los marineros de la mesa de juego improvisada que habían montado en un rincón del mercado.

—No os vayáis —dijo un marinero.

—Quedaos —añadió otro.

Pero Kestrel cerró su monedero de terciopelo y se lo colgó de la muñeca. El sol había descendido y teñía todo de un tono caramelo, lo que significaba que había estado jugando a las cartas el tiempo suficiente como para llamar la atención de ciertas personas.

Personas que se lo contarían a su padre.

Las cartas ni siquiera eran su juego favorito. Aquellas monedas no alcanzarían ni remotamente para pagar su vestido de seda, que se le había enganchado en el cajón astillado que había usado para sentarse. Pero los marineros eran mucho mejores adversarios que la mayoría de los aristócratas. Volvían las cartas con expresiones feroces, soltaban palabrotas cuando perdían, y también cuando ganaban, serían capaces de sacarle hasta la última clave de plata a un amigo. Y hacían trampas. Kestrel se divertía más cuando hacían trampas. Así no le resultaba tan fácil ganarles.

Sonrió y se alejó. Pero entonces se le borró la sonrisa. Tendría que pagar por esa hora de riesgo y emoción. Su padre no se pondría furioso por el hecho de que hubiera estado jugando ni por la gente con la que se había mezclado. No, el general Trajan iba a querer saber por qué su hija estaba sola en el mercado de la ciudad.

Otras personas también se preguntaban lo mismo. Podía verlo en sus ojos mientras caminaba entre los puestos que ofrecían sacos abiertos de especias, cuyos aromas se mezclaban con el aire salado que llegaba del puerto cercano. Kestrel se imaginó las palabras que la gente no se atrevía a susurrar a su paso. Por supuesto que nadie hablaba. Sabían quién era. Y ella sabía qué dirían.

¿Dónde estaba el acompañante de lady Kestrel?

Si no disponía de un amigo o un pariente que pudiera acompañarla al mercado, ¿por qué no había llevado a un esclavo?

Bueno, en cuanto a los esclavos, los había dejado en la villa. No los necesitaba.

En lo que respecta al paradero de su acompañante, Kestrel se estaba preguntando lo mismo.

Jess se había alejado para echarles un vistazo a las mercancías. La había visto por última vez moviéndose entre los puestos como una abeja embriagada de polen. Su cabello rubio claro resultaba casi blanco bajo el sol estival. Técnicamente, Jess podía meterse en tantos problemas como Kestrel. No estaba permitido que una joven valoriana que no formara parte del ejército saliera sola a la calle. Sin embargo, los padres de Jess la adoraban, y su definición de disciplina distaba mucho de la del general de mayor rango del ejército valoriano.

Kestrel recorrió los puestos con la mirada en busca de su amiga y al fin entrevió un destello de cabello rubio trenzado a la última moda. Jess estaba hablando con una vendedora de joyas que sostenía en alto unos pendientes. Los colgantes en forma de translúcidas gotas doradas reflejaban la luz.

Kestrel se acercó.

—Topacios —le estaba diciendo la anciana a Jess—. Para iluminar vuestros hermosos ojos castaños. Solo diez claves.

La vendedora apretaba la boca en un gesto adusto. Kestrel contempló los ojos grises de la mujer y notó que su piel arrugada se había oscurecido tras pasar años trabajando al aire libre. Era herraní, aunque la marca que llevaba en la muñeca demostraba que era libre. Se preguntó cómo habría obtenido la libertad. Era poco frecuente que un amo liberase a un esclavo.

Jess levantó la mirada.

—¡Oh, Kestrel! —exclamó—. ¿A que estos pendientes son una preciosidad?

Tal vez, si el peso de las monedas que llevaba en el bolso no le hubiese tirado de la muñeca, no habría dicho nada. Tal vez, si no hubiera sentido ese mismo peso llenándole el corazón de temor, Kestrel se habría parado a pensar antes de hablar. Sin embargo, soltó la evidente verdad.

—No son topacios. Solo son cristales.

Se produjo una repentina burbuja de silencio. Se fue expandiendo, volviéndose más fina y transparente. A su alrededor, la gente estaba escuchando. Los pendientes se agitaron en el aire.

Porque los huesudos dedos de la vendedora temblaban.

Porque Kestrel acababa de acusarla de intentar estafar a una valoriana.

¿Y qué pasaría luego? ¿Qué le ocurriría a cualquier herraní en la misma situación que esa mujer? ¿Qué presenciaría la multitud?

Un oficial de la guardia de la ciudad llegaría al lugar de los hechos. Una súplica de inocencia sería ignorada. Unas manos ancianas acabarían atadas al poste de castigo. Los latigazos no cesarían hasta que la sangre oscureciera el suelo de tierra del mercado.

—Déjame ver —ordenó Kestrel con voz arrogante, porque se le daba muy bien mostrarse arrogante. Tomó los pendientes y fingió examinarlos—. Vaya. Parece que me he equivocado. Sí que son topacios.

—Quedáoslos —susurró la anciana.

—No somos pobres. No necesitamos que alguien de tu calaña nos haga un regalo.

Kestrel depositó unas monedas en la mesa de la mujer. La burbuja de silencio estalló y los compradores volvieron a conversar de cualquier artículo del que se hubieran encaprichado.

Kestrel le entregó los pendientes a Jess y se la llevó de allí.

Mientras caminaban, Jess estudió un pendiente, haciéndolo oscilar como si fuera una diminuta campanilla.

—¿Así que son auténticos?

—No.

—¿Cómo lo sabes?

—Son completamente nítidos —contestó Kestrel—. Sin imperfecciones. Diez claves era un precio demasiado barato por topacios de esa calidad.

Jess podría haber comentado que diez claves era un precio demasiado caro por unos cristales. Pero dijo únicamente:

—Los herraníes dirían que el dios de las mentiras debe amarte, porque ves las cosas con total claridad.

Kestrel recordó los acongojados ojos grises de la mujer.

—Los herraníes cuentan demasiadas historias.

Habían sido soñadores. El padre de Kestrel siempre decía que por ese motivo había resultado fácil conquistarlos.

—A todo el mundo le gustan las historias —repuso Jess.

Kestrel se detuvo para coger los pendientes y colocárselos en las orejas a su amiga.

—En ese caso, póntelos en la próxima cena de la alta sociedad. Dile a todo el mundo que te costaron una suma exorbitante y creerán que son joyas auténticas. ¿No es eso lo que consiguen las historias, que lo real sea falso y lo falso, real?

Jess sonrió mientras movía la cabeza de un lado a otro para que los pendientes destellaran.

—Bueno, ¿estoy guapa?

—No seas tonta. Ya sabes que sí.

Jess se situó en cabeza, dejando atrás una mesa con cuencos de bronce que contenían tinte en polvo.

—Ahora me toca a mí comprarte algo —anunció.

—Ya tengo todo lo que necesito.

—¡Hablas como una vieja! Cualquiera diría que tienes setenta años en lugar de diecisiete.

Ahora la multitud era más densa. Por todas partes se veían los rasgos dorados de los valorianos, cuyo pelo, piel y ojos iban de los tonos miel al marrón claro. Las cabezas oscuras que asomaban de vez en cuando pertenecían a esclavos domésticos bien vestidos que habían ido con sus amos y permanecían a su lado.

—No pongas esa cara de preocupación —dijo Jess—. Ven, voy a encontrar algo que te haga feliz. ¿Un brazalete?

Pero eso hizo que Kestrel se acordara de la vendedora de joyas.

—Deberíamos volver a casa.

—¿Partituras?

Kestrel vaciló.

—¡Ajá! —exclamó Jess. Agarró a su amiga de la mano—. No te sueltes.

Se trataba de un viejo juego. Kestrel cerró los ojos y dejó que la risueña Jess la arrastrara a ciegas. Y entonces ella también se echó a reír, como años atrás, cuando se conocieron.

El general se había hartado de la tristeza de su hija.

—Tu madre murió hace medio año —le había dicho—. Ya ha pasado tiempo suficiente.

Al final, había hecho que un senador de una villa cercana trajera de visita a su hija, que también tenía ocho años. Los hombres entraron en la casa. A las niñas les dijeron que se quedaran fuera.

—Jugad —les había ordenado el general.

Jess se había puesto a parlotear mientras Kestrel la ignoraba. Al rato, Jess se calló.

—Cierra los ojos —le dijo.

Movida por la curiosidad, Kestrel obedeció.

Jess la agarró de la mano.

—¡No te sueltes!

Echaron a correr por la propiedad cubierta de césped del general, resbalando y tropezando y riendo.

Ahora era igual, salvo por el agolpamiento de gente que las rodeaba.

Jess redujo la velocidad. Luego se detuvo y dijo:

—Oh, oh.

Kestrel abrió los ojos.

Las chicas habían llegado a una barrera de madera de aproximadamente un metro de alto y que daba a un foso.

—¿Me has traído aquí?

—No ha sido a propósito —respondió Jess—. Me ha distraído el sombrero de una mujer. ¿Sabías que los sombreros están de moda? Me he puesto a seguirla para verlo mejor y…

—Y nos has traído al mercado de esclavos.

La multitud se había solidificado tras ellas creando una bulliciosa barrera cargada de nerviosismo y anticipación. Habría una subasta pronto.

Kestrel retrocedió un paso y oyó una palabrota ahogada cuando su tacón se encontró con los pies de alguien.

—No vamos a poder salir de aquí —opinó Jess—. Será mejor que nos quedemos hasta que acabe la subasta.

Cientos de valorianos se habían congregado delante de la barrera, que se curvaba formando un amplio semicírculo. Todas las personas que componían la multitud vestían ropas hechas de seda y llevaban una daga atada a la cadera, aunque en algunos casos (como en el de Jess) se trataba más bien de un juguete decorativo que de un arma.

Abajo, el foso estaba vacío, salvo por una gran plataforma de madera para la subasta.

—Al menos vamos a poder verlo bien —comentó Jess encogiéndose de hombros.

Kestrel sabía que Jess comprendía por qué había afirmado en voz alta que los pendientes de cristal eran topacios. Jess entendía por qué los había comprado. Pero su encogimiento de hombros le recordó a Kestrel que había ciertas cosas sobre las que no podían debatir.

—Ah —dijo una mujer de mentón puntiagudo al lado de Kestrel—. Por fin.

Centró la mirada en el foso y en el hombre bajo y fornido que se dirigía al centro. Era un herraní, con el típico pelo negro de todos los herraníes, aunque su piel pálida denotaba una vida fácil, sin duda debido al mismo favoritismo que le había proporcionado ese trabajo. Se trataba de alguien que había aprendido cómo complacer a sus conquistadores valorianos.

El subastador se colocó delante de la plataforma.

—¡Enséñanos primero una chica! —exclamó la mujer situada al lado de Kestrel empleando una voz alta y, a la misma vez, lánguida.

Numerosas voces empezaron a hablar a la vez, pidiendo lo que cada uno quería ver. A Kestrel le costaba respirar.

—¡Una chica! —gritó la mujer del mentón puntiagudo, esta vez más fuerte.

El subastador, que había estado deslizando las manos hacia él como si reuniera las exclamaciones y el entusiasmo, se detuvo cuando el grito de la mujer destacó entre la algarabía. La miró, y luego a Kestrel. Un destello de sorpresa pareció reflejarse en su rostro. Kestrel supuso que solo habrían sido imaginaciones suyas, porque la mirada del hombre pasó a Jess y después trazó un semicírculo completo abarcando a todos los valorianos que se apoyaban contra la barrera, rodeándolo desde lo alto.

Levantó una mano y se hizo el silencio.

—Os he traído algo muy especial.

La acústica del foso amplificaba hasta el más leve susurro y el subastador dominaba su oficio. Su voz suave hizo que todos se inclinaran hacia delante, atentos.

Realizó un gesto con la mano en dirección a la pequeña y baja estructura abierta, aunque techada y sombría, situada en la parte posterior del foso. Agitó los dedos una vez, luego dos, y algo se movió en el redil.

Apareció un joven.

La multitud murmuró. El desconcierto aumentó a medida que el esclavo recorría lentamente la arena amarilla y se subía a la plataforma de subasta.

Aquello no era nada especial.

—Diecinueve años y en buenas condiciones. —El subastador le dio una palmada al esclavo en la espalda—. Sería perfecto para el servicio doméstico.

La multitud se echó a reír. Los valorianos se dieron codacitos unos a otros y elogiaron al subastador. Aquel hombre sabía entretener a su público.

El esclavo tenía mala pinta. A Kestrel le pareció un bruto. Un intenso cardenal en la mejilla del esclavo indicaba que se había peleado y auguraba que resultaría difícil controlarlo. Sus brazos desnudos eran musculosos, lo que seguramente no hiciera más que confirmar la opinión de la multitud de que sería mejor que acabara trabajando para alguien con un látigo en la mano. Quizás en otra vida podrían haberlo instruido para servir en una casa: tenía el pelo castaño lo bastante claro para agradar a algunos valorianos y, aunque Kestrel se encontraba demasiado lejos para distinguir sus facciones, su postura transmitía orgullo. No obstante, tenía la piel bronceada por trabajar al aire libre, y seguramente regresaría a ese tipo de labor. Puede que acabaran comprándolo para trabajar en los muelles o levantar paredes.

Sin embargo, el subastador continuó con la broma.

—Podría servir la mesa.

Más risas.

—O ser ayuda de cámara.

Los valorianos se llevaron las manos a los costados y agitaron los dedos, rogándole al subastador que se detuviera, que lo dejara, porque era demasiado divertido.

—Quiero irme —le dijo Kestrel a Jess, pero su amiga se hizo la sorda.

—Está bien, está bien. —El subastador sonrió de oreja a oreja—. El muchacho tiene algunas habilidades reales. Lo juro por mi honor —añadió, colocándose una mano sobre el corazón, y la multitud se rió de nuevo, pues todo el mundo sabía que los herraníes carecían de honor—. Este esclavo ha aprendido el oficio de herrero. Sería perfecto para cualquier soldado, sobre todo para un oficial con su propia guardia y armas de las que ocuparse.

Se oyó un murmullo de interés. No era habitual encontrar a un herrero herraní. Si el padre de Kestrel estuviera allí, seguramente pujaría. Su guardia siempre se estaba quejando de la calidad del trabajo del herrero de la ciudad.

—¿Qué tal si empezamos la puja? —dijo el subastador—. Cinco pilastras. ¿He oído cinco pilastras de bronce por el chico? Damas y caballeros, no podrían contratar a un herrero por tan poco.

—Cinco —gritó alguien.

—Seis.

Y la puja empezó en serio.

Era como si los cuerpos situados detrás de Kestrel fueran de piedra. No podía moverse. No podía ver las expresiones de la gente. No podía atraer la atención de Jess ni observar el cielo cegador. Decidió que esas eran las razones por las que le resultó imposible clavar la mirada en otro sitio que no fuera el esclavo.

—Venga, vamos —protestó el subastador—. Vale al menos diez.

El esclavo tensó los hombros. Y la puja continuó.

Kestrel cerró los ojos. Cuando el precio alcanzó veinticinco pilastras, Jess dijo:

—Kestrel, ¿te encuentras mal?

—Sí.

—Nos marcharemos en cuanto acabe. Ya no puede tardar.

Se produjo una pausa en la puja. Al parecer, venderían al esclavo por veinticinco pilastras, una cifra mísera, pero era lo máximo que alguien estaba dispuesto a pagar por una persona a la que el duro trabajo pronto consumiría.

—Mis queridos valorianos —anunció el subastador—. Me había olvidado de algo. ¿Estáis seguros de que no sería un buen esclavo doméstico? Porque este muchacho sabe cantar.

Kestrel abrió los ojos.

—Imaginad poder disfrutar de música durante la cena, lo fascinados que quedarían vuestros invitados. —El subastador levantó la mirada hacia el esclavo, que se erguía sobre la plataforma—. Venga. Cántales algo.

Solo entonces el esclavo cambió de posición. Fue un movimiento leve, y que reprimió con rapidez, pero Jess contuvo el aliento como si ella, al igual que Kestrel, esperara que estallase una pelea abajo en el foso.

El subastador le espetó algo entre dientes en herraní al esclavo, hablando tan rápido y bajo que Kestrel no pudo entenderlo.

El esclavo respondió en su propio idioma. Dijo en voz baja:

—No.

Tal vez no supiera nada de la acústica del foso. Tal vez no le importara ni le preocupara que todo valoriano supiera suficiente herraní para entender lo que había dicho. Daba igual. Ahora la subasta había terminado. Nadie querría quedárselo. Probablemente a esas alturas la persona que había ofrecido veinticinco pilastras estaría arrepintiéndose de pujar por alguien tan incorregible que no obedecía ni a uno de los suyos.

Pero su negativa conmovió a Kestrel. La tensa postura de los hombros del esclavo le recordó a sí misma, cuando su padre le exigía algo que no podía cumplir.

El subastador estaba furioso. Debería haber concluido la venta o al menos disimular pidiendo un precio mayor, pero simplemente se quedó allí plantado, con los puños a los costados, seguramente intentando calcular cómo podría castigar al joven antes de enviarlo al suplicio de picar piedras o al calor de la fragua.

La mano de Kestrel se movió por voluntad propia.

—¡Una clave! —exclamó.

El subastador se volvió. Buscó entre la multitud. Cuando localizó a Kestrel, una sonrisa de astuto deleite transformó su expresión.

—Ah —dijo—, aquí hay alguien que sabe reconocer una mercancía valiosa.

—Kestrel. —Jess le tiró de la manga—. ¿Qué estás haciendo?

La voz del subastador resonó:

—A la de una, a la de dos...

—¡Doce claves! —gritó un hombre que se apoyaba contra la barrera enfrente de Kestrel, al otro lado del semicírculo.

El subastador se quedó boquiabierto.

—¿Doce?

—¡Trece! —añadió otra voz.

Kestrel se estremeció para sus adentros. Si iba a pujar (¿por qué... por qué lo había hecho?), no debería haber ofrecido tanto. Todas las personas que se amontonaban alrededor del foso la miraban: la hija del general, un ave de la alta sociedad que revoloteaba pasando de una casa respetable a otra. Pensaban que...

—¡Catorce!

Pensaban que si a ella le interesaba el esclavo, debía valerlo. Que debía haber un motivo para querer hacerse con él.

—¡Quince!

Y el delicioso misterio de cuál era ese motivo hizo que las pujas continuaran incrementándose.

El esclavo estaba mirándola, y no era de extrañar, pues había sido ella la que había desencadenado esa locura. Kestrel sintió que, en su interior, algo se tambaleaba en el límite entre el destino y la elección.

Alzó la mano.

—Ofrezco veinte claves.

—Santo cielo, muchacha —comentó la mujer de mentón puntiagudo situada a su izquierda—. Dejadlo. ¿Por qué pujáis por él? ¿Porque sabe cantar? En todo caso, sabrá cantar vulgares canciones de taberna herraníes.

Kestrel no la miró, ni a Jess, aunque notó que su amiga se retorcía los dedos. La mirada de Kestrel no se apartó de la del esclavo.

—¡Veinticinco! —gritó una mujer desde atrás.

Ahora el precio era mayor de lo que Kestrel llevaba en el bolso. El subastador no cabía en sí de gozo. La puja siguió aumentando, cada voz incitaba a la siguiente, hasta que fue como si una flecha con una cuerda atada volara entre los miembros de la multitud, uniéndolos, apretujándolos por la emoción.

Kestrel dijo con voz monótona:

—Cincuenta claves.

El repentino silencio de asombro le hirió los oídos. Jess soltó una exclamación ahogada.

—¡Vendido! —gritó el subastador. En su rostro se reflejaba un júbilo incontrolable—. ¡A lady Kestrel, por cincuenta claves!

Hizo bajar al esclavo de la plataforma de un tirón, y solo entonces la mirada del joven se desprendió de la de Kestrel. Clavó la vista en la arena, con tanta intensidad como si estuviera leyendo su futuro allí, hasta que el subastador lo llevó a empujones hacia el redil.

Kestrel inhaló con dificultad. Le temblaban las rodillas. ¿Qué había hecho?

Jess la sujetó por el codo para ayudarla a mantenerse en pie.

—Sí que estás enferma.

—Y con el bolso bastante vacío, me atrevería a añadir. —La mujer de barbilla puntiaguda soltó una risita—. Parece que alguien está sufriendo la «maldición del ganador».

Kestrel se volvió hacia ella.

—¿A qué os referís?

—No soléis venir a las subastas a menudo, ¿verdad? La «maldición del ganador» es cuando tu puja resulta la ganadora, pero pagando un precio excesivo.

La multitud se estaba dispersando. El subastador estaba sacando a otra persona, pero la cuerda de emoción que ataba a los valorianos al foso se había desintegrado. El espectáculo había terminado. Ahora el camino estaba despejado y Kestrel podría marcharse, pero no era capaz de moverse.

—No lo entiendo —dijo Jess.

Ni Kestrel tampoco. ¿En qué estaba pensando? ¿Qué intentaba demostrar?

Nada, se dijo a sí misma. Le dio la espalda al foso y obligó a sus pies a dar el primer paso para alejarse de lo que había hecho.

Nada en absoluto.

LA SALA DE ESPERA DE LA CASA DE SUBASTAS ESTABA al aire libre y daba a la calle. Olía a cuerpos sin lavar. Jess se mantuvo cerca de su amiga, con la mirada clavada en la puerta de hierro situada en la pared del fondo. Kestrel se esforzó por no hacer lo mismo. Era la primera vez que estaba allí. Por lo general, la compra de esclavos domésticos era cosa de su padre o del mayordomo de la familia, que se encargaba de supervisarlos.

El subastador aguardaba junto a unas mullidas sillas colocadas para los clientes valorianos.

—Ah. —Sonrió al ver a Kestrel—. ¡La ganadora! Esperaba poder estar aquí antes de que llegarais. Abandoné el foso en cuanto pude.

—¿Siempre recibís a vuestros clientes en persona? —preguntó, sorprendida por el entusiasmo del hombre.

—A los buenos, sí.

Kestrel se preguntó cuánto se oiría a través de la diminuta ventana con barrotes de la puerta de hierro.

—En caso contrario —continuó el subastador—, dejo que mi ayudante sea la que se encargue de la transacción final. Ahora está en el foso, intentando endosarle a alguien unos gemelos. —Puso los ojos en blanco al pensar en lo difícil que era mantener a las familias juntas–. Bueno –añadió enco-giéndose de hombros–, alguien podría querer dos a juego.

Dos valorianos, un matrimonio, entraron en la sala de espera. El subastador sonrió, les ofreció un asiento y les dijo que estaría con ellos en breve. Jess le susurró al oído a Kestrel que la pareja sentada en un rincón eran amigos de sus padres y le preguntó si le importaba que se acercara a saludarlos.

–No –contestó Kestrel–, claro que no.

No podía culpar a Jess por sentirse incómoda con los crudos detalles de la compra de personas, a pesar de que este hecho formara parte de cada hora de su vida, desde el momento en que las manos de un esclavo le preparaban su baño matutino hasta que otras le destrenzaban el cabello antes de irse a la cama.

Después de que Jess se reuniera con el matrimonio, Kestrel le dirigió una mirada elocuente al subastador. Este asintió con la cabeza. Se sacó una gruesa llave del bolsillo, abrió la puerta y entró.

–Tú –le oyó decir en herraní–. Hora de irse.

Alguien se agitó dentro y el subastador regresó, seguido del esclavo.

El joven miró a Kestrel. Tenía los ojos de un tono gris claro y nítido.

La sobresaltaron. Sin embargo, debería haber esperado que un herraní tuviera los ojos de ese color. Además, supuso que el intenso moretón que tenía en la mejilla era lo que le otorgaba esa expresión tan torva. Aun así, su mirada la hizo sentirse incómoda. Entonces el esclavo bajó las pestañas. Miró al suelo y dejó que el largo pelo le ocultara el rostro. Todavía tenía un lado de la cara hinchado por la pelea, o la paliza.

Lo que lo rodeaba parecía resultarle completamente indiferente. Kestrel no existía, ni el subastador, ni siquiera él mismo.

El subastador cerró con llave la puerta de hierro.

—Bueno… —Juntó las manos dando una palmada—. Queda el pequeño detalle del pago.

Kestrel le entregó su bolso.

—Tengo veinticuatro claves.

El hombre se quedó callado un momento, vacilante.

—Veinticuatro no es lo mismo que cincuenta, mi señora.

—Enviaré a mi mayordomo con el resto más tarde.

—Ah… pero ¿y si se pierde?

—Soy la hija del general Trajan.

—Ya lo sé —contestó él con una sonrisa.

—La suma total no supone ningún problema para nosotros —continuó Kestrel—. Sencillamente decidí no llevar encima cincuenta claves hoy. Con mi palabra basta.

—Por supuesto.

El subastador no mencionó que Kestrel podría volver en otro momento a recoger su compra y pagarla en su totalidad, y Kestrel no dijo nada sobre la rabia que había visto en el rostro del hombre cuando el esclavo lo desafió ni sobre sus sospechas de que el subastador procuraría vengarse. Las probabilidades de que eso ocurriera aumentaban a cada minuto que el esclavo permaneciera allí.

Kestrel observó cómo el subastador le daba vueltas al asunto. Podía insistir en que regresara más tarde, arriesgarse a ofenderla y perder toda la suma. O podía embolsarse ahora menos de la mitad de las cincuenta claves y tal vez no obtener nunca el resto.

Pero era un tipo listo.

—¿Me permitís que os acompañe a casa con vuestra compra? Me gustaría comprobar que Herrero se instala sin problemas. Vuestro mayordomo puede hacerse cargo del pago entonces.

Kestrel le echó un vistazo al esclavo. Había parpadeado al oír aquel nombre, pero no levantó el rostro.

—De acuerdo —contestó.

Cruzó la sala de espera en dirección a Jess y le preguntó al matrimonio si podían acompañar a la chica a su casa.

—Por supuesto —respondió el marido. Kestrel recordó que se trataba del senador Nicon—. Pero ¿y vos?

Kestrel señaló con un gesto de la cabeza a los dos hombres situados a su espalda.

—Ellos me acompañarán.

Jess sabía que un subastador herraní y un esclavo rebelde no eran los acompañantes ideales. Kestrel también lo sabía, pero un destello de resentimiento ante aquella situación (una situación que ella había creado) la hizo rebelarse contra todas las normas que regían su mundo.

Jess dijo:

—¿Estás segura?

—Sí.

La pareja enarcó las cejas, pero estaba claro que habían decidido que la situación no era asunto suyo, salvo para hacer correr el chisme.

Kestrel abandonó el mercado de esclavos, con el subastador y Herrero a la zaga.

Recorrió a paso rápido los barrios que separaban esa sórdida parte de la ciudad del Distrito de los Jardines. Las calles seguían un patrón ordenado, de ángulos rectos y diseño valoriano. Aunque conocía el camino, tenía la extraña sensación de estar perdida. Hoy, todo le parecía desconocido. Al atravesar el Barrio de los Guerreros, por cuyos compactos barracones había correteado de niña, se imaginó que los soldados se alzaban contra ella.

Aunque, naturalmente, todos esos hombres y mujeres armados morirían para protegerla, y esperaban que acabara convirtiéndose en una de ellos. Lo único que tenía que hacer era obedecer los deseos de su padre y alistarse.

Cuando las calles empezaron a cambiar, a retorcerse en direcciones irracionales y curvarse como el agua, Kestrel se sintió aliviada. Los frondosos árboles formaron un verde dosel en lo alto. Pudo oír fuentes tras altos muros de piedra.

Llegó a una enorme puerta de hierro macizo. Uno de los guardias de su padre se asomó a la abertura efectuada en la puerta y abrió.

Kestrel no les dijo nada a él ni a los otros guardias, y ellos tampoco le dijeron nada. Retomó la marcha a través de los jardines, y el subastador y el esclavo la siguieron.

Había llegado a casa. No obstante, las pisadas que la seguían por el sendero empedrado le recordaron que esa no había sido siempre su casa. Esa propiedad, y todo el Distrito de los Jardines, la habían construido los herraníes, que la llamaban de otra forma cuando era suya.

Avanzó por el césped y los hombres hicieron lo mismo. La hierba amortiguó sus pasos.

Un pájaro amarillo gorjeó y revoloteó entre los árboles. Kestrel escuchó hasta que el canto se apagó. Continuó hacia la villa.

El sonido de sus sandalias sobre el suelo de mármol de la entrada resonó suavemente contra las paredes decoradas con criaturas saltarinas, flores y dioses desconocidos para ella.

Sus pisadas se fundieron con el murmullo del agua que borboteaba en un estanque poco profundo situado en el suelo.

—Bonita casa —comentó el subastador.

Kestrel se volvió hacia él bruscamente, aunque no notó amargura en su voz. Lo observó en busca de alguna señal que indicara que reconocía la casa, que la había visitado (como invitado, amigo o incluso miembro de la familia) antes de la Guerra Herraní. Pero eso era una estupidez. Las villas del Distrito de los Jardines habían pertenecido a la aristocracia herraní y, si el subastador hubiera formado parte de ella, no habría acabado ejerciendo esa labor. Se habría convertido en esclavo doméstico, puede que en tutor para niños valorianos. Si conocía la casa, sería porque le había llevado esclavos a su padre.

Vaciló antes de mirar a Herrero. Cuando lo hizo, él se negó a devolverle la mirada.

El ama de llaves se dirigió hacia ella por el largo pasillo que se extendía más allá de la fuente. Kestrel la envió a buscar al mayordomo, que debía traer veintiséis claves. Cuando el mayordomo llegó, fruncía las cejas rubias y aferraba con fuerza un pequeño cofre. Harman tensó aún más las manos al percatarse de la presencia del subastador y del esclavo.

Kestrel abrió el cofre y contó el dinero, que fue depositando en la mano extendida del subastador. El hombre se guardó las monedas y luego vació el bolso de la joven, que había llevado con él. Hizo una leve reverencia y le devolvió el bolso vacío.

—Es un placer hacer negocios con vos.

Dio media vuelta para marcharse, pero Kestrel dijo:

—Más vale que el chico no tenga marcas nuevas.

Los ojos del subastador se posaron en el esclavo y recorrieron sus harapos y sus brazos sucios y llenos de cicatrices.

—Podéis inspeccionarlo vos misma, mi señora —contestó, arrastrando las palabras.

Kestrel frunció el ceño, desconcertada ante la idea de tener que inspeccionar a cualquier persona, y mucho más a esa en particular. No obstante, antes de que pudiera formular una respuesta, el subastador ya se había marchado.

—¿Cuánto? —quiso saber Harman—. ¿Cuánto ha costado en total?

Cuando se lo dijo, el mayordomo dejó escapar un largo suspiro.

—Vuestro padre…

—Yo se lo contaré a mi padre.

—Bueno, ¿y qué se supone que debo hacer con él?

Kestrel miró al esclavo. El joven no se había movido, permanecía de pie sobre la misma baldosa negra como si siguiera sobre la plataforma de subasta. Había hecho caso omiso de toda la conversación, ignorando las palabras en valoriano que probablemente no entendiera del todo. Había levantado la mirada y observaba un ruiseñor pintado que adornaba una pared del fondo.

—Este es Herrero —le dijo Kestrel al mayordomo.

La ansiedad de Harman se alivió un poco.

—¿Un herrero?

Los amos a veces llamaban a sus esclavos según la labor que desempeñaban.

—Podría venirnos bien. Lo enviaré a la fragua.

—Aguarda. No estoy segura de si lo quiero allí. —Se dirigió a Herrero en herraní—. ¿Sabes cantar?

Entonces la miró, y Kestrel se encontró con la misma expresión que había visto en la sala de espera. Aquellos ojos grises la fulminaron con una mirada gélida.

—No.

Herrero había contestado en valoriano, sin apenas acento. Giró la cabeza y su cabello oscuro cayó hacia delante, ocultándole el rostro.

Kestrel apretó tanto los puños que se clavó las uñas en las palmas de las manos.

—Encárgate de que se bañe —le ordenó a Harman empleando un tono que esperaba que reflejara autoridad en lugar de frustración—. Y dale ropa apropiada.

Kestrel empezó a bajar por el pasillo y luego se detuvo. Las palabras escaparon de su boca:

—Y que le corten el pelo.

Sintió la fría mirada de Herrero en la espalda mientras se retiraba. Ahora ya podía identificar la expresión que había visto en los ojos del esclavo.

Desprecio.

KESTREL NO SABÍA QUÉ DECIR.

Su padre, que acababa de darse un baño después de pasar un caluroso día adiestrando soldados, se aguó la copa de vino. Les sirvieron el tercer plato: unas pequeñas gallinas rellenas de pasas condimentadas y almendras trituradas. Ella no conseguía encontrarle sabor a la comida.

—¿Has practicado? —preguntó el general.

—No.

Las grandes manos de su padre interrumpieron sus movimientos.

—Pero lo haré —añadió—. Más tarde.

Kestrel dio un sorbo de su copa y luego pasó el pulgar por la superficie del cristal. La magnífica pieza era de un tono verde opaco. Venía con la casa.

—¿Qué tal los nuevos reclutas?

—Un poco verdes, pero no están mal —contestó él encogiéndose de hombros—. Los necesitamos.

Kestrel asintió. Los valorianos siempre habían tenido que hacer frente a invasiones bárbaras en los márgenes de sus territorios y, a medida que el imperio había ido creciendo a lo largo de los últimos cinco años, los ataques se habían vuelto más frecuentes. No suponían una amenaza para la península herraní, pero el general Trajan solía adiestrar batallones para enviarlos a los confines del imperio.

Su padre pinchó una zanahoria glaseada con el tenedor. Kestrel observó el utensilio de plata, cuyos dientes resplandecían a la luz de las velas. Se trataba de un invento herraní que la cultura valoriana había asimilado hacía tanto tiempo que resultaba fácil olvidar que, en otro tiempo, comían con los dedos.

—Creía que esta tarde ibas a ir al mercado con Jess —comentó—. ¿Por qué no se ha quedado a cenar con nosotros?

—No me acompañó a casa.

Su padre dejó el tenedor sobre la mesa.

—¿Y quién te acompañó?

—Padre, hoy me he gastado cincuenta claves.

Él hizo un gesto con la mano indicando que la suma carecía de importancia. Su voz sonó engañosamente tranquila cuando le dijo:

—Si has estado caminando sola por la ciudad otra vez...

—No iba sola.

Le contó quiénes habían ido con ella y por qué.

El general se frotó la frente y cerró los ojos con fuerza.

—¿Esos fueron tus acompañantes?

—No necesito acompañante.

—Si te alistaras, claro que no.

Y ya estaban otra vez con la eterna discusión.

—No pienso hacerme soldado —sentenció Kestrel.

—Eso ya lo has dejado claro.

—Si una mujer puede luchar y morir por el imperio, ¿por qué no puede salir sola?

—Esa es la cuestión. Una mujer soldado ha demostrado su fuerza, y por eso no necesita protección.

—Yo tampoco la necesito.

El general apoyó las manos contra la mesa. Cuando una chica fue a retirar los platos, le espetó que se largara.

—Sabes perfectamente que Jess no puede proporcionarme ninguna protección.

—Las mujeres que no son soldados no van solas. Es la costumbre.

—Nuestras costumbres son absurdas. Los valorianos se jactan de poder sobrevivir sin apenas comida si fuera necesario, pero una cena de menos de siete platos es un insulto. Sé luchar, pero a menos que me haga soldado es como si los años de entrenamiento no existieran.

Su padre la miró fijamente.

—En temas militares, tu punto fuerte nunca ha sido el combate.

En otras palabras: no se le daba demasiado bien pelear.

Su padre añadió en un tono más amable:

—Tú eres una estratega.

Kestrel se encogió de hombros.

Él prosiguió:

—¿Quién sugirió que atrajera a los bárbaros dacranos a las montañas cuando atacaron la frontera oriental del imperio?

Ella solo había señalado lo obvio. Era evidente que los bárbaros dependían en exceso de la caballería. Así como el hecho de que las áridas montañas orientales privarían a los caballos de agua. El verdadero estratega era su padre. En ese mismo momento estaba poniendo en práctica una estrategia, empleando halagos para conseguir lo que quería.

—Imagina cuánto se beneficiaría el imperio si trabajaras de verdad conmigo y utilizaras ese talento para asegurar sus territorios, en lugar de echar por tierra la lógica de las costumbres que rigen nuestra sociedad.

—Nuestras costumbres son mentiras.

Los dedos de Kestrel se cerraron con fuerza alrededor del frágil pie de la copa. El general posó la mirada en la mano apretada de su hija y la rodeó con la suya. Con voz suave, pero firme, le dijo:

—No son mis normas, sino las del imperio. Lucha por él y consigue tu independencia. De lo contrario, acepta las restricciones. En cualquier caso, debes vivir según nuestras leyes. —Levantó un dedo—. Y no te quejes.

Kestrel decidió que entonces no diría nada. Apartó la mano y se levantó. Recordó cómo el esclavo había utilizado el silencio como arma. Lo habían examinado, vendido, llevado de acá para allá. Iban a lavarlo, pelarlo y vestirlo. Y él ni se había inmutado.

Kestrel sabía reconocer la fortaleza.

Igual que su padre, que la observaba entornando los castaños ojos.

La joven abandonó el comedor. Recorrió con paso airado el ala norte de la villa hasta llegar a unas puertas dobles. Las abrió de golpe y buscó a tientas una pequeña caja de plata y una lámpara de aceite. Sus dedos estaban familiarizados con ese ritual. Podía encender la lámpara a ciegas sin problemas. También podía tocar a ciegas, pero no quería arriesgarse a fallar alguna nota. Sobre todo esa noche, sobre todo cuando lo único que había hecho ese día era equivocarse y actuar con torpeza.

Rodeó el piano situado en el centro de la habitación, rozando con la palma de la mano la superficie plana y pulida. Aquel instrumento era una de las pocas cosas que su familia había llevado desde la capital. Había pertenecido a su madre.

Kestrel abrió varias cristaleras que conducían al jardín. Inhaló el aire nocturno, dejando que le inundara los pulmones. Captó aroma a jazmín. Se imaginó las florecitas abriéndose en la oscuridad; sus pétalos firmes, puntiagudos y perfectos. Volvió a pensar en el esclavo, sin saber por qué.

Observó su traicionera mano, la que se había alzado para llamar la atención del subastador.

Sacudió la cabeza. No volvería a pensar en el esclavo.

Se sentó frente a la hilera de casi un centenar de teclas blancas y negras del instrumento.

Su padre no hablaba de eso cuando le preguntó si había practicado. Él se refería a sus sesiones diarias con el capitán de la guardia. Pero ella no quería entrenar con las Agujas ni perfeccionar ninguna de esas otras habilidades que su padre consideraba que debía aprender.

Posó los dedos sobre las teclas. Apretó un poco, aunque no lo suficiente para que los martillos del interior golpearan el telar de cuerdas metálicas.

Respiró hondo y comenzó a tocar.

LA CHICA SE HABÍA OLVIDADO DE ÉL.

Transcurrieron tres días y, al parecer, la señora de la casa ya ni se acordaba de que había comprado un esclavo, que se había sumado a los otros cuarenta y ocho del general.

El esclavo no estaba seguro de si se sentía aliviado.

Los dos primeros días habían sido maravillosos. No recordaba la última vez que le habían permitido holgazanear. El baño estaba increíblemente caliente y apenas dio crédito al ver el jabón a través del vapor. Hacía años que no usaba uno que hiciera tanta espuma. Aquel olor hizo aflorar los recuerdos.

Al acabar, sentía la piel como nueva y, aunque mantuvo la cabeza rígida mientras otro esclavo herraní le cortaba el pelo, y, aunque levantaba la mano constantemente para apartarse unos mechones que habían desaparecido, durante el segundo día descubrió que no estaba tan mal. Le permitía ver el mundo con claridad.

Al tercer día, el mayordomo fue a buscarlo.

Puesto que no había recibido órdenes, se había dedicado a deambular por la propiedad. Tenía prohibido entrar en la casa, pero le bastaba con observarla desde el exterior. Contaba las numerosas ventanas y puertas. Se tumbaba en la hierba y dejaba que las cálidas briznas verdes le hicieran cosquillas en las palmas, alegrándose de no tener las manos demasiado callosas y poder sentirlo. Las paredes de color amarillo ocre de la villa relucían cuando se encendía una luz, y luego se apagaban. Hacía listados mentales de qué habitaciones de la casa quedaban a oscuras en qué momento del día. Contemplaba los naranjos. A veces, dormía.

Los otros esclavos ponían todo su empeño en ignorarlo. Al principio, le lanzaban miradas que iban del resentimiento a la confusión o a la nostalgia. Pero a él le traía sin cuidado. En cuanto lo condujeron a las dependencias de los esclavos, en un edificio casi exactamente igual que las caballerizas, comprendió cómo funcionaba la jerarquía en casa del general herraní. Él era el último.

Comía lo mismo que los demás y se encogía de hombros cada vez que le preguntaban por qué no le habían asignado una tarea. Respondía a las preguntas directas. No obstante, en su mayor parte, escuchaba.

El tercer día, estaba haciendo un mapa mental de las construcciones anexas: las dependencias de los esclavos, las caballerizas, los barracones para la guardia privada del general, la fragua, pequeños cobertizos de almacenamiento y una casita cerca del jardín. La propiedad era grande, teniendo en cuenta que todavía formaba parte de la ciudad. Se consideró afortunado de poder disponer de tantas horas libres para estudiarla.

Estaba sentado en una pequeña colina cerca del huerto, a una altura que le permitió ver al mayordomo caminando hacia él desde la villa mucho antes de que el valoriano llegara. Ese descubrimiento lo complació. Confirmaba sus sospechas: atacando de la manera adecuada, no resultaría fácil defender la casa del general Trajan. Seguramente le habrían entregado la propiedad al general porque era la más grande y lujosa de la ciudad, además del lugar ideal para alojar una guardia personal y caballos, pero las laderas cubiertas de árboles que rodeaban la casa supondrían una ventaja para una fuerza hostil. Se preguntó si, de verdad, el general no se habría dado cuenta. Aunque, claro, los valorianos no sabían lo que era que te atacaran en tu propia casa.

Interrumpió aquellos pensamientos, pues amenazaban con desenterrar el pasado. Obligó a su mente a convertirse en tierra helada: dura y árida.

Se concentró en el mayordomo, que subía por la colina resoplando. El mayordomo era uno de los pocos sirvientes valorianos, como el ama de llaves, pues sus puestos eran demasiado importantes para asignárselos a herraníes. El esclavo suponía que le pagaban bien. Desde luego, iba bien vestido, con esas telas con reflejos dorados que les gustaban a los valorianos. La brisa le agitaba el fino cabello rubio. Mientras se acercaba, iba murmurando en valoriano, y supo que él era el blanco de la irritación del otro hombre.

—Eh, tú —le dijo en herraní, con un marcado acento—. Así que ahí estás, holgazán inútil.

Recordaba que el mayordomo se llamaba Harman, pero no usó su nombre. No dijo nada, simplemente dejó que se desahogara. Le divertía oír cómo Harman destrozaba su idioma. El acento del mayordomo era ridículo y su gramática aún peor. Su única habilidad era un amplio repertorio de insultos.

—Ven —le ordenó mientras hacía un gesto con la mano para indicarle que lo siguiera.

Comprendió enseguida que lo conducía a la fragua.

Otra herraní aguardaba fuera. La reconoció, aunque solo la veía durante las comidas y por la noche. Se llamaba Lirah y trabajaba en la casa. Era guapa y más joven que él, probablemente demasiado joven para recordar la guerra.

Harman empezó a hablarle a la chica en valoriano. El esclavo intentó armarse de paciencia mientras Lirah traducía.

—Lady Kestrel tiene cosas más importantes que hacer que buscarte un puesto, así que he decidido... —se ruborizó— quiero decir que él ha decidido —señaló a Harman con la cabeza— ponerte a trabajar. Por lo general, la guardia se ocupa de reparar sus propias armas, y se contrata de tanto en tanto a un herrero valoriano de la ciudad para forjar nuevas.

El esclavo asintió. Había buenos motivos por los que los valorianos formaban a pocos herreros herraníes. Bastaba echarle un vistazo a la fragua para entenderlo. Con solo mirar las pesadas herramientas, cualquiera podía hacerse una idea de la fuerza necesaria para manipularlas.

—Vas a hacer esto de ahora en adelante —continuó Lirah—, siempre y cuando demuestres estar capacitado.

Harman interpretó su silencio como una invitación para hablar de nuevo. Lirah tradujo:

—Hoy fabricarás herraduras.

—¿Herraduras? —Eso era demasiado fácil.

Lirah le dedicó una sonrisa de comprensión. Cuando habló, lo hizo con su propia voz, no con el tono acartonado que empleaba al repetir las palabras de Harman.

—Es una prueba. Se supone que debes fabricar todas las que puedas antes de que se ponga el sol. ¿También sabes herrar un caballo?

—Sí.

Le dio la impresión de que Lirah se compadecía de él ante esa respuesta. La joven se lo comunicó al mayordomo, que contestó:

—Pues eso es lo que va a hacer mañana. Hay que errar a todos los caballos de la caballeriza. —Soltó un resoplido—. Ya veremos cómo se las apaña este animal con los otros.

Antes de la guerra, los valorianos admiraban, incluso envidiaban (sí, envidiaban) a los herraníes. Después, fue como si el hechizo se hubiera roto o hubieran lanzado uno nuevo. Al esclavo todavía le costaba creérselo. De algún modo, había empezado a usarse el término «animal». De algún modo, ahora aquella palabra lo definía a él. Esto sucedía desde hacía diez años y, sin embargo, lo redescubría cada día. La repetición debería haber mermado su efecto. No obstante, la constante punzada de sorpresa lo mortificaba. La rabia reprimida lo amargaba.

La amable expresión que Lirah había aprendido a aparentar no había abandonado su rostro ni un instante. Le señaló la carbonera, la leña y un montón de hierro en bruto y usado. El mayordomo depositó una caja de cerillas sobre el yunque. A continuación, se marcharon.

El esclavo recorrió la fragua con la mirada y consideró si debía pasar la prueba o no.

Suspiró y encendió el fuego.

Las vacaciones habían acabado. En su primer día en la fragua, fabricó más de cincuenta herraduras: las suficientes para demostrar dedicación y habilidad, pero no tantas como para llamar la atención. Al día siguiente, herró a todos los caballos, incluso a los que tenían herraduras nuevas. El mozo de cuadra le advirtió que algunos de los animales podrían resultar peligrosos, sobre todo los sementales del general, pero él no tuvo ningún problema. No obstante, se aseguró de que la tarea le llevara todo el día. Le gustaba oír los suaves relinchos de los caballos y sentir su cálido y delicado aliento. Además, las caballerizas eran un buen lugar para enterarse de noticias… o lo habrían sido si un soldado hubiera ido a ejercitar a algún caballo.

O tal vez la chica.

Se decidió que el esclavo era una buena compra. Harman admitió a regañadientes que lady Kestrel tenía buen ojo. Le entregaron varias armas para que las reparara, además de encargarle que fabricara nuevas.

Al atardecer, cuando atravesaba la propiedad para regresar a su alojamiento procedente de la fragua, las luces inundaban la villa. Los esclavos tenían toque de queda y debían acostarse, pero los inquietos valorianos todavía se quedarían levantados mucho rato. Entrenaban para aguantar con poco sueño, unas seis horas cada noche (incluso menos, si fuera necesario). Ese había sido uno de los factores que los habían ayudado a ganar la guerra.

Él siempre era el primero en tumbarse en su camastro. Cada noche, intentaba cribar los acontecimientos del día y extraer información útil de ellos, pero lo único que había encontrado era trabajo duro.

Vencido por el cansancio, cerraba los ojos. Se preguntaba si, al final, aquellos dos días de relax habrían sido mala suerte. Le habían permitido olvidar quién era. Jugaban con su mente.

A veces, cuando estaba a punto de quedarse dormido, le parecía oír música.

POR LO GENERAL, A KESTREL SU CASA LE PARECÍA un lugar resonante, lleno de habitaciones bonitas aunque deshabitadas en su mayor parte. Los alrededores también estaban tranquilos, sin apenas ruido: el roce de una azada en el jardín, el suave golpeteo de los cascos de los caballos en el picadero situado lejos de la casa o el susurro de los árboles. Normalmente, le gustaba la forma en la que el espacio y la tranquilidad hacían que sus sentidos estuvieran más despiertos.

Últimamente, sin embargo, no hallaba paz en casa. Se aislaba con su música, pero acababa tocando solo piezas difíciles, abarrotadas de notas, mientras sus dedos se perseguían por las teclas. Las sesiones la dejaban agotada. Sentía una leve rigidez en zonas localizadas (las muñecas y la parte baja de la espalda), aunque cuando no estaba tocando no conseguía ignorar las punzadas. Todas las mañanas se juraba que practicaría con más delicadeza al piano. Sin embargo, al atardecer, después de sentir durante horas como si se asfixiara (no, como si se estuviera escondiendo en su propia casa), elegía de nuevo un tema exigente.

Una tarde, unos ocho días después de la subasta, recibió una nota de Jess. La abrió con entusiasmo, contenta por la distracción. Con su habitual letra llena de espirales y empleando frases breves y ansiosas, Jess le preguntaba por qué se estaba escondiendo de ella y le pedía que fuera a visitarla ese día. Necesitaba que le aconsejara qué ponerse para el pícnic de lady Faris. Jess añadió una posdata, una frase con letra más pequeña, cuyas palabras se amontonaban por las prisas, indicando que no había conseguido resistirse a lanzarle una clara indirecta al mismo tiempo que le preocupaba molestarla: «Por cierto, mi hermano me ha preguntado por ti».

Kestrel buscó sus botas de montar.

Mientras atravesaba sus habitaciones, entrevió algo en una ventana de la casita con tejado de paja situada cerca del jardín.

Se detuvo, dándose golpecitos en el muslo con las botas de cuero que llevaba en la mano. La casita no estaba lejos de las dependencias de los esclavos, que se cernían al borde del panorama que se contemplaba desde la ventana. Sintió una punzada de inquietud.

Algo comprensible. Kestrel apartó la mirada de las dependencias de los esclavos y se concentró en la casita de Enai. Hacía varios días que no iba a ver a su antigua niñera. No era de extrañar que la vista la afectara, puesto que mostraba la bonita casa que Kestrel había hecho construir para la mujer que la había criado. Decidió visitar a Enai de camino a las caballerizas.

Sin embargo, para cuando terminó de atarse las botas y bajó las escaleras, el mayordomo ya había descubierto (gracias a los cotilleos casi instantáneos de la casa) que Kestrel planeaba salir. Harman le tendió una emboscada junto a la puerta de la salita.

—¿Vais a dar un paseo a caballo, mi señora?

Kestrel se puso un guante.

—Evidentemente.

—No hace falta que pidáis un acompañante. —Chasqueó los dedos en dirección a un anciano herraní que estaba fregando el suelo—. Este servirá.

Kestrel dejó escapar un lento suspiro.

—Voy a ir a caballo a casa de Jess.

—Seguro que sabe montar —respondió Harman, aunque ambos sabían perfectamente que no era probable.

A los esclavos no se les enseñaba a montar a caballo. O habían aprendido antes de la guerra o nunca lo harían.

—Si no —añadió Harman—, podéis ir en el carruaje juntos. El general prescindiría con mucho gusto de dos caballos para que tiren del carruaje para asegurarse de que contáis con un acompañante apropiado.

Kestrel hizo un leve gesto de asentimiento. Se dio la vuelta para marcharse.

—Mi señora, otra cosa…

Kestrel se imaginaba qué sería esa otra cosa, pero no podía detenerlo, ya que hacerlo habría sido admitir que lo sabía, y deseaba que no fuera así.

—Ha pasado una semana desde que comprasteis ese esclavo joven —dijo el mayordomo—. No habéis dado instrucciones sobre qué hacer con él.

—Se me había olvidado —mintió Kestrel.

—Por supuesto. Tenéis cosas más importantes de las que ocuparos. Sin embargo, como estaba seguro de que no teníais intenciones de que estuviera holgazaneando por ahí, le encargué que se ocupara de la fragua y de herrar los caballos. Lo ha hecho bien. Mis felicitaciones, lady Kestrel. Tenéis un ojo excelente para el mercado herraní.

Cuando se quedó mirándolo, el mayordomo añadió a la defensiva:

—Solo lo puse a trabajar en la fragua porque era la tarea apropiada para él.

Kestrel se volvió hacia la puerta. Cuando la abriera, únicamente vería árboles. Desde esa parte de la casa no se divisaba nada que pudiera perturbarla.

—Tomaste la decisión correcta —contestó—. Haz con él lo que estimes conveniente.

Kestrel salió por la puerta, seguida de su silencioso acompañante.

Al final, no pasó por la casita. Fue directamente a las caballerizas. El viejo mozo de cuadra herraní estaba allí, como siempre. No había nadie más. Kestrel se acercó a acariciar el hocico de su caballo, un animal de huesos grandes criado para la guerra y que el general había escogido para ella.

Cuando oyó unos pasos a su espalda, el sonido de otra persona entrando en las caballerizas, se dio la vuelta. Dos soldados se acercaron al mozo y le ordenaron que les ensillara los caballos. Kestrel dirigió la mirada más allá de los soldados y vio al esclavo herraní que Harman había escogido para acompañarla esperando pacientemente junto a la puerta.

No le apetecía perder el tiempo averiguando si sabía montar. Quería marcharse ya. Cuando llegaran a casa de Jess, lo enviaría a la cocina para no tener que verlo hasta que regresaran.

—Prepara primero mi carruaje —le dijo al mozo mientras les lanzaba a los soldados una mirada, retándolos a protestar.

No lo hicieron, pero era evidente que estaban molestos. A ella le dio igual. Tenía que marcharse, cuanto antes mejor.

—¿Este?

Kestrel, que estaba sentada en un diván bajo cubierto de vestidos, levantó la vista.

—Kestrel —protestó Jess—, presta atención.

Ella parpadeó. Una chica de pelo negro, la esclava de Jess, estaba intentando atar un fajín alrededor de la cintura de su señora, recogiendo la falda floreada para que se abombara en las caderas. Kestrel le dijo a su amiga:

—¿No te habías probado ya ese vestido?

—No. —Jess le arrebató el fajín de las manos a la esclava y lo arrojó sobre la pila de seda que se amontonaba junto a su amiga—. Te parece horroroso, ¿verdad?

—No —le aseguró, pero Jess ya estaba forcejeando para sacarse el vestido mientras la esclava se afanaba en intentar desabrochar los botones antes de que salieran disparados. La falda rosada aterrizó sobre el regazo de Kestrel.

—¿Tú qué vas a ponerte? —Jess se quedó allí plantada en enaguas—. El pícnic de lady Faris es el acontecimiento más importante del verano. Hay que ir deslumbrante.

—Eso no supondrá ningún problema para Kestrel —dijo un hombre esbelto vestido con elegancia. Había abierto la puerta sin que lo oyeran y se apoyaba contra la jamba. El hermano de Jess le sonrió a Kestrel.

Ella le devolvió la sonrisa a Ronan, aunque haciendo una mueca que demostraba que sabía que aquel flirteo exagerado era la última moda entre los jóvenes valorianos y no debía tomárselo en serio. También sabía que eso (esa sesión de elección de vestuario y los cumplidos inofensivos de Ronan) era lo que había ido buscando, con la esperanza de sobrecargar tanto su mente que no pudiera pensar por sí misma.

Ronan cruzó la habitación, tiró al suelo los vestidos desparramados sobre el diván y se sentó junto a Kestrel. La agobiada esclava de cabello oscuro se agachó para recoger las delicadas telas.

Kestrel sintió el repentino impulso de soltar una reprimenda, pero no estaba segura de a quién. Entonces, por el pasillo se oyó una melodía que la salvó de avergonzar a todos los presentes en la habitación, incluida ella misma.

—El nocturno de Senest —dijo al reconocer la pieza.

Ronan apoyó su rubia cabeza contra la madera tallada que bordeaba el diván. Se recostó contra el suave respaldo, estirando las piernas enfundadas en botas, y alzó la mirada hacia Kestrel.

—Le dije a Olen que lo tocara —dijo, refiriéndose al músico herraní de la familia—. Sé que es una de tus piezas favoritas.

Kestrel escuchó. Las notas eran precisas, aunque seguían un ritmo extraño. Se puso tensa al llegar a una parte complicada y no le sorprendió oír fallos.

—Podría tocar yo —se ofreció.

Los hermanos intercambiaron una mirada.

—En otra ocasión —contestó Ronan—. Nuestros padres están en casa.

—No se darán cuenta.

—Tienes demasiado talento —repuso él mientras apoyaba una mano sobre la suya—. Lo notarían.

Kestrel apartó la mano. Sin inmutarse, Ronan cogió una cinta que encontró entre ellos y jugueteó con la tira de tela, enrollándola alrededor de sus pálidos dedos.

—Bueno, ¿y qué es eso que he oído de que te gastaste un dineral en la subasta? Todo el mundo habla del tema.

—O hablaba —añadió Jess—, hasta que los primos Trenex se batieron en duelo.

—¿A muerte? —preguntó Kestrel.

El emperador había prohibido los duelos, pero se trataba de una costumbre demasiado arraigada para erradicarla con facilidad. Las autoridades solían pasarlos por alto, siempre y cuando no hubiera muertos, e incluso entonces el único castigo era una multa.

—No —respondió Jess con entusiasmo—, pero se derramó sangre.

—Cuenta, cuenta.

Jess inspiró, dispuesta a compartir el cotilleo, pero Ronan levantó un dedo envuelto en cinta y lo usó para apuntar a Kestrel.

—Intentas cambiar de tema —la acusó—. Venga. Explica el misterio que te costó cincuenta claves.

—No hay ningún misterio.

Kestrel decidió ofrecer una razón sensata que no tenía nada que ver con el motivo que la había llevado a comprar al esclavo.

¿Y por qué lo había hecho?

Por lástima, tal vez. Por esa extraña sensación de afinidad.

¿O no había sido más que un simple y vergonzoso acto de dominio?

—El esclavo es herrero —explicó Kestrel—. Mi padre tiene una guardia personal. Necesitábamos a alguien que se ocupara de las armas.

—Eso es lo que aseguró el subastador —dijo Jess mientras se probaba otro vestido—. Era el esclavo perfecto para la casa de Kestrel.

Ronan enarcó las cejas.

—¿Tanto como para gastarse cincuenta claves?

—¿Y a mí qué? —Kestrel quería acabar con esa conversación—. Me sobra el dinero. —Tocó la manga de Ronan y frotó la seda entre los dedos—. ¿Y cuánto ha costado esto?

Ronan, cuya camisa con elaborados bordados debía de costar aproximadamente lo mismo que el esclavo, tuvo que darle la razón.

—Ese esclavo durará más que esta camisa. —Soltó la tela—. Yo diría que fue una ganga.

—Cierto —contestó Ronan.

Parecía decepcionado, aunque Kestrel no estaba segura de si era porque se había apartado de él o porque el misterio había resultado no ser tan misterioso. Ella prefería la segunda opción. Quería olvidarse del esclavo, y que los demás hicieran lo mismo.

—Hablando de ropa —intervino Jess—, todavía no hemos decidido qué voy a ponerme.

—¿Qué tal esto?

Kestrel se puso en pie, aprovechando la excusa para levantarse del diván, cruzó el vestidor y se acercó a un armario abierto del que asomaba una manga. Sostuvo el vestido en alto, contemplando el tono lila sumamente claro. Pasó una mano por debajo de la manga y la dejó caer, admirando su brillo. Tenía reflejos plateados.

—La tela es preciosa.

—¿Estás loca?

Jess la miró boquiabierta. Ronan se rió y Kestrel se dio cuenta de que él creía que bromeaba.

—Ni siquiera sé por qué tengo ese vestido —dijo Jess—. El color está pasadísimo de moda. ¡Por favor, si prácticamente es gris!

Kestrel le lanzó a Jess una mirada de asombro, pero no vio el rostro de su amiga. Lo único que vio fue el recuerdo de los feroces y hermosos ojos del esclavo.

EL ESCLAVO EXTRAJO DEL FUEGO UNA TIRA DE METAL
al rojo vivo y la colocó sobre el yunque. Mientras sujetaba el metal con las tenazas, lo golpeó con un martillo para dejarlo plano y uniforme. Rápido, antes de que se enfriara, apoyó la tira contra el cuerno del yunque y la aporreó hasta que la mitad se curvó. Se recordó a sí mismo que él también tenía que ceder. Tenía que amoldarse a lo que se esperaba de él allí, en la casa del general, o nunca lograría lo que se proponía.

Cuando terminó, guardó las herraduras en un cajón de madera. Contempló la última mientras pasaba un dedo por la hilera de agujeros mediante la que se clavaría al casco del caballo. La herradura era, a su manera, perfecta. Resistente.

Y, cuando se la colocaran al caballo, casi nunca se vería.

Llevó las herraduras a las caballerizas. La chica estaba allí.

Estaba acariciando a uno de los caballos de guerra. Había regresado con el carruaje, pero, por las botas que llevaba puestas, daba la impresión de que tenía pensado salir a cabalgar. El esclavo guardó las distancias mientras amontonaba las herraduras con el resto de los arreos. Sin embargo, la chica se acercó, guiando al caballo.

La vio titubear, aunque no entendió por qué.

—Me preocupa que a Jabalina se le esté soltando una herradura —dijo en herraní—. Compruébalo, por favor.

Había empleado un tono amable, pero el «por favor» había sonado chirriante. Era una mentira, una forma de fingir que sus palabras no eran una orden. Una hábil capa de pintura en una prisión.

Además, no le gustaba oír su voz, pues hablaba su idioma demasiado bien. Sonaba como si se lo hubiera enseñado su madre. Lo turbaba. Se centró en la única palabra en valoriano.

—Jabalina —repitió, pronunciando el nombre del caballo lentamente.

—Es un arma —le explicó ella—. Una especie de lanza.

—Ya lo sé —contestó, y luego se arrepintió. Nadie (sobre todo ella o el general) debía descubrir que entendía valoriano.

Pero la chica no se había dado cuenta. Estaba demasiado ocupada frotándole el cuello al caballo.

Después de todo, ¿por qué iba a fijarse en algo que hubiera dicho un esclavo?

El caballo se inclinó hacia ella como si fuera un gatito gigante.

—Le puse ese nombre cuando era joven —murmuró.

La miró de reojo.

—Todavía sois muy joven.

—Lo bastante joven para querer impresionar a mi padre.

La nostalgia se reflejó en su rostro.

El esclavo se encogió de hombros. Su respuesta no dejó entrever que se había percatado de que le había contado algo que parecía un secreto.

—El nombre le pega —dijo, aunque el enorme animal era demasiado cariñoso con ella para que fuera del todo cierto.

Ella apartó la vista del caballo y lo miró directamente a él.

—A ti no te pega el tuyo. Herrero.

Tal vez fue la sorpresa. O el efecto del acento impecable de la chica. Más tarde, se diría a sí mismo que fue porque estaba seguro de que su siguiente paso sería ponerle otro nombre, como hacían a veces los valorianos con sus esclavos, y si ocurría eso seguramente acabaría haciendo o diciendo alguna estupidez, y entonces todos sus planes se irían al traste.

Pero, para ser sincero, no sabía por qué contestó:

—Herrero es como me llamaba mi primer amo. Pero no me llamo así. Me llamo Arin.

EL GENERAL ERA UN HOMBRE MUY OCUPADO, PERO no tanto como para no averiguar si Kestrel desobedecía sus deseos. Desde el día de la subasta, la joven se sentía vigilada. Así que procuró asistir a sus sesiones de entrenamiento con Rax, el capitán de la guardia de su padre.

Aunque a Rax no le habría importado que no se presentara en la sala de entrenamiento colindante con los barracones de los guardias. Cuando era niña y sentía una imperativa necesidad de demostrar su valía, Rax se había mostrado, a su manera, amable. Se limitó a comentar que no poseía talento natural para el combate. Observó con indulgencia sus esfuerzos y se encargó de que alcanzara un nivel aceptable en el manejo de todas las armas que un soldado necesitaba blandir.

Sin embargo, a medida que los años fueron quedando atrás, también lo hizo su paciencia. Kestrel se volvió descuidada. Bajaba la guardia cuando practicaba esgrima. Sus ojos no dejaban de soñar, incluso cuando él le gritaba. Disparaba flechas desviadas, pues ladeaba la cabeza como si escuchara algo que él no podía oír.

Kestrel recordó cómo las sospechas de su instructor habían ido aumentando. Sus advertencias para que dejara de intentar protegerse las manos. Sostenía la espada de prácticas con demasiada cautela, se apartaba si creía que el ataque de Rax podía poner en peligro sus dedos y recibía golpes en el cuerpo que la habrían matado si la espada de su oponente hubiera sido de acero en lugar de madera.

Un día, cuando tenía quince años, Rax le arrancó el escudo y estrelló la parte plana de su espada contra los dedos desprotegidos de la joven. Kestrel cayó de rodillas. Se quedó lívida de dolor y miedo, y supo que no debería haber llorado, no debería haberse llevado los dedos al pecho, no debería haber encorvado el cuerpo para protegerse las manos de posteriores ataques. No debería haber confirmado lo que Rax ya sabía.

El capitán de la guardia fue a ver al general y le dijo que, si quería un músico, podía comprar uno en el mercado.

Su padre le prohibió tocar. Pero una de sus pocas habilidades auténticamente militares era aguantar sin dormir. En ese aspecto, podía competir con el general. Así que, cuando disminuyó la hinchazón de su mano izquierda y Enai le retiró el rígido vendaje que le mantenía los dedos inmóviles, Kestrel empezó a tocar de noche.

Pero la pillaron.

Todavía recordaba cómo corrió tras su padre, tirándole de los brazos, del codo, de la ropa... mientras él se dirigía dando zancadas a los barracones en medio de la noche a por una maza, ignorando sus ruegos.

Su padre podría haber destruido el piano sin problemas. El instrumento era demasiado grande y ella demasiado pequeña para interponerse en el camino de la maza. Si hubiera protegido las teclas, su padre habría roto la caja. Habría aplastado los martillos y partido las cuerdas.

—Te odio —le había dicho—, y mi madre también te odiaría.

No fue su voz quebrada, pensó Kestrel después. No fueron sus lágrimas. El general había visto llorar a hombres y mujeres adultos por cosas peores. Eso no fue lo que le hizo soltar la maza. No obstante, incluso ahora, Kestrel no sabía si el instrumento se había salvado por amor a ella o a los muertos.

—¿Qué va a ser hoy? —preguntó Rax con desgana desde el banco situado al otro extremo de la sala de entrenamiento.

Se pasó una mano por la cabeza entrecana y luego por el rostro, como si así pudiera deshacerse del evidente aburrimiento.

Kestrel pensaba responder, pero su mirada se posó en los cuadros que colgaban de las paredes, aunque los conocía bien. Representaban a niñas y niños saltando sobre lomos de toros. Las obras eran valorianas, ya que ese edificio en particular había sido construido por los valorianos. Cabellos rubios, rojizos e incluso castaños ondeaban a modo de estandartes detrás de los jóvenes pintados mientras saltaban por encima de los cuernos de los toros, plantaban las manos sobre los lomos de los animales y daban una voltereta sobre sus cuartos traseros. Se trataba de un rito de paso y, antes de que lo prohibiera la misma ley que prohibía los duelos, era algo que todos los valorianos habían tenido que hacer al cumplir catorce años. Kestrel lo había hecho. Recordaba aquel día perfectamente. Su padre había estado orgulloso de ella. Le había ofrecido cualquier regalo de cumpleaños que deseara.

Kestrel se preguntó si el esclavo —si Arin— habría visto los cuadros y qué opinaría de ellos.

Rax suspiró.

—No necesitáis practicar quedaros de pie con la mirada fija. Ya se os da bien.

—Agujas. —Apartó todo pensamiento del esclavo de su mente—. Practiquemos con las Agujas.

—Qué sorpresa.

El capitán no comentó que ya habían hecho eso ayer, y el día anterior, y el anterior a ese. Las Agujas eran la única técnica que, dentro de lo que cabe, soportaba verla tratar de perfeccionar.

Rax aferró una espada ancha mientras ella se ataba los pequeños cuchillos a las pantorrillas, la cintura y los antebrazos. Podría sostener perfectamente cada romo cuchillo de práctica en la palma de la mano. Las Agujas eran las únicas armas que le permitían olvidarse de que eran armas.

Rax bloqueó con aire indolente el primer cuchillo que salió volando de los dedos de Kestrel desde el otro extremo de la sala. Su arma derribó la de ella en el aire. Pero Kestrel tenía más. Y, cuando se convirtiera en un combate cuerpo a cuerpo a corta distancia, como Rax siempre se aseguraba de que lo fuera, incluso podría lograr vencerlo.

No lo consiguió. Kestrel atravesó el césped cojeando en dirección a la casa de Enai.

En su decimocuarto cumpleaños, le había pedido a su padre que le concediera la libertad. Según la ley, los esclavos pertenecían al cabeza de familia. Enai era la niñera de Kestrel, pero era propiedad del general.

Aquella petición no lo había complacido. Pero le había prometido concederle cualquier cosa.

Y, aunque ahora Kestrel agradecía que Enai hubiera optado por permanecer en la villa, que estuviera allí cuando llamó a su puerta, sudorosa y desanimada, todavía recordaba cómo su felicidad se había desvanecido al contarle a Enai lo de su regalo de cumpleaños y cómo la herraní se había quedado mirándola.

—¿Libre? —dijo mientras se tocaba la muñeca, donde le colocarían la marca.

—Sí. ¿No te… alegras? Pensé que te gustaría.

Enai dejó caer las manos en el regazo.

—¿Adónde iría?

Kestrel comprendió entonces lo que Enai ya sabía: las dificultades a las que se enfrentaría una anciana herraní sola (aunque fuera libre) en un país ocupado. ¿Dónde dormiría? ¿Cómo ganaría lo suficiente para comer? ¿Quién le daría trabajo cuando los herraníes no podían contratar a nadie y los valorianos tenían esclavos?

Kestrel empleó parte de la herencia que le había dejado su madre al morir para hacer que construyeran la casita.

Hoy, Enai frunció el ceño al abrir la puerta.

—¿Dónde habéis estado? No debo de significar nada para vos, puesto que me ignoráis durante tanto tiempo.

—Lo lamento.

Enai suavizó el gesto y le colocó un enmarañado mechón de cabello en su sitio.

—Desde luego, tenéis un aspecto lamentable. Entrad, niña.

Un pequeño fuego para cocinar chisporroteaba en la chimenea. Kestrel se dejó caer en una silla delante de las llamas y, cuando Enai le preguntó si tenía hambre y le dijo que no, la herraní le dedicó una mirada inquisitiva.

—¿Qué pasa? Seguramente a estas alturas ya estaréis acostumbrada a que Rax os derrote.

—Hay algo que no me atrevo a contarte.

Enai desechó esa idea con un gesto de la mano.

—¿No he guardado siempre vuestros secretos?

—No es un secreto. Prácticamente todo el mundo lo sabe. —Lo que dijo a continuación sonó insignificante para ser algo que a ella le parecía tan importante—. Fui al mercado con Jess hace más de una semana. Fui a una subasta.

La expresión de Enai se volvió cautelosa.

—¡Ay, Enai! —exclamó Kestrel—. He cometido un error.

ARIN SE SENTÍA SATISFECHO. LE ENCARGARON
elaborar y reparar más armas y se tomó la falta de quejas
por parte de la guardia como un indicio de que valoraban su
trabajo. Aunque el mayordomo solía ordenarle que fabricara
más herraduras de las necesarias, incluso para unas caballerizas tan grandes como las del general, a él no le molestaba
aquella labor rutinaria y sencilla. Lo ayudaba a dejar la mente
en blanco. Se imaginaba que tenía la cabeza llena de nieve.

A medida que su presencia dejó de ser una novedad entre
los esclavos del general, empezaron a hablar con él con más
frecuencia durante las comidas y dejaron de medir sus palabras. Era tan habitual verlo en las caballerizas que los soldados acabaron ignorándolo. Los oyó hablar de sus sesiones
de entrenamiento al otro lado de las murallas de la ciudad.
Escuchó, con los nudillos blancos de tanto apretar una brida, relatos cargados de asombro de sucesos ocurridos diez
años atrás, de cómo el general (que en aquel entonces era
teniente) había abierto una senda de destrucción desde las
montañas de esa península hasta la ciudad portuaria y había
puesto fin a la Guerra Herraní.

Arin aflojó los dedos, uno a uno, y retomó su labor.

En una ocasión, durante la cena, Lirah se sentó a su lado.

La tímida joven estuvo mirándolo de reojo con curiosidad un buen rato antes de preguntarle:

—¿Qué eras antes de la guerra?

—¿Y tú? —repuso, enarcando una ceja.

El rostro de Lirah se ensombreció.

—No me acuerdo.

Arin también mintió:

—Yo tampoco.

Nunca infringió ninguna norma.

Al atravesar el naranjal que se extendía entre la fragua y sus dependencias, otros esclavos podrían haber sentido la tentación de arrancar una fruta de un árbol. De pelarla a toda prisa, enterrar la brillante piel en la tierra y comérsela. A veces, mientras comía pan y estofado, Arin pensaba en ello. Cuando pasaba por debajo de los árboles, resultaba casi insoportable. El aroma de los cítricos le resecaba la garganta. Pero nunca tocó las frutas. Apartaba la mirada y seguía caminando.

No estaba seguro de a qué dios habría ofendido. Al dios de la risa, tal vez. Un dios con un espíritu cruel y ocioso que contempló la inaudita racha de buena conducta de Arin, sonrió y decidió que no podía durar eternamente.

Casi había anochecido y Arin regresaba a las dependencias de los esclavos procedente de las caballerizas cuando lo oyó.

Música. Se quedó inmóvil. Lo primero que pensó fue que los sueños que tenía casi todas las noches estaban escapando de su mente. Entonces, a medida que las notas continuaban abriéndose paso entre los trémulos árboles y superponiéndose al canto de las cigarras, comprendió que era real.

El sonido provenía de la villa. Sus pies se movieron en aquella dirección antes de que su mente pudiera ordenarles que se detuvieran y, para cuando su cerebro asimiló lo que estaba ocurriendo, también había sucumbido al hechizo de la música.

Las notas eran rápidas y nítidas. Batallaban entre sí siguiendo bellos patrones, como contracorrientes en el mar. Entonces se detuvieron.

Arin levantó la mirada. Había llegado a un claro en los árboles. El cielo se había ido oscureciendo hasta adoptar un tono púrpura.

Se avecinaba el toque de queda.

Casi había recobrado el juicio y estaba a punto de dar media vuelta, cuando unas notas suaves se elevaron en el aire. Ahora la música surgía en lentos compases, en un tono diferente. Un nocturno. Arin se acercó al jardín. Al otro lado, la luz brotaba de las cristaleras de la planta baja.

El toque de queda había entrado en vigor, pero le dio igual.

Descubrió quién estaba tocando. Las líneas del rostro de la joven estaban iluminadas. La vio fruncir levemente el ceño, inclinarse sobre las teclas para emprender un pasaje vigoroso, y salpicar unas cuantas notas altas por la melancólica melodía.

Ya había anochecido por completo. Arin se preguntó si ella levantaría la vista, pero no le preocupaba que pudiera llegar a verlo entre las sombras del jardín.

Sabía cómo funcionaban esas cosas: la gente que vive en lugares brillantes no puede ver lo que se oculta en la oscuridad.

UNA VEZ MÁS, EL MAYORDOMO DETUVO A KESTREL antes de que pudiera salir de la villa.

—¿Vais a la ciudad? —le preguntó bloqueando la puerta del jardín—. No olvidéis, mi señora, que necesitáis…

—Un acompañante.

—El general lo ha ordenado.

Kestrel decidió irritar a Harman tanto como él a ella.

—Pues manda a buscar al herrero.

—¿Por qué?

—Para que me acompañe.

El mayordomo esbozó una sonrisa, y entonces se dio cuenta de que hablaba en serio.

—No es la persona idónea.

Kestrel lo sabía perfectamente.

—Es hosco —continuó Harman—. E indisciplinado. Tengo entendido que anoche infringió el toque de queda.

A ella le dio igual.

—No tiene el aspecto adecuado.

—Pues encárgate de que lo tenga —repuso ella.

—Es problemático, lady Kestrel. Pero os falta experiencia para daros cuenta. No veis lo que tenéis delante.

—¿En serio? A ti te veo. Veo a alguien que le ha ordenado

a nuestro herrero que elabore cientos de herraduras durante las dos semanas que lleva aquí, cuando su principal valor para nosotros es la fabricación de armas, y cuando en las caballerizas solo hay una mínima parte de dichas herraduras. Lo que no veo es adónde ha ido a parar ese excedente de herraduras. Supongo que podría encontrarlas en el mercado, donde habrán acabado por un buen precio. Podría encontrarlas transformadas en lo que sin duda debe de ser un bonito reloj.

Harman se llevó la mano a la dorada cadena de reloj de oro que le salía del bolsillo.

—Haz lo que te he ordenado, Harman, o te arrepentirás.

Kestrel podría haber enviado a Arin a la cocina al llegar a casa de Jess. Una vez dentro de la vivienda, ya no necesitaba oficialmente un acompañante. Sin embargo, le ordenó que permaneciera en la salita mientras ella y Jess se sentaban a tomar té frío de olivo dulce y comer pasteles de hibisco con naranjas peladas. Arin se mantuvo pegado con rigidez a la pared del fondo. Su ropa de color azul oscuro parecía fundirse con una cortina. A Kestrel, sin embargo, le costaba ignorar su presencia.

Iba vestido según las expectativas de la sociedad. Su camisa tenía el característico cuello alto de la moda aristocrática herraní anterior a la guerra. Todos los esclavos domésticos llevaban ese tipo de cuello. Aunque, si eran prudentes, no los acompañaban de expresiones de claro resentimiento.

Por lo menos las mangas largas ocultaban los músculos y las cicatrices propias de una década de duro trabajo. Eso suponía un alivio. Aunque a Kestrel le parecía que el esclavo ocultaba algo más. Lo observó por el rabillo del ojo. Tenía una teoría al respecto.

—Los primos Trenex han vuelto a las andadas —dijo Jess, y pasó a describir su nueva disputa.

Arin parecía aburrirse. Lo cual era comprensible, ya que no entendía la conversación que tenía lugar en valoriano. Aunque Kestrel sospechaba que pondría la misma cara incluso si pudiera seguir lo que se decía.

Y tenía el presentimiento de que era así.

—Te lo juro —prosiguió Jess mientras jugueteaba con los pendientes que Kestrel le había comprado aquel día en el mercado—. Es solo cuestión de tiempo que uno de los primos acabe muerto y el otro tenga que pagar la indemnización.

Kestrel recordó la única palabra en valoriano que le había dirigido Arin: «no». Apenas se le había notado el acento. También había reconocido el nombre de Jabalina. Aunque tal vez eso no fuera nada especial, ya que era herrero y seguramente habría fabricado jabalinas para valorianos. Aun así, le extrañaba que conociera esa palabra.

En realidad, lo que le había dado que pensar era la facilidad con la que la había reconocido.

—¡No me puedo creer que solo falten unos días para el pícnic de lady Faris! —siguió parloteando Jess—. Vendrás una hora antes e irás en nuestro carruaje, ¿verdad? Ronan me dijo que te lo pidiera.

Kestrel se imaginó cómo sería compartir el reducido carruaje con Ronan.

—Creo que será mejor que vaya por mi cuenta.

—¡Porque no sabes divertirte! —Jess vaciló antes de proseguir—. Kestrel, ¿podrías intentar comportarte de una forma más… normal en la fiesta?

—¿Normal?

—Bueno, ya sabes que todo el mundo piensa que eres un poquito excéntrica.

Kestrel lo sabía perfectamente.

—La gente te adora, por supuesto. Pero cuando liberaste a esa niñera tuya, hubo comentarios. Habrían acabado olvidándolo, pero siempre haces algo más. Lo de tu música es un secreto a voces… aunque no es que sea algo malo, exactamente.

Ya habían mantenido esa conversación. El problema era la dedicación de Kestrel. Si hubiera tocado de vez en cuando, como su madre, nadie le habría dado importancia. Las cosas también serían diferentes si los herraníes no hubieran valorado tanto la música antes de la guerra. Para la sociedad valoriana, la música era un placer del que apoderarse, no algo que crear, y muchos no comprendían que crear y apoderarse podía ser lo mismo.

Jess seguía hablando.

—… además de lo de la subasta. —Miró con timidez a Arin.

Kestrel también lo miró. El esclavo mantenía el semblante impasible, pero en cierto sentido parecía más alerta.

—¿Te avergüenzas de ser mi amiga? —le preguntó Kestrel.

—¿Cómo puedes decir eso?

La expresión dolida de Jess parecía sincera y Kestrel se arrepintió de haberlo preguntado. No había sido justo, sobre todo teniendo en cuenta que acababa de invitarla a ir al pícnic con su familia.

—Lo intentaré —le aseguró Kestrel.

Jess se mostró aliviada. Se esforzó por disipar la tensión prediciendo, con todo detalle, qué comida servirían en la fiesta y qué parejas se comportarían de manera escandalosa.

—Todos los chicos guapos asistirán.

—Hum —contestó Kestrel mientras hacía girar su copa sobre la mesa.

—¿Te había comentado que Faris presentará a su bebé en el pícnic?

—¿Qué? —La mano de Kestrel se detuvo de golpe.

—El pequeño ya tiene seis meses y seguramente hará buen tiempo. Es la oportunidad ideal para presentarlo en sociedad. ¿Por qué te sorprende tanto?

Kestrel se encogió de hombros.

—Es una maniobra audaz.

—No veo por qué.

—Porque el padre del bebé no es el marido de Faris.

—No... —susurró Jess fingiendo estar escandalizada—. ¿Cómo lo sabes?

—No lo sé con certeza. Pero estuve en casa de Faris hace poco y vi al niño. Es demasiado bonito. No se parece nada a los hijos mayores de Faris. Bien pensado —Kestrel dio golpecitos en el borde de la copa con el dedo—, si es cierto, la mejor forma de ocultarlo es hacer exactamente lo que planea Faris. Nadie creería que una dama de alcurnia presentaría descaradamente a un hijo ilegítimo en la mayor fiesta de la temporada.

Jess se quedó boquiabierta y luego se echó a reír.

—¡Kestrel, el dios de las mentiras debe de amarte!

Kestrel sintió, más que oyó, una brusca inhalación al otro extremo de la habitación.

—¿Qué habéis dicho? —susurró Arin en valoriano, con la mirada clavada en Jess.

Esta miró alternativamente al esclavo y a Kestrel, sin saber qué hacer.

—El dios de las mentiras. El herraní. Los valorianos no tenemos dioses.

—Claro que no tenéis dioses. No tenéis alma.

Kestrel se puso en pie. Arin había dado unos pasos hacia ellas. La joven recordó lo ocurrido cuando el subastador le ordenó que cantara, cómo la rabia prácticamente le brotó por los poros de la piel.

—Ya basta —le ordenó.

—¿Mi dios os ama?

Arin entrecerró sus grises ojos e inhaló profundamente una vez. A continuación, dominó su furia, enterrándola en su interior. Le sostuvo la mirada a Kestrel, que se dio cuenta de que el esclavo era consciente de que había desvelado que entendía valoriano perfectamente. Sin alterar la voz lo más mínimo, le preguntó a Jess:

—¿Cómo sabéis que la ama?

Kestrel se disponía a hablar, pero Arin levantó una mano para detenerla. Atónita, Jess dijo:

—¿Kestrel?

—Responded —exigió Arin.

—Pues… —Jess intentó soltar una carcajada—. Tiene que amarla, ¿no? Kestrel es capaz de ver la verdad con claridad.

Una mueca cruel se dibujó en la boca de Arin.

—Lo dudo mucho.

—Kestrel, eres su dueña. ¿No piensas hacer nada?

Aquellas palabras, en lugar de impulsarla a actuar, la dejaron paralizada.

—Pensáis que veis la verdad —le dijo Arin a Kestrel en herraní—, porque la gente os deja creerlo. Si acusáis a un herraní de mentir, ¿creéis que se atrevería a negarlo?

Una idea horrible se abrió paso en la mente de Kestrel. Sintió que se quedaba lívida.

—Jess, dame tus pendientes.

—¿Qué? —La aludida estaba completamente confundida.

—Préstamelos. Por favor. Te los devolveré.

Jess se sacó los pendientes y los depositó en la mano extendida de su amiga. Los dorados colgantes de cristal destellaron ante sus ojos. ¿O no eran cristales? La vendedora de joyas herraní les había asegurado que eran topacios antes de amilanarse ante la acusación de Kestrel de que eran falsos.

Kestrel había pagado por ellos más de lo que valía el cristal, pero mucho menos de lo que costarían las piedras preciosas. Tal vez sí se trataba de topacios y a la vendedora le había dado miedo insistir en la verdad.

La vergüenza se apoderó de Kestrel. Se había hecho el silencio en la habitación mientras Jess jugueteaba con los puños de encaje de sus mangas y Arin adoptaba una expresión de maliciosa satisfacción al saber que sus palabras habían dado en el blanco.

—Nos vamos —le ordenó Kestrel.

El esclavo no mostró más indicios de rebeldía. Kestrel sabía que no se debía a que temiera que lo castigara. Era porque ahora él tenía la certeza de que nunca lo haría.

Kestrel salió como una exhalación del carruaje y entró con paso decidido en la tienda del joyero valoriano más reputado de la ciudad. Arin la siguió.

—Quiero saber si son auténticos.

Los pendientes rodaron por la mesa con un repiqueteo cuando los dejó caer frente al joyero.

—¿Topacios auténticos? —preguntó el anciano.

A la joven le costaba hablar.

—Eso es lo que he venido a averiguar.

El joyero observó los colgantes a través de una lente y luego respondió:

—Es difícil de decir. Me gustaría compararlos con piedras que sé a ciencia cierta que son auténticas. Podría tardar un rato.

—No hay prisa.

—Mi señora —dijo Arin en herraní. Su tono derrochaba cortesía, como si el arrebato de antes no hubiera tenido lugar—. ¿Puedo dar un paseo por el mercado?

Kestrel lo miró. Era una petición insólita, y no podía tener muchas esperanzas de que se la concediera, sobre todo teniendo en cuenta cómo se había comportado.

—Estáis bajo techo —continuó—, así que no necesitáis acompañante por el momento. Me gustaría ver a un amigo.

—¿Un amigo?

—Yo también tengo amigos. —Y añadió—: Volveré. ¿Acaso creéis que llegaría lejos si intentara huir?

La ley era clara respecto a los fugitivos capturados. Les cortaban las orejas y la nariz. La desfiguración no afectaba a la capacidad de un esclavo para trabajar.

Kestrel no soportaba tener a Arin delante. Casi preferiría que huyera, que lo lograra y no tuviera que volver a verlo nunca.

—Llévate esto. —Se sacó del dedo un anillo grabado con las garras de un ave—. Te interrogarán si vas por ahí solo, sin una marca de libertad o mi sello.

A continuación, le indicó que podía retirarse.

Arin quería que le cortaran su brillante cabellera y le hicieran llevar un pañuelo de trabajo. Quería verla en prisión. Quería tener la llave en sus manos. Casi podía sentir el peso del frío metal. De algún modo, el hecho de que ella no hubiera reivindicado el favor del dios herraní no atenuaba el resentimiento que sentía.

En el mercado, un vendedor pregonaba a voz en grito sus mercancías. Ese sonido se abrió paso entre los pensamientos de Arin, interrumpiendo su siniestro rumbo. Tenía un motivo para ir allí. Necesitaba llegar a la casa de subastas. Y necesitaba despejarse la mente.

Nada debía desmoralizarlo, ni siquiera aquel regusto amargo en el fondo de la garganta. Dejó que el sol le acariciara el rostro e inhaló el polvoriento aire del mercado. Le resultó más fresco incluso que el del naranjal del general, porque al menos al respirar ese aire podía fingir que era libre. Mientras caminaba, meditó sobre lo que había averiguado esa tarde en la salita. Su mente lo repasó todo detenidamente, examinando formas y tamaños como si fueran cuentas en un cordel.

Se entretuvo un momento en un hecho en particular: su nueva ama había liberado a una esclava. Arin dejó que ese fragmento de información se deslizara por el cordel de su mente, repiqueteara al chocar con las otras cuentas y luego guardara silencio. Eso no tenía nada que ver con su situación.

No lograba comprender muchas de las cosas que habían ocurrido en la última hora. No tenía ni idea de por qué la chica parecía tan inquieta mientras aferraba aquellos pendientes. Lo único que sabía era que, de algún modo, él había acabado ganando… aunque había tenido que pagar un precio. Ahora ella tendría cuidado de lo que decía en valoriano en su presencia.

Solo lo detuvieron una vez de camino a su destino, y el soldado le permitió seguir adelante. No tardó en llegar a la casa de subastas, donde pidió ver a Tramposo (al que le gustaba tanto su apodo valoriano que nadie sabía cómo se llamaba antes de la guerra).

—Tramposo es el nombre perfecto para un subastador —solía decir.

Tramposo entró en la sala de espera. Al ver a Arin, sonrió de oreja a oreja. Aquel gesto cargado de malicia le recordó lo que el subastador intentaba ocultarle a mucha gente. Tramposo era de estatura corta y, aunque también era fornido, le gustaba aparentar un aire relajado y una pose despreocupada. Pocos pensarían que era un luchador. Hasta que sonreía.

—¿Cómo te las has ingeniado? —Hizo un gesto con la mano abarcando a Arin, de pie delante de él, bien vestido y solo.

—Culpa, supongo.

—Bien hecho.

El subastador le hizo señas para que se acercara a la celda. Entraron discretamente y, a continuación, abrieron una angosta puerta situada dentro, oculta a la vista de cualquier valoriano que pudiera merodear por la sala de espera aguardando para recoger una compra. La oscuridad de la habitación sin ventanas los envolvió hasta que el subastador encendió un farol.

—No podemos contar con que surjan más oportunidades como esta —dijo Tramposo—, así que más vale que me lo cuentes todo, y rapidito.

Arin repasó las dos últimas semanas. Describió la distribución de la villa del general, esbozando un mapa con el trozo de papel y el carboncillo que le pasó Tramposo. Dibujó los alrededores de la casa, con sus edificios anexos, e indicó las zonas en las que el terreno se elevaba y en las que era llano.

—Solo he estado dentro de la casa una vez.

—¿Crees que puedes hacer algo al respecto?

—Quizá.

—¿Qué has averiguado de los movimientos del general?

—Nada fuera de lo común. Sesiones de adiestramiento fuera de las murallas de la ciudad. Casi nunca está en casa, aunque tampoco está lejos nunca.

—¿Y la chica?

—Va de visita y cotillea.

Arin decidió no contarle que sus comentarios sobre el bebé de lady Faris habían sido muy perspicaces. Tampoco mencionó la absoluta ausencia de sorpresa en el rostro de la joven al oírlo hablar en valoriano.

—¿Suele hablar de su padre?

¿Contaba aquella conversación en las caballerizas? Para Tramposo, seguramente no. Arin negó con la cabeza.

—Nunca habla de temas militares.

—Eso no quiere decir que no acabe haciéndolo. Si el general tiene un plan, podría incluirla. Todo el mundo sabe que quiere que se aliste.

Arin no pretendía decirlo. Sin embargo, las palabras escaparon de sus labios y sonaron acusatorias:

—Deberías haberme dicho que tocaba el piano.

Tramposo lo miró entrecerrando los ojos.

—No era relevante.

—Lo bastante relevante como para intentar venderme como cantante.

—Gracias al dios del azar que se me ocurrió. No le estaba tentando la oportunidad de conseguir un herrero. ¿Sabes cuánto tiempo llevo tratando de meter a alguien en esa casa? Casi lo echas todo a perder con esa pataleta. Ya te advertí cómo sería estar en el foso. Lo único que te pedí fue que cantaras para el público. Y lo único que tenías que hacer era obedecer.

—Tú no eres mi amo.

Tramposo le alborotó el pelo corto.

—Por supuesto que no. Mira, chico, la próxima vez que te infiltre como espía en la vivienda de un valoriano de alto rango, te prometo que te contaré lo que le gusta a la señora de la casa.

Arin puso los ojos en blanco. Hizo ademán de marcharse.

—Oye —dijo Tramposo—, ¿qué pasa con mis armas?

—Estoy en ello.

Con el rabillo del ojo, Kestrel vio a Arin entrar en la joyería a tiempo para oír cómo el anciano anunciaba:

—Lo lamento, mi señora, pero son falsos. No son más que bonitos fragmentos de cristal.

Kestrel se tambaleó, aliviada.

—No os preocupéis —añadió el joyero—. Podéis decirles a vuestras amistades que son topacios. Nadie se dará cuenta.

Más tarde, en el carruaje, le pidió a Arin:

—Quiero que me digas la verdad.

El esclavo pareció quedarse pálido.

—¿La verdad?

Kestrel se quedó mirándolo. Entonces comprendió el malentendido. No pudo evitar sentir una punzada de ofensa: Arin creía que era la clase de persona que se inmiscuiría en la vida privada de un esclavo, que querría detalles sobre un encuentro con un amigo. Lo observó y lo vio hacer un gesto extraño con la mano, llevándosela a la sien para apartar algo invisible.

—No pretendo invadir tu intimidad —le aseguró—. Tus secretos solo te incumben a ti.

—Así que queréis que delate a otros esclavos —contestó sin alterar la voz—. Que os informe de sus faltas. Que os cuente si alguien roba pan de la despensa o una naranja del huerto. No pienso hacerlo.

—No se trata de eso. —Kestrel sopesó sus palabras antes de continuar—. Tenías razón. La gente me dice lo que cree que quiero oír. Lo que espero de ti es que seas sincero conmigo, que hables con total libertad, como en la salita de Jess. Me gustaría saber cómo ves las cosas.

Arin respondió despacio:

—¿Eso os ayudaría? ¿Que sea sincero?

—Sí.

Se hizo el silencio. Entonces, el esclavo añadió:

—Podría hablar con mayor libertad si pudiera moverme con mayor libertad.

Kestrel captó el trato implícito en sus palabras.

—Puedo encargarme de ello.

—Quiero los privilegios de un esclavo doméstico.

—Hecho.

—Y poder ir a la ciudad por mi cuenta. Solo de vez en cuando.

—¿Para ver a tu amigo?

—A mi novia, en realidad.

Kestrel se quedó callada un momento.

—Muy bien —accedió.

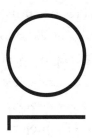

—OH, OH.

Kestrel sonrió desde el otro extremo de la mesa de juego. Ella y los otros tres jugadores de Muerde y Pica se encontraban en la terraza, a plena vista de los invitados de lady Faris, que deambulaban por el césped.

—¿Estás seguro de que quieres hacer eso? —le dijo al joven sentado frente a ella.

El dedo de lord Irex se detuvo sobre la ficha de dorso liso que había depositado sobre la mesa, listo para darle la vuelta y mostrar qué había grabado en el otro lado. Apretó la boca y luego la curvó formando una mueca desdeñosa.

Ronan miró a Kestrel desde su rincón de la mesa de juego. Él también estaba al corriente del carácter despiadado de Irex, y ambos sabían que le resultaba muy útil, al menos en el combate cuerpo a cuerpo. Irex había ganado el último torneo de primavera, una prueba que se organizaba cada año para que los valorianos que todavía no se habían alistado en el ejército pudieran mostrar sus habilidades con las armas.

—Yo que tú le haría caso —dijo Ronan mientras mezclaba despreocupadamente sus fichas de marfil.

Benix, el cuarto jugador, guardó silencio. Ninguno de ellos sabía que Irex había abordado a Kestrel después de ganar el premio de primavera. Durante la fiesta de celebración que había ofrecido el gobernador, Irex la había llevado a un rincón y se le había insinuado. Sus ojos tenían un tono casi negro y rezumaban arrogancia. Kestrel se había reído y se había escabullido.

—Estoy segura de que te alegras de tener un par de zorros —le dijo Kestrel a Irex—, pero tendrás que hacerlo mejor.

—Ya he colocado mi ficha —contestó Irex con frialdad—. No puedo retirarla.

—Te lo permitiré. Solo por esta vez.

—Tú lo que quieres es que la retire.

—Ajá. Así que estás de acuerdo en que sé qué ficha piensas usar.

Benix se removió en la delicada silla de lady Faris. El asiento crujió.

—Dale la vuelta a la maldita ficha, Irex. Y tú, Kestrel: deja de jugar con él.

—Solo le ofrezco un amable consejo.

Benix resopló.

Kestrel observó cómo Irex la observaba. Su ira iba en aumento, pues no acababa de decidir si las palabras de Kestrel eran mentira, la verdad bienintencionada o una verdad que esperaba que él interpretase como mentira. Le dio la vuelta a la ficha: un zorro.

—Qué pena —dijo Kestrel mientras giraba una de las suyas, añadiendo una tercera abeja a las otras dos fichas a juego. Acercó hasta su lado de la mesa las cuatro monedas de oro que habían apostado—. ¿Lo ves, Irex? Simplemente me preocupaba por ti.

Benix dejó escapar un profundo suspiro. Se recostó en la silla, que protestó, y se encogió de hombros. Era la viva imagen de la resignación teñida de diversión. Mantuvo la cabeza gacha mientras mezclaba las fichas de Muerde y Pica, pero Kestrel lo vio lanzarle una mirada cautelosa a Irex. Benix también había visto cómo la rabia transformaba en piedra el rostro del otro joven.

Irex se apartó de la mesa. Cruzó con paso airado la terraza empedrada hasta llegar al césped, que estaba abarrotado por los miembros más importantes de la sociedad valoriana.

—Eso no era necesario —le dijo Benix a Kestrel.

—Claro que sí —contestó ella—. Es un pesado. No me importa quitarle su dinero, pero no soporto su compañía.

—¿No podías haber pensado en mí antes de espantarlo? Tal vez me habría gustado intentar ganarle parte de su oro.

—Lord Irex puede permitírselo —añadió Ronan.

—Bueno, no me gustan los malos perdedores —dijo Kestrel—. Por eso juego con vosotros dos.

Benix soltó un gruñido.

—Es diabólica —coincidió Ronan con buen humor.

—Entonces, ¿por qué juegas con ella?

—Me gusta perder contra Kestrel. Le daré todo cuanto pida.

—Mientras tanto, yo no pierdo la esperanza de ganar algún día —contestó Benix mientras le daba una palmadita amistosa a Kestrel en la mano.

—Sí, sí —dijo Kestrel—. A los dos se os dan muy bien los halagos. Ahora subamos la apuesta.

—Nos falta un cuarto jugador —señaló Benix. Al Muerde y Pica se jugaba en grupos de dos o cuatro.

Sin poder contenerse, Kestrel miró a Arin, que no se encontraba demasiado lejos. El esclavo contemplaba el jardín o la casa situada al otro extremo de este. Desde su posición, habría podido ver las fichas de Irex, y también las de Ronan.

Sin embargo, no habría alcanzado a ver las de ella. Kestrel se preguntó qué le habría parecido el juego… si es que se había molestado en seguirlo.

Quizás Arin sintió su mirada posada en él, porque la miró. En sus ojos vio una expresión de tranquila indiferencia. No consiguió leer nada en ellos.

—En ese caso, supongo que se ha acabado la partida —les dijo a los dos nobles con voz alegre—. ¿Nos reunimos con los demás?

Ronan guardó el oro en el bolso de Kestrel y le deslizó la correa de terciopelo por la muñeca, toqueteando de manera innecesaria la ancha tira de tela hasta dejarla lisa y sin la más mínima arruga contra la piel de la joven. Le ofreció el brazo, ella lo aceptó y apoyó la mano sobre la fría manga de seda. Benix se situó tras ellos y los tres se dirigieron al centro de las animadas conversaciones de la fiesta. Aunque no lo comprobó, Kestrel sabía que Arin la seguía, como la línea de sombra de un reloj de sol.

Como su acompañante, eso era exactamente lo que se suponía que Arin debía hacer en el pícnic de lady Faris; no obstante, la hacía sentir incómoda, como si la acechara.

Desechó esa idea. Sencillamente todavía no había borrado de su mente la desagradable experiencia de jugar al Muerde y Pica con Irex. Bueno, el comportamiento del joven noble no era culpa de ella. Se había inmiscuido donde no lo habían invitado. Además, ahora parecía haber encontrado consuelo, sentado a los pies de las guapas hijas del senador Nicon y de Jess. Esa temporada estaban de moda los tonos rosados, rojos y anaranjados, y las faldas de las mujeres estaban llenas de tul. Era como si el jardín de lady Faris hubiera atraído a tierra a las nubes del atardecer y las hubiera atado allí.

Kestrel condujo a Ronan hasta donde se encontraba sentada su anfitriona, bebiendo agua con limón mientras su hijo gateaba a su lado por el césped bajo la atenta vigilancia de una esclava. Había varios jóvenes repantingados alrededor de Faris y, a medida que se acercaba, Kestrel fue comparando la regordeta cara del bebé con cada uno de los favoritos de la dama, intentando encontrar un parecido.

—... naturalmente, es un escándalo espantoso —estaba diciendo Faris.

Aquello picó la curiosidad de Kestrel. ¿Un escándalo? Si era de naturaleza romántica, su respeto por Faris estaba a punto de aumentar. Solo una mujer con los nervios de acero se atrevería a cotillear sobre las indiscreciones de otras personas mientras la suya se reía y agarraba puñados de hierba con sus diminutas manos.

—Adoro los escándalos —dijo Ronan mientras Kestrel, Benix y él se sentaban.

—Cómo no —contestó Benix—. Siempre estás causándolos.

—No del tipo que más me gustaría —repuso, sonriéndole a Kestrel.

Faris le dio un golpecito en el hombro con el abanico. Aquel gesto parecía una reprimenda, pero todos los presentes sabían que era una incitación para que prosiguiera con las bromas ingeniosas y pícaras que harían que esa fiesta fuera un éxito (siempre y cuando los halagos fueran dirigidos a la anfitriona).

De inmediato, Ronan elogió el vestido escotado con mangas acuchilladas de Faris. Admiró la empuñadura con incrustaciones de joyas de la daga que llevaba sobre el fajín, que era como todas las damas portaban sus armas.

Kestrel prestó atención. Una vez más, pudo comprobar

que los halagos de su amigo no eran más que hábiles artimañas. Eran como cisnes de papel, plegados con astucia para que pudieran flotar en el aire unos instantes. Nada más. Kestrel sintió que algo disminuía en su interior. De lo que no estaba segura era de si se trataba de tensión transformándose en alivio o expectativa pasando a decepción.

Arrancó una flor silvestre del césped y se la ofreció al bebé. El niño la apresó y contempló con los oscuros ojos cargados de asombro mientras los pétalos se arrugaban en sus manos. Sonrió y se le formó un hoyuelo en la mejilla izquierda.

Los halagos de Ronan habían despertado el espíritu competitivo de los otros jóvenes presentes, así que Kestrel tuvo que esperar un rato antes de que la conversación retomara el meollo del asunto: el escándalo.

—¡Me estáis distrayendo, caballeros! —exclamó Faris—. ¿No queréis saber de qué me he enterado?

—Yo sí —respondió Kestrel mientras le pasaba otra flor al bebé.

—No me extraña. A vuestro padre no le hará ninguna gracia.

Kestrel apartó la mirada del niño y, al hacerlo, vio a Arin a poca distancia, escuchando con cara de interés.

—¿Qué tiene que ver mi padre? —Le resultaba imposible creer que tuviera algún lío romántico—. Ni siquiera está en la ciudad. Está dirigiendo una sesión de adiestramiento a un día a caballo de aquí.

—Puede ser. Pero cuando el general Trajan regrese, el senador Andrax pagará un precio aún mayor.

—¿Por qué?

—Pues por venderles barriles de pólvora a los salvajes del este.

Todos guardaron silencio, atónitos.

—¿Andrax les ha vendido armas a los enemigos del imperio? —preguntó Benix.

—Él asegura que alguien robó los barriles. Pero ¿quién se lo va a creer? Él debía custodiarlos, y ahora han desaparecido. Todo el mundo sabe que a Andrax le gusta llenarse los bolsillos con sobornos. ¿Qué le impide comerciar ilegalmente con los bárbaros?

—Tenéis razón —dijo Kestrel—, mi padre se pondrá furioso.

Lady Faris empezó a enumerar, con tono de entusiasmo, los posibles castigos para el senador, al que habían encarcelado hasta que llegaran instrucciones desde la capital.

—Mi propio marido ha acudido a tratar el asunto con el emperador. Oh, ¿qué le ocurrirá a Andrax? ¿Creéis que lo ejecutarán? ¡Como mínimo lo desterrarán a la tundra septentrional!

El círculo de admiradores de Faris intervino en la conversación, urdiendo castigos tan crueles y descabellados que acabaron convirtiéndose en chistes morbosos. Ronan fue el único que guardó silencio mientras observaba cómo el bebé trepaba al regazo de Kestrel y le manchaba la manga de babas.

Kestrel sostuvo al niño. Tenía la vista clavada en él, pero en realidad no veía cómo la suave brisa le agitaba el fino cabello blanco como si fueran pelusas de diente de león. Temía el regreso de su padre. Sabía lo que acarrearía esa noticia. La traición del senador lo horrorizaría y usaría ese hecho para tratar de convencer a Kestrel de que viera la necesidad de añadir soldados leales a las filas del imperio. La presión a la que la sometía su padre aumentaría. De pronto, sintió que le costaba respirar.

—Esto se te da bien —comentó Ronan.

—¿El qué?

Se inclinó para acariciar la cabeza del bebé y contestó:

—Ser madre.

—¿A qué viene eso?

Ronan parecía incómodo, pero respondió con soltura:

—A nada, si tú no quieres. —Les echó un vistazo a Benix, Faris y los demás, pero estaban ocupados hablando de empulgueras y ahorcamientos—. Olvídalo. Lo retiro.

Kestrel dejó al bebé en la hierba junto a Faris.

—No puedes retirarlo.

—Solo por esta vez —repuso Ronan, repitiendo las mismas palabras que había empleado ella durante la partida.

Kestrel se levantó y se alejó. Ronan la siguió.

—Venga, Kestrel. No era más que la verdad.

Se habían adentrado en la sombra de los densos árboles, cuyas hojas eran del color de la sangre. Pronto se caerían.

—No es que no quiera tener un hijo algún día —le confesó a Ronan.

El alivio de este era patente cuando contestó:

—Bien. El imperio necesita nuevas incorporaciones.

Era cierto. Y ella lo sabía. A medida que el imperio valoriano se extendía por el continente, debía hacer frente al problema de mantener lo que había conquistado. Las soluciones consistían en poderío militar y aumentar la población valoriana, así que el emperador había prohibido cualquier actividad que pusiera en peligro innecesariamente vidas valorianas, como los duelos y los juegos de saltar toros que solían marcar las ceremonias de mayoría de edad. Todo aquel que no fuera soldado estaba obligado a contraer matrimonio antes de los veinte.

—Es que… —Kestrel lo intentó de nuevo—. Me siento atrapada. Entre lo que quiere mi padre y…

Ronan alzó las manos en un gesto defensivo.

—Yo no pretendo hacerte caer en una trampa. Soy tu amigo.

—Ya lo sé. Pero cuando te enfrentas únicamente a dos alternativas, el ejército o el matrimonio, ¿no te preguntas si hay una tercera opción, una cuarta o incluso más?

—Tienes muchas opciones. La ley dice que debes casarte dentro de tres años, pero no con quién. De todas formas, todavía hay tiempo. —Le rozó el hombro con el suyo como si fueran dos niños a punto de enzarzarse en una pelea de broma—. El suficiente para conseguir convencerte de cuál es la opción correcta.

—Benix, por supuesto —contestó ella entre risas.

—Benix. —Ronan apretó el puño y lo agitó hacia el cielo—. ¡Benix! —exclamó—. ¡Te reto a duelo! ¿Dónde estás, pedazo de zoquete?

Ronan salió de entre los árboles dando grandes zancadas, con el talento de un actor cómico.

Kestrel lo vio alejarse con una sonrisa. Tal vez sus tontos coqueteos ocultaran algo real. Resultaba difícil distinguir con certeza los sentimientos de la gente. Una conversación con Ronan se parecía a una partida de Muerde y Pica en la que Kestrel no estaba segura de si la verdad parecía mentira o la mentira se asemejaba a la verdad.

¿Qué pasaría si era cierto?

Se quedó allí inmóvil un momento, disfrutando de la cálida risa que perduraba en su interior, sin dar respuesta a la pregunta que se había planteado a sí misma.

Alguien —un hombre— se le acercó por la espalda y le rodeó la cintura con el brazo.

No se trataba de un coqueteo, sino de una agresión.

Kestrel se apartó y se giró, daga en mano.

Irex. Él también había desenvainado su daga.

—¿Te apetece pelear, querida Kestrel?

La postura de Irex era relajada. Tal vez no supiera jugar al Muerde y Pica, pero era mucho más hábil con las armas que ella.

—Aquí no —contestó con tono frío.

—No, aquí no —asintió él con voz suave—. Pero en cualquier otro sitio, si tú quieres.

—¿Qué crees que haces, Irex?

—¿Hace un momento? Ah, no sé. Quizás estaba intentando meterte la mano en el bolsillo.

Su tono dio a entender un grosero doble sentido.

Kestrel se guardó la daga en la vaina.

—Robármelo es la única forma en la que conseguirás mi dinero.

Kestrel se alejó del abrigo de los árboles y vio, tremendamente agradecida, que la gente seguía allí, que el tintineo de la porcelana y los cubiertos todavía se superponía al murmullo de las conversaciones y que nadie se había dado cuenta de nada.

Nadie, salvo tal vez Arin. El esclavo estaba aguardándola. Kestrel sintió una punzada de algo desagradable (vergüenza, quizás) al preguntarse cuánto habría escuchado de lo que había acontecido esa tarde. La consternaba pensar que podría haber presenciado el encuentro con Irex y haberlo malinterpretado. ¿O lo que la molestaba era otra cosa? Tal vez era la idea de que Arin supiera perfectamente lo que estaba ocurriendo detrás de los árboles y no hubiera hecho nada para intervenir, para ayudar.

Él no era nadie para intervenir, se recordó a sí misma. Además, no había necesitado su ayuda.

—Nos vamos —le dijo.

Kestrel dejó bullir su mal humor en el silencio del carruaje. Al final, no pudo soportar el círculo vicioso de sus pensamientos, cómo regresaban una y otra vez a Irex y su estúpida decisión de humillarlo durante la partida de Muerde y Pica.

—¿Y bien? —le preguntó a Arin.

El esclavo estaba sentado frente a ella en el carruaje, pero no levantó los ojos para mirarla. Se contemplaba las manos.

—¿Y bien qué?

—¿Qué opinas?

—¿De qué?

—De la fiesta. De lo que sea. Del trato que hicimos y que, como mínimo, podrías fingir mantener.

—Queréis cotillear sobre la fiesta —contestó con tono cansino.

—Quiero que hables conmigo.

Entonces la miró. Kestrel se dio cuenta de que había apretado los puños, estrujándose la falda de seda. Abrió las manos.

—Por ejemplo, sé que oíste lo del senador Andrax. ¿Crees que merece que lo torturen? ¿Que lo maten?

—Se merece lo que reciba —respondió, y guardó silencio de nuevo.

Kestrel se rindió. Se sumió de nuevo en su enfado.

—Eso no es lo que os preocupa.

Arin parecía reacio, casi incrédulo, como si no acabara de creerse que aquellas palabras hubieran escapado de sus labios.

Kestrel aguardó hasta que Arin añadió:

—Ese tipo es un gilipollas.

Era evidente a quién se refería. Era evidente que un esclavo no debería decir nunca eso de ningún valoriano. Pero fue maravilloso oírlo en voz alta. Kestrel ahogó una carcajada.

—Y yo soy una idiota. —Se apretó las manos heladas contra la frente—. Ya sabía cómo es. No debería haber jugado al Muerde y Pica con él. O debería haberle dejado ganar.

A Arin le tembló la comisura de la boca.

—Me gustó verlo perder.

Se hizo el silencio. Aunque Kestrel se sentía reconfortada, ahora sabía que Arin había comprendido perfectamente los acontecimientos de la tarde. Había aguardado al otro lado de los árboles, escuchando su conversación con Irex. ¿Habría continuado manteniéndose al margen si hubiera ocurrido algo más?

—¿Sabes jugar al Muerde y Pica?

—Puede.

—O sabes o no.

—Da igual que sepa o no.

Kestrel soltó un ruidito de impaciencia.

—¿Y eso por qué?

Los dientes de Arin resplandecieron en la cambiante luz del atardecer.

—Porque no os gustaría jugar contra mí.

CUANDO EL GENERAL REGRESÓ A CASA Y SE ENTERÓ de la noticia sobre el senador Andrax, ni siquiera esperó a quitarse la suciedad de los días previos. Volvió a subirse a su caballo y partió a toda velocidad hacia la prisión.

Ya había pasado el mediodía cuando volvió a entrar en la villa. Kestrel, que había oído acercarse su caballo desde una de sus habitaciones, bajó las escaleras y lo vio de cuclillas junto a la charca de la entrada. Su padre se salpicó agua en la cara y se pasó las manos mojadas por la cabeza, alisándose el pelo sudado.

—¿Qué le pasará al senador? –preguntó Kestrel.

—Al emperador no le gusta aplicar penas de muerte, pero en este caso creo que hará una excepción.

—Tal vez sí robaran los barriles de pólvora, como afirma Andrax.

—Aparte de mí, él era el único que tenía la llave de ese arsenal en concreto, y no había indicios de que hubieran forzado la entrada. Yo tenía mi llave conmigo y llevo tres días fuera.

—Los barriles podrían seguir en la ciudad. Supongo que alguien habrá ordenado que mantengan a todos los barcos en el puerto y los registren, ¿no?

Su padre hizo una mueca.

—Era de esperar que se te ocurriera pensar en lo que el gobernador debería haber hecho hace dos días. —Se quedó callado un momento y luego añadió—: Kestrel…

—Ya sé lo que vas a decir. —Por eso había ido a recibir a su padre y había sacado el tema de la traición del senador: no había querido esperar a que él lo convirtiera en algo con lo que presionarla—. El imperio necesita gente como yo.

Su padre enarcó las cejas.

—¿Así que lo vas a hacer? ¿Te vas a alistar?

—No. Pero tengo una sugerencia. Afirmas que poseo una mente privilegiada para la guerra.

Él respondió con cautela:

—Siempre te las arreglas para conseguir lo que quieres.

—Sin embargo, durante años mi instrucción militar se ha centrado en el aspecto físico, y lo único que ha conseguido es hacer de mí una luchadora pasable.

Kestrel pensó en Irex, ante ella, sosteniendo la daga con tanta naturalidad que parecía una prolongación de su mano.

—No es suficiente. Deberías enseñarme historia. Deberíamos inventar escenarios de guerra, discutir las ventajas y desventajas del orden de batalla. Mientras tanto, mantendré una actitud abierta a la idea de luchar por el imperio.

A su padre se le formaron arruguitas en las comisuras de los ojos, pero mantuvo la boca recta.

—Ya.

—¿No te gusta mi sugerencia?

—Me pregunto qué me costará.

Kestrel se armó de valor. Esa era la parte difícil.

—Mis sesiones con Rax se acabarán. Él sabe tan bien como yo que ya no puedo progresar más. Estamos malgastando su tiempo.

El general negó con la cabeza.

—Kestrel...

—Y dejarás de presionarme para que me aliste. Hacerme soldado o no es cosa mía.

El general se frotó las manos mojadas, que todavía seguían sucias. De ellas goteaba agua marrón.

—Esta es mi contraoferta. Estudiarás estrategia conmigo según lo permitan mis obligaciones. Tus sesiones con Rax continuarán, pero solo una vez a la semana. Y tomarás una decisión antes de primavera.

—No tengo que decidirlo hasta que cumpla los veinte.

—Kestrel, es mejor para ambos saber lo antes posible a qué atenernos.

Se disponía a aceptar los términos, cuando su padre alzó un dedo.

—Si no eliges mi vida, te casarás en primavera.

—Eso es una trampa.

—No, es una apuesta. Apuesto a que aprecias demasiado tu independencia para no luchar a mi lado.

—Espero que veas que lo que acabas de decir es irónico.

Su padre sonrió.

—¿Dejarás de intentar convencerme? ¿Se acabaron los sermones?

—Exacto.

—Tocaré el piano cuando quiera. Y no dirás nada al respecto.

La sonrisa del general disminuyó.

—Muy bien.

—Y... —se le entrecortó la voz— si me caso, será con quien yo elija.

—Por supuesto. Cualquier valoriano de nuestra sociedad me vale.

Kestrel decidió que era justo.

—Acepto.

El general le dio una palmadita en la mejilla con la mano húmeda.

—Buena chica.

*   *   *

Kestrel bajó por el pasillo. La noche previa al regreso de su padre se había quedado despierta en la cama. Tras los párpados cerrados, veía la imagen de las tres fichas con las abejas, y la daga de Irex, y la suya. Había meditado acerca de lo poderosa que se había sentido en una situación y lo desvalida en la otra. Analizó su vida como si fuera una partida de Muerde y Pica. Le pareció descubrir una estrategia de juego clara.

Pero había olvidado que había sido su padre el que le había enseñado aquel juego.

Tenía el presentimiento de que acababa de hacer un trato muy desfavorable.

Pasó por delante de la biblioteca, luego se detuvo y regresó a la puerta abierta. Dentro había dos esclavas domésticas quitando el polvo. Se detuvieron al oír sus pasos en el umbral y la miraron. No, más bien la escrutaron, como si pudieran ver todos sus errores grabados en su rostro.

Lirah, una bonita joven de ojos verdosos, dijo:

—Mi señora…

—¿Sabes dónde está Herrero?

Kestrel no estaba segura de qué la había llevado a emplear el otro nombre de Arin. En ese momento cayó en la cuenta de que no había compartido el verdadero nombre del esclavo con nadie.

—En la fragua —contestó Lirah de inmediato—. Pero…

Kestrel dio media vuelta y se dirigió hacia las puertas del jardín.

Al principio, creía que simplemente buscaba una distracción sin complicaciones. Sin embargo, al oír el repiqueteo del metal contra el metal y ver a Arin deslizando un trozo de acero por el yunque con una herramienta mientras lo golpeaba con otra, supo que había acudido al lugar equivocado.

—¿Sí? —le preguntó sin volverse hacia ella.

Tenía la camisa empapada de sudor y las manos cubiertas de hollín. Dejó que la hoja de la espada se enfriara sobre el yunque e introdujo otro fragmento de metal más corto en el fuego, que le iluminó el perfil con su luz vacilante.

Kestrel se esforzó por recobrar el control de su voz.

—Se me ocurrió que podíamos jugar.

Arin frunció el entrecejo.

—Al Muerde y Pica —dijo Kestrel. Y añadió con voz más firme—: Insinuaste que sabías jugar.

El esclavo usó unas tenazas para avivar el fuego.

—Así es.

—Insinuaste que podrías ganarme.

—Insinué que no había ningún motivo por el que un valoriano querría jugar con un herraní.

—No, elegiste las palabras con cuidado para que lo que dijiste se pudiera interpretar de esa forma. Pero no quisiste decir eso.

Entonces se volvió hacia ella, cruzándose de brazos.

—No tengo tiempo para juegos. —Tenía las puntas de los dedos manchadas de polvo de carbón que se le incrustaba bajo las uñas y en las cutículas—. Tengo que trabajar.

—A menos que yo diga lo contrario.

Arin le dio la espalda.

—Me gusta terminar lo que empiezo.

Kestrel tenía pensado marcharse. Tenía pensado dejarlo en medio del ruido y el calor. Tenía pensado no decir nada más. No obstante, acabó retándolo:

—De todas formas, nunca podrías vencerme.

Arin le dedicó una mirada que ella conocía bien, la que estaba cargada de desdén. Esta vez, sin embargo, también se rió.

—¿Dónde proponéis que juguemos? —Abarcó la fragua con un gesto de la mano—. Aquí.

—En mis habitaciones.

—Vuestras habitaciones —repitió Arin mientras sacudía la cabeza con incredulidad.

—Sí, en mi sala de estar. O en la salita de la planta baja —añadió, aunque la incomodaba la idea de jugar al Muerde y Pica con él en un lugar tan público de la casa.

Arin se apoyó en el yunque, considerándolo.

—Vuestra sala de estar servirá. Iré cuando termine esta espada. Después de todo, ahora dispongo de los privilegios de un esclavo doméstico. ¿Por qué no usarlos?

Empezó a decir algo más, pero se detuvo mientras le recorría el rostro con la mirada. Kestrel se puso nerviosa. Se dio cuenta de que la examinaba. La observaba fijamente.

—Tenéis la cara sucia —le dijo con tono cortante.

Retomó su labor.

Más tarde, en su baño, Kestrel lo vio. En cuanto inclinó el espejo para que captara la suave luz ámbar del atardecer, vio lo que él había visto, al igual que Lirah, que había intentado advertírselo. Una tenue mancha le recorría la curva del pómulo, le oscurecía la mejilla y le rozaba la línea de la mandíbula. Se trataba de la huella de una mano. La sombra que había dejado la mano sucia de su padre cuando le había rozado la cara para sellar el trato que habían hecho.

ARIN SE HABÍA BAÑADO. LLEVABA ROPA PROPIA DE un esclavo doméstico y, cuando Kestrel lo vio de pie en la entrada, su postura era relajada. Sin aguardar a que lo invitara, entró en la habitación con paso decidido, apartó la otra silla de la mesita en la que esperaba Kestrel y se sentó. Colocó los brazos en una postura despreocupada y se recostó en la silla de brocado como si tal cosa. A Kestrel le dio la sensación de que se sentía como en casa.

Aunque también le había dado esa impresión en la fragua. Kestrel miró hacia otro lado al tiempo que amontonaba las fichas de Muerde y Pica sobre la mesa. Se le ocurrió que Arin tenía el talento de sentirse cómodo en entornos muy dispares y al instante se preguntó cómo le iría a ella en su mundo.

Arin comentó:

—Esto no es una sala de estar.

—¿Ah, no? —Kestrel mezcló las fichas—. Y yo que pensaba que aquí estábamos.

La boca de Arin se curvó levemente.

—Es una sala de escritura. O, más bien —eligió seis fichas—, lo era.

Kestrel eligió sus propias fichas. Decidió no mostrar ningún indicio de curiosidad. No permitiría que nada la distrajera. Colocó sus fichas bocabajo.

—Un momento —dijo Arin—. ¿Qué apostamos?

Ella ya había pensado detenidamente en ese tema. Se sacó una pequeña caja de madera del bolsillo de la falda y la colocó sobre la mesa. Arin la agarró, la sacudió y escuchó cómo el contenido se deslizaba en su interior con un tenue traqueteo.

—Cerillas. —Dejó caer de nuevo la caja sobre la mesa—. Qué emocionante.

Pero ¿qué podría apostar un esclavo que no tenía nada que jugarse? Kestrel había estado dándole vueltas al tema desde que le había propuesto jugar. Se encogió de hombros y contestó:

—Tal vez me da miedo perder.

Dividió las cerillas entre ambos.

—Hum —contestó él.

Cada uno realizó su apuesta inicial.

Arin situó sus fichas de modo que pudiera ver la superficie grabada sin mostrársela a Kestrel. Sus ojos observaron las fichas un instante y luego se alzaron para examinar el lujoso entorno. Eso la molestó por dos motivos: porque no conseguía leer nada en su expresión y porque se estaba comportando como un caballero al apartar la mirada, ofreciéndole un momento para estudiar sus fichas sin temor a revelarle algo. Como si necesitara ese tipo de ventaja.

—¿Cómo lo sabes? —le preguntó.

—¿Cómo sé qué?

—Que esto era una sala de escritura. Nunca lo había oído.

Kestrel comenzó a ordenar sus fichas. Al observar los grabados se preguntó si Arin de verdad había apartado la mirada por amabilidad o si había intentado provocarla de manera deliberada.

Se concentró en sus fichas y la alivió comprobar que tenía una buena mano. Un tigre (la ficha más alta); un lobo, un ratón y un zorro (que no eran un mal trío, salvo por el ratón); y un par de escorpiones. Le gustaban las fichas de Pica. La gente solía subestimarlas.

Se dio cuenta de que Arin estaba esperando a que terminara para contestar a la pregunta. Estaba observándola.

—Lo sé por la posición de la sala en vuestras habitaciones, el color crema de las paredes y los cuadros de cisnes. Aquí era donde una dama herraní escribiría cartas o haría anotaciones en su diario. Es una habitación privada. Yo no debería estar aquí.

—Bueno —respondió Kestrel con incomodidad—, ya no es lo que era.

Arin jugó su primera ficha: un lobo. Eso significaba que ahora ella tenía una oportunidad menos de añadir un lobo a su mano. Kestrel usó el zorro.

—Pero ¿cómo supiste reconocer la habitación? —insistió—. ¿Has sido esclavo doméstico?

A Arin le tembló el dedo sobre la cara lisa de una ficha. No pretendía ofenderlo, pero vio que lo había hecho.

—Todas las casas de la aristocracia herraní tenían salas de escritura —contestó él—. Todo el mundo lo sabe. Cualquier esclavo podría deciros lo mismo. Como Lirah, por ejemplo.

Kestrel no sabía que conociera a Lirah (o, al menos, que la conociera tan bien como para dejar caer su nombre con tanta naturalidad en la conversación). Aunque, bien pensado, era evidente. Recordó la prontitud con la que Lirah le había comunicado el paradero de Arin horas antes. Lo había dicho como si la respuesta ya le estuviera rondando por la mente, como una libélula sobre el agua, mucho antes de que se lo hubiera preguntado.

Jugaron en silencio, descartando fichas, escogiendo nuevas, jugando otras, hablando solo para apostar.

Entonces, las manos de Arin se detuvieron.

—Sobrevivisteis a la plaga.

—Eh…

Kestrel no se había dado cuenta de que las amplias mangas acuchilladas se le habían levantado dejando al descubierto la piel del interior de los brazos. Rozó la pequeña cicatriz que tenía encima del codo izquierdo.

—Sí. Muchos valorianos contrajeron la plaga durante la colonización de Herrán.

—A la mayoría de los valorianos no los curó un herraní —repuso él con la mirada clavada en la cicatriz.

Kestrel se cubrió la piel con las mangas. Cogió una cerilla y la hizo girar con los dedos.

—En ese entonces, yo tenía siete años. No recuerdo mucho.

—Estoy seguro de que aun así sabéis lo que ocurrió.

Kestrel vaciló.

—No te gustaría oírlo.

—Eso da igual.

Dejó la cerilla sobre la mesa.

—Mi familia acababa de llegar. Mi padre no enfermó. Supongo que era inmune. Siempre me ha parecido… invulnerable.

Arin contrajo el rostro.

—Pero mi madre y yo caímos muy enfermas. Recuerdo que solía dormir a su lado. Le ardía la piel. A los esclavos les ordenaron que nos separaran para que su fiebre no empeorara la mía y al revés, pero siempre me despertaba en su cama. Mi padre se dio cuenta de que la plaga no parecía afectar demasiado a ningún herraní. Y, si la contraían, no morían. Así que localizó a un médico herraní.

Debería haberlo dejado ahí. Sin embargo, la mirada gris de Arin se mantuvo inmutable y tuvo la sensación de que si no decía nada más él se daría cuenta enseguida de que mentía.

—Mi padre le dijo al médico que si no nos curaba lo mataría.

—Así que el médico lo hizo. —Arin parecía indignado—. Porque temía por su vida.

—No fue por eso. —Kestrel clavó la mirada en sus fichas—. No sé por qué fue. ¿Tal vez porque yo era una niña? —Sacudió la cabeza—. Me hizo un corte en el brazo para sangrar la enfermedad. Supongo que, si has reconocido la cicatriz, debe ser eso lo que hicieron todos los médicos herraníes. Detuvo la hemorragia y cosió la herida. Y luego se quitó la vida con el cuchillo.

Algo se agitó en los ojos de Arin. Kestrel se preguntó si estaría intentando, como solía hacer ella al mirarse al espejo, imaginarla de niña, descubrir qué habría en ella para que el médico hubiera decidido salvarla.

—¿Y vuestra madre?

—Mi padre intentó hacerle el mismo corte que el médico me había hecho a mí. Eso lo recuerdo. Había un montón de sangre. Murió.

En medio del silencio, Kestrel oyó cómo una hoja rozaba el cristal de la ventana al caer. Al otro lado, el cielo estaba cada vez más oscuro. La temperatura era agradable, pero el verano casi había terminado.

—Os toca —dijo Arin con brusquedad.

Kestrel descubrió sus fichas, pero no encontró placer en el hecho de que seguramente había ganado. Tenía cuatro escorpiones.

Arin mostró las suyas. El sonido del marfil al chocar contra la mesa de madera fue ensordecedor.

Cuatro serpientes.

—Gano yo —sentenció, y se guardó las cerillas en la mano.

Kestrel observó las fichas mientras una sensación de entumecimiento se iba apoderando de sus extremidades.

—Bien —contestó. Carraspeó—. Buena partida.

Arin le dedicó una sonrisa carente de humor.

—Ya os lo advertí.

—Sí. Es verdad.

El esclavo se puso en pie.

—Más vale que me retire mientras lleve ventaja.

—Hasta la próxima.

Se percató de que le había ofrecido la mano. Él la miró y luego la estrechó. Kestrel notó cómo el entumecimiento se desvanecía y lo reemplazaba una clase diferente de sorpresa.

Arin le soltó la mano de pronto.

—Tengo cosas que hacer.

—¿Como qué? —repuso, intentando usar un tono despreocupado.

Él contestó de igual forma:

—Como decidir qué voy a hacer con mi inesperado botín de cerillas.

Sonrió al verlo abrir los ojos de par en par fingiendo júbilo.

—Te acompaño a la salida.

—¿Pensáis que puedo perderme? ¿O robar algo al salir?

A Kestrel se le dibujó una expresión altanera en el rostro.

—Yo también voy a salir de la villa —contestó, aunque no lo tenía planeado hasta que las palabras escaparon de su boca.

Atravesaron la casa en silencio hasta llegar a la planta baja. Kestrel notó que él aflojaba el paso, de manera casi imperceptible, al pasar ante las puertas cerradas que ocultaban su piano.

Se detuvo y le preguntó:

—¿Hay algo que te interese en esa habitación?

Él le lanzó una mirada cortante.

—La sala de música no me interesa lo más mínimo.

Kestrel lo observó alejarse con los ojos entrecerrados.

LA PRIMERA LECCIÓN DE KESTREL CON SU PADRE
tuvo lugar en la biblioteca. Se trataba de una habitación
sombría con estanterías empotradas abarrotadas de punta
a punta de tomos con bellas encuadernaciones. Solo había
algunos escritos en su idioma, pues el imperio no se carac-
terizaba por su tradición literaria. La mayoría de los libros
estaba en herraní, y si había pocos valorianos que supieran
hablar bien aquel idioma, aún menos sabían leerlo, ya que el
alfabeto empleaba caracteres diferentes. Sin embargo, todos
los colonizadores valorianos habían conservado intactas las
bibliotecas conquistadas. Así quedaban más bonitas.

Su padre estaba de pie, mirando por la ventana. No le
gustaba sentarse. Kestrel se acomodó en una silla de lectura
en un intento deliberado por diferenciarse de él.

El general dijo:

—El proyecto del imperio valoriano dio comienzo hace
veinticuatro años, cuando nos apoderamos de la tundra septentrional.

—Un territorio fácil de conquistar. —Tal vez no pudiera
demostrarle su valía con una espada, pero al menos podía
probar que conocía la historia de su pueblo—. Había pocos
habitantes, desperdigados en tribus lejanas que vivían en

tiendas. Los invadimos en verano, sin demasiadas bajas en ambos bandos. Fue una prueba, para comprobar si los vecinos de Valoria se opondrían a que nos expandiéramos. También fue una victoria simbólica, para alentar a nuestra gente. Pero la tundra no ofrece cultivos y escasean la carne y los esclavos. Prácticamente, carece de valor.

—¿Que carece de valor?

El general abrió uno de los cajones que cubrían las paredes por debajo de los estantes de libros y sacó un mapa enrollado. Lo desplegó y lo sujetó sobre la mesa con pisapapeles de cristal. Kestrel se levantó y se acercó para estudiar el contorno del continente y la extensión del imperio.

—Tal vez no carezca por completo de valor —aceptó.

Señaló la tundra, que consistía en una estrecha franja de tierra sobre gran parte del norte del imperio, hasta que el territorio helado se extendía hacia el este y se ensanchaba, descendiendo hacia el sur para curvarse alrededor del extremo noreste del imperio.

—Le proporciona a Valoria una barrera natural contra una posible invasión bárbara. La tundra no es un terreno agradable para la guerra, sobre todo ahora que la defendemos nosotros.

—Sí. Pero la tundra tiene otro valor para nosotros, algo que no se puede ver mirando este mapa. Es un secreto de estado, Kestrel. Voy a confiártelo y espero que sepas guardarlo.

—Por supuesto.

No pudo evitar que la intriga y la alegría se apoderaran de ella ante el hecho de que su padre compartiera el secreto con ella, aunque sabía que eso era justo lo que él pretendía.

—Enviamos espías a la tundra mucho antes de atacar. Lo hacemos con cada territorio que queremos conseguir, y la tundra no fue especial en este aspecto. Pero lo que los espías encontraron allí sí lo fue: depósitos minerales. Algo de plata, que hemos extraído y ayuda a financiar nuestras guerras. Y, lo que es más importante, hay una enorme cantidad de azufre, un ingrediente clave para la fabricación de pólvora.

Sonrió al ver la cara de sorpresa de su hija. A continuación, describió con todo lujo de detalles los preparativos para la invasión, las escaramuzas iniciales y cómo el general Daran (que había visto que el padre de Kestrel apuntaba buenas maneras cuando era un joven oficial y lo había adiestrado en el arte de la guerra) había conquistado la tundra.

Cuando terminó, Kestrel rozó con los dedos la península de Herrán.

—Háblame de la Guerra Herraní.

—Ansiábamos este territorio mucho antes de que yo lo tomara. En cuanto cayó en nuestras manos, los colonizadores valorianos se lanzaron a por un trozo del pastel. Antes de la guerra, los herraníes estuvieron alardeando durante décadas de las riquezas de su país, su abundancia, su belleza, su tierra fértil… sus cualidades casi perfectas, incluyendo que prácticamente podría considerarse una isla. —El general trazó con el dedo el contorno de la península, que estaba rodeada casi por completo por el mar meridional, salvo donde una cordillera la separaba del resto del continente—. Los herraníes no nos consideraban más que unos estúpidos salvajes sanguinarios. Aunque se dignaban a enviar naves al continente para vendernos artículos de lujo. Al parecer, no se les ocurrió que cada cuenco de alabastro o saco de especias suponía una tentación para el emperador.

Aunque Kestrel ya sabía la mayor parte de aquello, era como si la historia que ella conocía fuera una escultura a medio acabar y las palabras de su padre representaran fuertes golpes de cincel que fueron grabando los detalles en el mármol hasta que consiguió ver la auténtica forma oculta dentro de la piedra.

—Los herraníes se creían intocables —continuó el general—. Y casi tenían razón. Habían llegado a dominar el mar. Su armada era mucho más sofisticada que la nuestra, tanto en naves como en adiestramiento. Incluso aunque nuestra armada hubiera podido compararse con la suya, teníamos el mar en contra.

—Las tormentas verdes —intervino Kestrel.

La temporada de tormentas se acercaba y duraría hasta la primavera. A lo largo de las rutas marítimas, se formarían tornados de la nada que se estrellarían contra las costas, tiñendo el cielo de un inquietante tono verde.

—La invasión por mar era un suicidio. Por tierra era imposible. No había forma de cruzar las montañas con un ejército. Existía un paso, pero era tan estrecho que un ejército habría tenido que apretujarse para pasar casi en fila, y despacio, por lo que a las fuerzas herraníes les resultaría muy fácil ir mermando a las nuestras hasta acabar con todos nosotros.

Kestrel sabía lo que había hecho su padre, pero hasta ahora no había caído en la cuenta de algo.

—Conseguiste toda aquella pólvora de la conquista previa de la tundra.

—Así es. Llenamos las montañas de pólvora y volamos el paso por los aires. Lo ensanchamos hasta que nuestro ejército pudo atravesarlo en bloque rumbo a la victoria. Los herraníes no estaban preparados para una invasión por tierra. Su fortaleza estaba en el mar.

»Y su mayor error fue la rápida rendición. Claro que, en

cuanto tomé la ciudad, ya no les quedaban muchas opciones. Pero todavía contaban con su armada: una flota de casi un centenar de veloces naves con cañones. Dudo que hubieran podido recuperar la ciudad, ya que los marineros habrían tenido que venir a tierra tarde o temprano, y además los superábamos en número y no se les daba muy bien combatir contra la caballería. Pero sus naves podrían habernos hostigado. Podrían haber llevado a cabo ataques piratas. Podrían haber llevado la guerra a aguas valorianas y usar los daños causados para negociar mejores términos de rendición. Pero me había apoderado de la ciudad y sus habitantes... y mi reputación me precedía.

Kestrel se volvió. Sacó un libro de poesía herraní del estante y lo hojeó. Su padre ya no la veía a ella, sino el pasado.

—Así que los herraníes se rindieron —añadió—. Eligieron vivir como esclavos antes que morir. Nos entregaron sus barcos y, con ellos, nuestra armada se convirtió en la más poderosa del mundo conocido. Ahora todos los soldados valorianos saben navegar bien. Me aseguré de que tú también aprendieras.

Kestrel encontró el pasaje que estaba buscando. Era el comienzo de un canto sobre un viaje a unas islas mágicas donde el tiempo carecía de significado. Era un llamamiento a los marineros para que condujeran sus naves hacia mar abierto. «Enfilamos quilla a los cachones —leyó—. Nos deslizamos en el mar salado.»

—Ganamos por muchas razones —dijo su padre—, y te las enseñaré. Pero la razón fundamental es muy sencilla. Ellos eran débiles. Y nosotros no.

Le arrebató el libro de las manos y lo cerró.

Sus reuniones con el general no eran frecuentes. Era un hombre ocupado y Kestrel se alegraba de ello. Las conversaciones que mantenían la hacían oscilar con demasiada facilidad entre la fascinación y la repulsión.

Los árboles siguieron perdiendo más hojas. La calidez del verano se desvaneció del aire. Kestrel apenas se dio cuenta, pues se mantuvo dentro de casa, ya que había descubierto que conseguía olvidar la mayor parte de lo que le había enseñado su padre mientras tocaba el piano. Ahora que podía, se pasaba casi todas las horas libres tocando. La música la hacía sentir como si sostuviera un farol que proyectaba un halo de luz a su alrededor, y, aunque sabía que había gente y responsabilidades en la oscuridad que la rodeaba, no podía verlas. La llama de lo que sentía cuando tocaba la dejaba maravillosamente ciega.

Hasta el día en que encontró algo esperándola en la sala de música. Había una pequeña ficha de marfil justo en la tecla central del piano. La ficha de Muerde y Pica estaba situada bocabajo. El lado en blanco quedaba hacia arriba.

Aquel objeto la escrutó como si fuera una pregunta... o una invitación.

—EMPEZABA A PENSAR QUE NO QUERÍAIS JUGAR contra alguien a quien no podréis ganar —le dijo Arin.

Kestrel levantó la vista del piano y lo vio en la puerta, que había dejado abierta. Luego posó la mirada en el juego de Muerde y Pica, que aguardaba sobre una mesa situada junto a las ventanas que daban al jardín.

—En absoluto —contestó—. Es que he estado ocupada.

Arin le echó un vistazo al piano.

—Eso he oído.

Kestrel se sentó ante la mesa y comentó:

—Me intriga que eligieras esta habitación.

Arin vaciló y ella pensó que estaba a punto de negar cualquier responsabilidad en la elección, de fingir que un fantasma había dejado la ficha sobre el piano. Pero, entonces, cerró la puerta a su espalda. Aunque la habitación era grande, de pronto pareció muy pequeña. Arin cruzó la sala y se reunió con ella en la mesa. Explicó:

—No me gustó jugar en vuestras habitaciones.

Kestrel decidió no ofenderse. Después de todo, le había pedido que fuera sincero. Mezcló las fichas, pero cuando dejó una caja de cerillas sobre la mesa, él dijo:

—Juguémonos otra cosa.

Kestrel no apartó la mano de la tapa de la caja. De nuevo se preguntó qué podría ofrecerle él, qué podría apostar, y no se le ocurrió nada.

Arin propuso:

—Si gano, os haré una pregunta, y debéis responder.

Kestrel sintió cierto nerviosismo.

—Podría mentir. La gente miente.

—Estoy dispuesto a correr el riesgo.

—Si esa es la apuesta, supongo que mi premio sería el mismo.

—Si ganáis.

Todavía no estaba dispuesta a acceder.

—No es nada frecuente apostar preguntas y respuestas al Muerde y Pica —repuso con tono irritado.

—Mientras que las cerillas son la apuesta perfecta y hacen que ganar o perder resulte muy emocionante.

—De acuerdo.

Kestrel lanzó la caja sobre la alfombra, donde aterrizó con un sonido apagado.

El rostro de Arin no reflejó satisfacción ni diversión ni nada en absoluto. Simplemente eligió sus fichas. Ella hizo lo mismo. Jugaron profundamente concentrados. Kestrel estaba decidida a ganar.

Pero no ganó.

—Quiero saber por qué no os habéis hecho soldado todavía.

Kestrel no estaba segura de qué había esperado que le preguntara, pero nunca pensó que sería eso. Aquella pregunta le trajo a la memoria años de discusiones que preferiría olvidar. Su respuesta fue cortante:

—Tengo diecisiete años. Todavía no estoy obligada por ley a alistarme o casarme.

Arin se recostó en la silla mientras jugueteaba con una de

sus fichas ganadoras. Daba un golpecito sobre la mesa con un lado estrecho, giraba la ficha entre dos dedos y daba un golpe con el otro lado.

—Eso no es una respuesta completa.

—Me parece que no especificamos la longitud de las respuestas. Juguemos otra partida.

—Si ganáis vos, ¿os conformaréis con la clase de respuesta que me habéis dado?

Kestrel añadió despacio:

—El ejército es la vida de mi padre. No la mía. Ni siquiera soy demasiado diestra luchando.

—¿En serio? —Su sorpresa parecía sincera.

—Bueno, me las apaño. Puedo defenderme igual de bien que la mayoría de los valorianos, pero el combate no es lo mío. Sé lo que es ser bueno en algo.

Arin miró hacia el piano.

—Y también está el tema de la música —admitió—. Un piano no es muy portátil. No podría llevármelo si me enviaran a la batalla.

—Interpretar música es cosa de esclavos —apuntó Arin—. Como cocinar y limpiar.

Kestrel oyó rabia en sus palabras, enterrada como un lecho de rocas bajo las despreocupadas ondas de su voz.

—No siempre fue así.

Arin guardó silencio y, aunque al principio Kestrel había intentado responder a la pregunta de la forma más breve posible, se sintió impulsada a explicar la última razón que la llevaba a resistirse a los deseos del general.

—Además… no quiero matar.

Arin frunció el ceño al oír eso, así que Kestrel soltó una carcajada para restarle importancia a la conversación.

—Vuelvo loco a mi padre. Como todas las hijas, ¿no? Así que hemos llegado a una tregua. He aceptado alistarme o casarme en primavera.

Arin dejó de darle vueltas a la ficha.

—Así que os casaréis.

—Sí. Pero, al menos, primero disfrutaré de seis meses de paz.

Arin dejó caer la ficha sobre la mesa.

—Juguemos otra vez.

En esta ocasión ganó Kestrel, que no estaba preparada para la embriagadora sensación de triunfo que la invadió.

Arin clavó la mirada en las fichas, con la boca apretada.

Un millar de preguntas acudieron a la mente de Kestrel, empujándose, peleándose por ser la primera. No obstante, la que escapó de sus labios la dejó igual de desconcertada que a Arin.

—¿Por qué te enseñaron el oficio de herrero?

Durante un momento, pensó que no le respondería. Arin apretó la mandíbula y luego dijo:

—Me eligieron porque era el niño de nueve años menos apropiado en este mundo para ser herrero. Estaba escuálido. Soñaba despierto. Me acobardaba con facilidad. ¿Os habéis fijado en las herramientas que hay en la fragua? ¿En el martillo? Hay que decidir cuidadosamente a qué clase de esclavo se le permite manejarlo. Mi primer amo me echó un vistazo y decidió que no era de los que recurren a la violencia al enfadarse. Así que me eligió. —Arin le dedicó una sonrisa fría—. Bueno, ¿os ha gustado mi respuesta?

A Kestrel no le salía la voz.

Arin apartó sus fichas.

—Quiero ir a la ciudad.

Aunque le había asegurado que podría hacerlo, y sabía que no tenía nada de malo que un esclavo quisiera ver a su novia, quiso negarse.

—¿Tan pronto? —logró decir.

—Ya ha pasado un mes.

—Ah. —Kestrel se dijo que un mes debía de ser mucho tiempo sin ver a la persona amada—. Claro. Vete.

—He fabricado unas treinta armas —le dijo al subastador—. Dagas en su mayor parte, útiles para los ataques a corta distancia. Y unas cuantas espadas. He hecho un fardo con ellas y las dejaré caer por encima del muro suroeste de la propiedad del general esta noche, cuatro horas antes del alba. Asegúrate de que haya alguien esperando al otro lado.

—Hecho —contestó Tramposo.

—Puedes esperar más. ¿Qué hay de los barriles de pólvora?

—Están en un lugar seguro.

—Me pregunto si debería intentar reclutar a alguno de los esclavos del general. Podrían sernos útiles.

Tramposo negó con la cabeza.

—No vale la pena correr el riesgo.

—Si no hubiéramos contado con gente en la casa del senador Andrax, nunca habríamos podido robar la pólvora. Lo único que tuvo que hacer nuestro hombre fue coger la llave de su amo y volver a dejarla en su sitio después. Podríamos estar perdiendo una oportunidad similar en casa del general.

—He dicho que no.

Arin estaba tan furioso que el corazón parecía a punto de salírsele del pecho. Pero sabía que Tramposo tenía razón, y el subastador no tenía la culpa de que estuviera de mal humor. Sino él mismo. O ella. No estaba seguro de qué lo había molestado más de la última partida de Muerde y Pica: que hubiera acabado haciéndole el juego a Kestrel o ella a él.

—¿Y la chica? —dijo Tramposo, y Arin deseó que le hubiera preguntado cualquier otra cosa.

Vaciló antes de responder:

—Los informes sobre las habilidades militares de lady Kestrel son exagerados. No será un problema.

—Toma. —Kestrel le pasó una pequeña vasija de cerámica a su antigua niñera—. Jarabe para la tos.

Enai suspiró, lo que le provocó otro ataque de tos. Se apoyó contra las almohadas que Kestrel le había colocado tras los hombros y luego levantó la vista hacia el techo de la casita.

—Odio el otoño. Y al dios de la buena salud.

Kestrel se sentó en el borde de la cama.

—Pobre Amma —dijo, usando la palabra en herraní para decir «madre»—. ¿Te cuento un cuento, como solías hacer tú por mí cuando estaba enferma?

—No. Los valorianos sois muy malos narradores. Ya sé lo que diríais: «Luchamos, ganamos, fin».

—Seguro que se me ocurre algo mejor.

Enai hizo un gesto negativo con la cabeza.

—Es mejor aceptar lo que no se puede cambiar, pequeña.

—Bueno, pues cuando te encuentres mejor vendrás a la villa y tocaré para ti.

—Sí. Siempre me ha gustado oíros tocar.

Kestrel se apartó de su lado y anduvo por la casa de dos habitaciones mientras vaciaba un cesto de comida y ordenaba un poco.

—He conocido a Herrero —dijo Enai desde la otra habitación.

Las manos de Kestrel se quedaron inmóviles. Regresó al dormitorio.

—¿Dónde?

—¿Dónde va a ser? En las dependencias de los esclavos.

—Pensaba que no ibas por allí —repuso Kestrel—. No deberías salir hasta que te encuentres mejor.

—No os inquietéis. Fui hace unos días, antes de enfermar.

—¿Y bien?

Enai se encogió de hombros.

—No hablamos mucho. Pero parece que le cae bien a todo el mundo. Ha hecho amigos.

—¿Como quién?

—Él y el mozo de cuadras (el nuevo, he olvidado cómo se llama) se llevan bien. Durante las comidas, Herrero normalmente se sienta con Lirah.

Kestrel se concentró en doblar la manta de Enai formando una línea recta sobre el pecho de la anciana. La arregló aún más mientras pensaba en el rostro ovalado y la voz dulce de Lirah.

—Lirah es amable. Será una buena amiga para él.

Enai le tomó la mano.

—Sé que os arrepentís de haberlo comprado, pero podría haber acabado en lugares peores.

Kestrel frunció el ceño al caer en la cuenta de que ya no se arrepentía de haberlo comprado. ¿En qué clase de persona se había convertido para pensar eso?

—Le he concedido privilegios de esclavo doméstico —explicó, a sabiendas de que su tono sonaba defensivo—. También me acompaña a menudo cuando voy a la ciudad.

Enai tragó un poco de jarabe e hizo una mueca.

—Sí, se lo he oído comentar a los otros. ¿La gente de la alta sociedad habla de ello?

—¿De qué?

—De Herrero. ¿Hablan de que os haga de acompañante?

—No, que yo sepa. Hubo ciertos cotilleos sobre el precio que pagué por él, pero todo el mundo lo ha olvidado ya.

—Puede ser, pero me parece que todavía debe de llamarles la atención cuando lo ven.

Kestrel examinó el rostro de la anciana.

—¿Qué tratas de decir, Enai? ¿Por qué iba a hablar la gente de él?

Enai clavó la mirada en la modesta vasija de jarabe. Al final, respondió:

—Por su aspecto.

—Ah. —Kestrel se sintió aliviada—. Cuando se viste como un esclavo doméstico no parece tan tosco. Se las apaña bien. —Esa idea pareció suscitar otras, pero sacudió la cabeza—. No, no creo que nadie tenga motivos para quejarse de su aspecto.

Enai contestó:

—Seguro que tenéis razón.

Kestrel tuvo la sensación de que las palabras de la anciana no mostraban su acuerdo, sino más bien su decisión de dar por zanjado algún tema implícito.

LAS PALABRAS DE ENAI AFECTARON A KESTREL, PERO
no tanto como para hacerle cambiar sus hábitos. Siguió llevando a Arin con ella cuando hacía visitas sociales. Le gustaba su mente aguda… incluso su lengua afilada. Sin embargo, debía admitir que las conversaciones que mantenían
en herraní creaban una falsa sensación de privacidad. En su
opinión, eso se debía al propio idioma. El herraní siempre le
había parecido más íntimo que el valoriano; probablemente
porque, tras la muerte de su madre, su padre no tenía tiempo para ella y fue Enai la que llenó ese vacío. La distrajo de
su llanto enseñándole cómo se decía en herraní.

Con frecuencia, Kestrel debía recordarse que Arin sabía
hablar su idioma tan bien como ella el suyo. A veces, cuando
lo entreveía escuchando una absurda conversación durante
una cena, se preguntaba cómo habría llegado a dominar el
valoriano con tanta perfección. Pocos esclavos lo conseguían.

Poco después de jugar por segunda vez con Arin al Muerde y Pica, fueron a casa de Jess.

—¡Kestrel! —exclamó su amiga mientras la abrazaba—. Nos
has tenido abandonados.

Jess aguardó a que se explicara, pero tras repasar mentalmente las razones (las lecciones de estrategia con su pa-

dre, las horas practicando con el piano y las dos partidas de Muerde y Pica, que ocupaban mucho más tiempo en su mente de lo que habían durado en realidad), Kestrel únicamente dijo:

—Bueno, ya estoy aquí.

—Y con una disculpa preparada. De lo contrario, me vengaré.

—¿Ah, sí? —Mientras seguía a Jess hacia la salita, pudo escuchar cómo los pasos de Arin tras ellas se amortiguaban al pasar del pasillo de mármol al suelo cubierto de alfombras—. ¿Debería asustarme?

—Sí. Si no me ruegas perdón, no iré contigo a ver a la modista a encargar vestidos para el baile del solsticio de invierno del gobernador.

Kestrel soltó una carcajada.

—Todavía queda una eternidad para el solsticio de invierno.

—Pero espero que no tanto para oír tu disculpa.

—Lo siento muchísimo, Jess.

—Bien. —Los ojos castaños de su amiga resplandecieron de alegría—. Te perdono, con la condición de que me dejes elegir tu vestido.

Kestrel le dedicó una mirada de impotencia. Miró de reojo a Arin, que permanecía apoyado contra la pared. Aunque el semblante del esclavo no mostraba expresión alguna, Kestrel tenía la impresión de que se estaba burlando de ella.

—Te vistes con demasiada modestia, Kestrel. —Cuando la aludida se dispuso a protestar, Jess le tomó una mano entre las suyas y se la estrechó—. Ya está. Listo. Trato hecho. Y un valoriano siempre cumple sus promesas.

Kestrel se recostó en el sofá al lado de Jess, dándose por vencida.

—A Ronan le habría encantado verte —comentó Jess.

—¿Ha salido?

—Ha ido a casa de lady Faris.

Kestrel enarcó una ceja.

—En ese caso, estoy segura de que los encantos de Faris lo ayudarán a aliviar su pesar por no haber podido verme.

—No me digas que estás celosa. Ya sabes lo que Ronan siente por ti.

De pronto, Kestrel fue sumamente consciente de la presencia de Arin en la habitación. Le echó un vistazo, esperando encontrar la expresión de aburrimiento que normalmente mostraba en compañía de Jess. No estaba allí. Parecía curiosamente atento.

—Puedes retirarte —le ordenó.

Tuvo la impresión de que iba a desobedecer, pero luego dio media vuelta y salió de la sala dando grandes zancadas.

Cuando la puerta se cerró a su espalda, Kestrel le dijo a Jess:

—Ronan y yo solo somos amigos.

Jess soltó un resoplido de impaciencia.

—Y solo hay un motivo para que un joven de su posición visite a lady Faris —continuó, pensando en el bebé de Faris y su hoyuelo.

Consideró la posibilidad de que el niño fuera de Ronan. Aquella idea no le preocupó… cosa que le preocupó. ¿No debería importarle? ¿Acaso no había aceptado las atenciones de Ronan? Sin embargo, la idea de que hubiera engendrado un hijo rozó la superficie de su mente y se hundió en silencio, sin un chapoteo ni un murmullo ni un estremecimiento.

Bueno, si el niño era suyo, lo habían concebido hacía más de un año. Y si Ronan estaba ahora con Faris, ¿qué compromiso existía entre Kestrel y él?

—Faris se ha ganado cierta reputación —le dijo a Jess—. Además, su marido está en la capital.

—Los jóvenes la visitan porque su marido es uno de los hombres más influyentes de la ciudad y esperan que Faris los ayude a convertirse en senadores.

—¿Qué precio crees que les hace pagar?

Jess pareció escandalizarse.

—¿Por qué iba a importarle a Ronan pagar? —añadió Kestrel—. Faris es preciosa.

—Él nunca haría tal cosa.

—Jess, si crees que puedes convencerme de que Ronan es un joven inocente que nunca ha estado con una mujer, te equivocas.

—Y si tú crees que Ronan preferiría a Faris antes que a ti, estás loca. —Jess sacudió la cabeza—. Lo único que quiere es que le muestres alguna señal de afecto. Él te ha dado muchas.

—Halagos sin propósito.

—Lo que pasa es que no quieres reconocerlo. ¿No te parece guapo?

No podía negar que Ronan era todo lo que podría desear. Tenía buen porte. Era ingenioso y amable. Y no le importaba que tocara el piano.

Jess le preguntó:

—¿No te gustaría que fuéramos hermanas?

Kestrel estiró la mano hacia una de las numerosas y relucientes trenzas de color rubio pálido de Jess. La extrajo del recogido de su amiga y luego volvió a colocarla en su sitio.

—Ya lo somos.

—Hermanas de verdad.

—Sí —admitió Kestrel en voz baja—. Me gustaría.

Desde que era niña, siempre había querido formar parte

de la familia de Jess. Su hermano mayor y sus indulgentes padres formaban la familia perfecta.

Jess soltó una exclamación de entusiasmo. Kestrel la fulminó con la mirada.

—Ni se te ocurra contárselo.

—¿Quién? ¿Yo? —repuso ella con gesto inocente.

*   *   *

Más tarde, aquel mismo día, Kestrel estaba con Arin en la sala de música. Jugó sus fichas: un par de lobos y tres ratones.

Arin descubrió las suyas con un suspiro de resignación. No era una mala mano, pero tampoco lo bastante buena, e impropia de la habilidad que solía demostrar. Se quedó rígido en la silla como si se preparara físicamente para la pregunta que le haría.

Kestrel estudió las fichas de su contrincante. Estaba segura de que Arin podría haber conseguido algo mejor que un par de avispas. Repasó mentalmente las fichas que había empleado durante la partida y el aire descuidado con el que había descartado otras. Si no supiera lo poco que le gustaba que lo derrotara, habría sospechado que se había dejado ganar.

—Pareces distraído —comentó.

—¿Esa es vuestra pregunta? ¿Me estáis preguntando si estoy distraído?

—Así que admites que estás distraído.

—Sois diabólica —dijo, repitiendo la expresión que había empleado Ronan durante la partida en la fiesta de Faris. Entonces, como si le hubieran molestado sus propias palabras, dijo—: Haced vuestra pregunta.

Kestrel podría haber insistido en el tema, pero el motivo de que estuviera distraído le resultaba un misterio menos interesante que el que le rondaba por la mente. No creía que Arin fuera quien aparentaba ser. Tenía la constitución de alguien acostumbrado al trabajo duro; sin embargo, sabía jugar a un juego valoriano, y se le daba bien. Hablaba valoriano como alguien que lo hubiera estudiado cuidadosamente. Conocía (o pretendía conocer) los hábitos de una dama herraní y el orden de sus habitaciones. Había demostrado calma y destreza con su semental y, aunque puede que eso no significara nada, puesto que no había montado a Jabalina, Kestrel sabía que antes de la guerra los herraníes consideraban la equitación un símbolo de clase alta.

Kestrel pensaba que Arin era alguien que había descendido mucho en el escalafón social.

Pero no podía preguntarle si era cierto. Recordaba su furiosa respuesta cuando le preguntó por qué lo habían formado como herrero, y aquella pregunta le había parecido bastante inocente. Sin embargo, había herido sus sentimientos.

No quería volver a hacerlo.

—¿Cómo aprendiste a jugar al Muerde y Pica? Es un juego valoriano.

Pareció aliviado.

—Hubo un tiempo en el que los herraníes disfrutábamos visitando vuestro país. Nos gustaba vuestra gente. Y siempre hemos admirado las artes. Nuestros marineros trajeron el Muerde y Pica hace mucho tiempo.

—El Muerde y Pica es un juego, no un arte.

Arin se cruzó de brazos, con expresión divertida.

—Si vos lo decís…

—Me sorprende oír que a los herraníes os gustara algo de los valorianos. Pensaba que nos considerabais unos brutos.

—Criaturas salvajes —murmuró.

Kestrel estaba segura de que lo había entendido mal.

—¿Qué?

—Nada. Sí, carecíais por completo de cultura. Comíais con las manos. Vuestra idea del entretenimiento era ver quién podía matar al otro primero. Pero —la miró a los ojos y luego apartó la vista— también se os conocía por otros motivos.

—¿Qué motivos? ¿Qué quieres decir?

Arin negó con la cabeza. Hizo de nuevo aquel gesto extraño: levantó los dedos y los agitó en el aire junto a la sien. A continuación, juntó las manos, las separó y empezó a mezclar las fichas.

—Habéis hecho demasiadas preguntas. Si queréis hacer más, tendréis que ganároslas.

Ahora no mostró ni rastro de distracción. Mientras jugaban, ignoró sus intentos de provocarlo o hacerlo reír.

—Os he visto emplear vuestros trucos con otros —le dijo—. No funcionarán conmigo.

Ganó él. Kestrel aguardó, nerviosa, y se preguntó si él se sentiría igual al perder.

Arin le preguntó con voz titubeante:

—¿Tocaríais algo para mí?

—¿Tocar para ti?

Arin se estremeció. Añadió con tono más decidido:

—Sí. Algo que yo elija.

—De acuerdo. Es que… no suelen pedírmelo.

Arin se levantó, revisó los estantes que cubrían la pared y regresó con una partitura. Kestrel la cogió.

—Es para flauta. Probablemente tardéis un poco en adaptarla al piano. Puedo esperar. Tal vez la próxima vez que juguemos...

La joven agitó la partitura con impaciencia para silenciarlo.

—No es tan difícil.

Arin asintió y luego se sentó en la silla situada más lejos del piano, junto a las cristaleras que daban al jardín. Kestrel se alegró de que se hubiera alejado. Se acomodó en la banqueta del piano mientras hojeaba la partitura. El título y las anotaciones estaban en herraní y las páginas tenían un tono amarillento a causa del paso del tiempo. Apoyó la partitura en el atril, demorándose más de lo necesario para colocar las páginas. Un hormigueo de emoción le recorrió los dedos como si ya hubiera sumergido las manos en la música, aunque aquella sensación estaba aderezada con un matiz de temor.

Ojalá Arin no hubiera elegido, precisamente, música para flauta. La belleza de la flauta radicaba en su simplicidad, en su parecido con la voz humana. Siempre sonaba cristalina. Sonaba individual. El piano, por el contrario, era una red de partes. Era como un barco: las cuerdas eran las jarcias; la estructura, el casco, y la tapa levantada, la vela. Kestrel siempre había pensado que el piano no sonaba como un instrumento único, sino como uno doble cuyos altos y graves se fundían o se separaban.

«Música para flauta», pensó con frustración, decidida a no mirar a Arin.

Las primeras notas fueron torpes. Hizo una pausa, luego se encargó de la melodía con la mano derecha y comenzó a improvisar con la izquierda, extrayendo sombríos y densos acordes de su mente. Sintió cómo el contrapunto se fusionaba cobrando vida. Se olvidó de la dificultad de la tarea y simplemente tocó.

Se trataba de una música dulce y evocadora. Lamentó que acabara. Buscó a Arin con la mirada, en el otro extremo de la habitación.

No sabía si la había observado mientras tocaba. Ahora no la miraba. Tenía la mirada perdida, clavada en el jardín sin verlo de verdad. Las líneas de su rostro se habían suavizado. Kestrel se dio cuenta de que parecía diferente. No habría sabido decir por qué, pero ahora le parecía diferente.

Entonces la miró, y Kestrel se sorprendió tanto que dejó caer una mano sobre las teclas provocando un sonido muy poco musical.

Arin sonrió. Fue una sonrisa sincera, lo que le reveló que todas las demás que le había dedicado no lo habían sido.

—Gracias —le dijo.

Kestrel notó que se ruborizaba. Se concentró en las teclas y se puso a tocar algo, cualquier cosa. Un patrón sencillo para distraerse del hecho de que no era el tipo de persona que se ruboriza con facilidad, sobre todo sin ningún motivo aparente.

Sin embargo, descubrió que sus dedos estaban trazando el registro de un tenor.

—¿De verdad no sabes cantar?

—No.

Consideró el timbre de su voz y dejó que sus manos descendieran aún más por el teclado.

—¿En serio?

—No, Kestrel.

Apartó las manos de las teclas.

—Qué pena —contestó.

CUANDO KESTREL RECIBIÓ UN MENSAJE DE RONAN invitándola a dar un paseo a caballo con Jess y él por su propiedad, recordó algo que le había dicho su padre hacía poco sobre evaluar a un enemigo.

—En la guerra, todo depende de lo que sepas de las habilidades y recursos de tu adversario —le había dicho—. Sí, la suerte influirá. El terreno será crucial. Los efectivos son importantes. Pero cómo manejes las fortalezas de tu oponente seguramente será el factor más decisivo en la batalla.

Arin no era su enemigo, pero sus partidas al Muerde y Pica habían hecho que lo considerase un digno oponente. Así que meditó sobre las palabras de su padre.

—Tu adversario querrá mantener ocultos sus recursos hasta el último momento. Usa espías si puedes. De lo contrario, ¿cómo podrías engañarlo para que revele lo que quieres saber? —El general se había respondido a sí mismo—: Pícale el orgullo.

Kestrel envió a un esclavo doméstico a la fragua para que le pidiera a Arin que se reuniera con ella en las caballerizas. Cuando llegó, Jabalina ya estaba ensillado y Kestrel aguardaba, vestida para montar.

—¿De qué va esto? —quiso saber Arin—. Pensaba que querías un acompañante.

—Así es. Elige un caballo.

Él contestó con cautela:

—Si voy a acompañaros, necesitaremos un carruaje.

—No, si sabes montar.

—No sé.

Kestrel se subió al lomo de Jabalina.

—Entonces supongo que tendrás que seguirme en el carruaje.

—Os meteréis en problemas si salís sola.

Kestrel sujetó las riendas.

—¿Adónde vais? —exigió saber él.

—Ronan me ha invitado a dar un paseo por sus tierras —respondió, e hizo que Jabalina avanzara a medio galope.

Salió de las caballerizas, y luego de la propiedad, deteniéndose únicamente para explicarles a los guardias del portón que un esclavo la seguiría.

—Probablemente —añadió mientras espoleaba a Jabalina y atravesaba el portón antes de que los guardias pudieran cuestionarse una situación tan irregular.

Guió a Jabalina por una de las numerosas sendas para caballos que los valorianos habían abierto a través de las partes más frondosas de la ciudad, creando caminos destinados únicamente a jinetes que viajaran bastante rápido. Kestrel resistió el impulso de hacer que su caballo redujera el paso. Lo azuzó aún más mientras oía cómo los cascos golpeaban la tierra cubierta por un manto de hojas color fuego.

Pasó un rato antes de que oyera un galope a su espalda. Entonces, disminuyó la velocidad y, de manera instintiva, hizo que Jabalina se volviera para ver cómo un caballo y un jinete se acercaban a toda velocidad por el sendero.

Arin frenó y se situó a su lado. Los caballos relincharon.

Arin la miró y notó la sonrisa que no podía disimular. El rostro del esclavo parecía reflejar a partes iguales frustración y diversión.

—No sabes mentir —le dijo Kestrel.

Él soltó una carcajada.

Entonces le costó mirarlo, así que bajó la vista hacia el semental que montaba. Abrió los ojos como platos.

—¿Has escogido precisamente ese caballo?

—Es el mejor —contestó él con seriedad.

—Es el de mi padre.

—No se lo tendré en cuenta al pobre animal.

Ahora le tocó a ella reírse.

—Venga. —Arin hizo que el caballo avanzara—. Se hace tarde.

A pesar de ello, y sin llegar a discutirlo, reemprendieron la marcha a un ritmo más lento del que estaba permitido en el sendero.

A Kestrel ya no le cabía ninguna duda de que, diez años atrás, Arin se encontraba en una posición similar a la suya: contaba con riqueza, comodidades, educación… Aunque era consciente de que no se había ganado el derecho a hacerle una pregunta, y ni siquiera deseaba verbalizar su creciente inquietud, no pudo soportar permanecer en silencio.

—Arin —dijo mientras le escrutaba el rostro—. Mi casa… La villa, quiero decir. ¿Vivías allí antes de la guerra?

Él tiró bruscamente de las riendas y el caballo se detuvo de golpe.

Cuando contestó, su voz sonó como la música que le había pedido que tocara.

—No. Esa familia ya no está.

Cabalgaron en silencio hasta que Arin dijo:

—Kestrel.

La joven aguardó, y entonces comprendió que no le estaba hablando a ella, exactamente. Tan solo estaba pronunciando su nombre, considerándolo, explorando las sílabas de la palabra valoriana.

—Espero que no vayas a fingir que no sabes qué significa —repuso la chica.

Él le lanzó una mirada de reojo cargada de ironía.

—Significa «cernícalo», que es una especie de halcón cazador.

—Sí. El nombre perfecto para una guerrera.

—Bueno… —Su sonrisa apenas era perceptible, pero ahí estaba—. Supongo que ninguno de los dos acabó siendo la persona que se esperaba de nosotros.

Ronan estaba esperando en las caballerizas de su familia. Jugaba con los guantes que llevaba puestos mientras observaba acercarse a Kestrel y Arin.

—Pensaba que traerías el carruaje —le dijo.

—¿Para ir a montar? Qué cosas tienes, Ronan.

—Pero tu acompañante… —Su mirada se posó en Arin, sentado con soltura a lomos del semental—. No pensaba que ninguno de tus esclavos supiera montar.

Kestrel observó cómo Ronan se tiraba de los dedos de los guantes.

—¿Hay algún problema?

—Ahora que has llegado, desde luego que no. —Sin embargo, su voz sonó tensa.

—Porque, si no te gusta la forma en la que he venido, la próxima vez que me invites puedes venir a buscarme a mi casa, acompañarme de regreso a tu propiedad, luego asegurarte de que vuelvo a casa sana y salva y regresar por donde habías venido.

Ronan respondió a sus palabras como si hubiera estado flirteando con él.

—Sería un placer. Hablando de eso, hagamos algo placentero juntos.

Se subió a su caballo.

—¿Dónde está Jess?

—Le duele la cabeza.

Kestrel lo dudaba. Pero no dijo nada y dejó que Ronan encabezara la marcha para salir de las caballerizas. La chica se giró para seguirlo y Arin hizo lo mismo.

El cabello rubio de Ronan le rozó los hombros cuando volvió la vista atrás.

—No pretenderás que venga con nosotros, ¿no?

El caballo de Arin, que hasta ese momento se había mantenido tranquilo, empezó a removerse y resistirse. El animal notaba la tensión que Kestrel no podía ver en su jinete, que la miraba impasible aguardando a que le tradujera las palabras de Ronan para poder fingir que era necesario.

—Espera aquí —le ordenó en herraní.

Arin guió al caballo de regreso a las caballerizas.

—Deberías variar de acompañante —comentó Ronan mientras Arin se alejaba—. A ese lo tienes demasiado pegado a los talones.

Kestrel se preguntó quién habría orquestado ese paseo a solas: la hermana o el hermano. Ella se habría decantado por Ronan. Después de todo, él había enviado la invitación y no le habría hecho falta convencer a Jess para que se quedara dentro de la casa y así poder concederles unas cuantas horas de intimidad. Pero el inusitado mal humor de Ronan la llevó a pensar lo contrario. Se comportaba como lo haría cualquiera si la casamentera de su hermana lo hubiera engañado para que hiciera algo que no quería.

Lo que hasta ahora había sido un día precioso ya no se lo parecía tanto.

No obstante, cuando se detuvieron para sentarse bajo un árbol, Ronan recobró la sonrisa. Sacó comida de las alforjas, luego desplegó una manta de pícnic con una floritura y se acomodó encima, estirándose cuan largo era. Kestrel se sentó a su lado. Ronan sirvió una copa de vino y se la ofreció.

La joven enarcó una ceja.

—Cuánto vino para la hora que es.

—Pretendo atiborrarte de vino y hacerte decir cosas que no lamentarás.

Kestrel dio un sorbo mientras lo veía servirse una copa y respondió:

—¿No te preocupa lo que te pase a ti?

Ronan dio un trago.

—¿Por qué debería preocuparme?

—Tal vez seas tú el que revele cosas contra su voluntad. Tengo entendido que has estado visitando a lady Faris.

—¿Estás celosa, Kestrel?

—No.

—Qué pena. —Suspiró—. La triste y aburrida verdad es que Faris conoce los cotilleos más jugosos.

—Que tú estás dispuesto a compartir.

Ronan se recostó sobre un codo.

—Veamos. Han trasladado al senador Andrax a la capital, donde aguarda a que lo juzguen por venderles pólvora a nuestros enemigos. No han localizado la pólvora, a pesar de la búsqueda. Lo que no es ninguna sorpresa. Probablemente se esfumara rumbo al este hace mucho. A ver, ¿qué más? La hija del senador Linux se escabulló durante unas cuantas horas con cierto marinero a bordo de uno de los barcos del puerto y sus padres van a tenerla encerrada en sus habitaciones durante toda la temporada de otoño (y probablemente también la de invierno). Mi amigo Hanan ha perdido su herencia apostando… No te preocupes, la recuperará. Pero te suplico que no juegues con él al Muerde y Pica durante unos meses. Ah, y el capitán de la guardia de la ciudad se ha suicidado. Pero eso ya lo sabías.

Kestrel casi derrama su copa de vino.

—No. ¿Cuándo ocurrió?

—Anteayer. ¿En serio que no lo sabías? Bueno, tu padre está fuera de nuevo, así que supongo que es comprensible. Y pasas demasiado tiempo enclaustrada en la villa. No me cabe en la cabeza cómo no te vuelves loca de aburrimiento.

Kestrel conocía al capitán. Oskar había ido a cenar a su casa. Era amigo de su padre y, a diferencia de la mayoría de los amigos del general, era un hombre jovial y muy querido.

—Fue un suicidio por honor —añadió Ronan, lo que significaba que el capitán se había clavado su propia espada.

—Pero ¿por qué?

Ronan se encogió de hombros.

—¿La presión de su puesto?

—Era capitán desde la colonización. Desempeñaba su labor a la perfección y todos lo respetaban.

—Problemas personales, tal vez. —Ronan extendió las manos—. No tengo ni idea, en serio. Ojalá no hubiera sacado un tema tan deprimente. El día no ha ido como lo había planeado. ¿Podemos dejar de hablar de suicidios?

* * *

De camino a casa, Arin le preguntó:

—¿El paseo no ha sido agradable?

Kestrel levantó la mirada, sorprendida por su tono mordaz. Se percató de que había fruncido el ceño, ensimismada en sus pensamientos.

—Ah, ha estado muy bien. Pero me preocupa algo de lo que acabo de enterarme.

—¿El qué?

—El capitán de la guardia de la ciudad se ha suicidado.

—¿Eso os… entristece? ¿Lo conocíais?

—Sí. No. Sí, era amigo de mi padre, pero no lo conocía lo bastante como para que me afecte.

—En ese caso, no entiendo en qué os incumbe.

—Incumbe a toda la ciudad. Seguramente se producirán disturbios mientras el gobernador nombra un nuevo capitán, y podría haber contratiempos durante la transición. A Oskar se le daba muy bien supervisar la ciudad y a sus guardias. Eso no es lo que me preocupa. —Negó con la cabeza—. Su suicidio es el segundo hecho incomprensible que ocurre recientemente.

—¿Qué queréis decir?

—Lo del senador Andrax. Le encanta el dinero, no cabe duda, pero solo porque le proporciona comodidades. Buena comida, amantes… Le gustan los sobornos: el dinero fácil. Le da tanto miedo perder que nunca se sienta a jugar conmigo al Muerde y Pica. ¿Por qué iba a arriesgarlo todo para venderles pólvora a los bárbaros?

—Tal vez tiene un lado que nunca habéis visto. Pero su caso no tiene nada que ver con el capitán.

—Salvo porque ambos hechos son extraños. Oskar no tenía ningún motivo para suicidarse. Incluso el emperador había alabado su labor como capitán. Sus guardias lo admiraban. Parecía feliz.

—¿Y qué? No conocéis todos los detalles. La gente es infeliz por muchas razones —repuso él con impaciencia, y a Kestrel le dio la impresión de que ya no estaban hablando del capitán—. ¿Qué sabéis vos de la infelicidad? ¿Qué os hace creer que podéis ver el alma de los hombres?

Arin espoleó a su caballo y el misterio del senador y el capitán se desvaneció de la mente de Kestrel mientras se esforzaba por no quedarse atrás.

SU PADRE NO DESECHÓ LA MUERTE DEL CAPITÁN con tanta facilidad como Ronan y Arin. Durante la siguiente lección en la biblioteca, escuchó con un profundo ceño mientras Kestrel abordaba el tema.

—¿Oskar tenía enemigos? —le preguntó Kestrel.

—Todo el mundo tiene enemigos.

—Quizás alguien le hizo la vida imposible.

—O alguien hizo que se clavara su espada. —Al ver la cara de sorpresa de su hija, añadió—: No es complicado hacer que un asesinato parezca un suicidio por honor.

—No se me había ocurrido —respondió ella en voz baja.

—¿Y ahora qué opinas?

—Si fue un asesinato, podría haberlo matado alguien con aspiraciones a heredar el cargo de capitán.

Su padre le apoyó una mano en el hombro.

—Su muerte podría ser simplemente lo que parece: un suicidio. Pero trataré nuestras inquietudes con el gobernador. Este asunto requiere más análisis.

* * *

Kestrel, sin embargo, no podía preocuparse por eso ahora. Enai no estaba mejorando.

—Esa tos empieza a preocuparme —le dijo mientras permanecían sentadas junto al fuego en la pequeña casa de su niñera.

—A mí me gusta. Me hace compañía. Y hace que vengáis a visitarme con más frecuencia... cuando no estáis jugando al Muerde y Pica.

A Kestrel no le hizo gracia la expresión inocente de Enai ni el hecho de que fuera casi imposible mantener en privado nada de lo que ocurría en la villa. Y aquellas partidas eran privadas.

Kestrel contestó con tono cortante:

—Déjame mandar a buscar al médico.

—Simplemente me dirá que estoy vieja.

—Enai...

—No quiero ver a ningún médico. No intentéis darme órdenes.

Eso silenció a Kestrel. Decidió no seguir insistiendo. Después de todo, hacía tiempo que el brillo de la fiebre había desaparecido de los ojos de la anciana. Para cambiar de tema, le preguntó sobre algo que había dicho Arin. Había sido como tener una aguja tejiendo diseños invisibles en un oscuro rincón de su mente.

—¿A los herraníes les gustaba comerciar con los valorianos antes de la guerra?

—Ah, sí. Vuestra gente siempre tenía oro en abundancia para gastar en productos herraníes. Valoria era nuestro mayor comprador de exportaciones.

—Pero ¿teníamos fama de algo más? Aparte de ser ricos, salvajes y sin modales.

Enai bebió un sorbo de té mientras observaba a Kestrel

por encima del borde de la taza. La joven empezó a sentirse incómoda y deseó que Enai no le preguntara qué había motivado tal cuestión. Pero la anciana solo dijo:

—Erais conocidos por vuestra belleza. Claro que eso fue antes de la guerra.

—Sí —contestó Kestrel con un hilo de voz—. Claro.

Kestrel podía ver el jardín desde la ventana de su vestidor. Una mañana, cuando todavía llevaba el cabello suelto, vio a Arin y Lirah hablando junto a las hileras de verduras otoñales. Arin llevaba ropa de trabajo y permanecía de espaldas a la ventana, por lo que Kestrel no podía leerle la expresión. La de Lirah, por el contrario, era como un libro abierto.

Kestrel cayó en la cuenta de que se había ido acercando a la ventana. Notaba el frío del cristal en la piel y había clavado las uñas en la madera del alféizar. Se apartó. No le apetecía que la pillaran espiando. Se ciñó la bata de terciopelo con más fuerza y dejó que la imagen del cielo rosáceo le llenara la vista, pero aun así lo único que veía era la evidente adoración de Lirah.

Se sentó ante el espejo con bisagras del tocador y luego se preguntó por qué habría cometido la tontería de mirarse. La imagen que vio reflejada en el espejo únicamente consiguió contrariarla. ¿Por qué iba a importarle lo que había visto en el jardín? ¿Por qué iba a sentir que se había quebrantado cierta confianza?

Su reflejo frunció el entrecejo. ¿Y por qué no iba a sentirse así? Su deber era velar por el bienestar de sus esclavos. Era deshonroso que Arin le diera esperanzas a Lirah teniendo novia. Kestrel dudaba que Lirah supiera lo de la mujer del mercado.

Empujó el espejo ovalado, haciéndolo girar, hasta que se detuvo en dirección a la pared y ella se quedó contemplando el liso dorso de nácar. Se negaba a seguir dándole vueltas a eso. No se convertiría en una de esas personas que espiaban a sus esclavos y cotilleaban sobre ellos porque sus propias vidas carecían de interés.

Horas después, Arin acudió a la sala de música a pedirle permiso para ir a la ciudad. Kestrel se mostró especialmente cortés. Le entregó su sello y le dijo que se tomara todo el tiempo que quisiera, siempre y cuando regresara antes del toque de queda. Cuando le pareció que él dudaba si marcharse ya, se sentó frente al piano, dejando claro que quería que se retirara. Sin embargo, no se puso a tocar hasta que se quedó sola y sintió que él ya había salido de la villa y se encontraba a cierta distancia.

Cuando Tramposo vio a Arin, lo saludó como solían hacer los hombres herraníes: apoyándole brevemente la palma de la mano contra un lado de la cara. Arin sonrió e hizo lo mismo. Hacía años que conocía a Tramposo, desde que era un niño y acababa de pasar de las manos de su primer amo a las del segundo. Se conocieron en una cantera a las afueras de la ciudad. Arin recordaba cómo el gris polvo de roca le cubría el cabello y le secaba la piel a todo el mundo, haciéndolos parecer ancianos. Tramposo, sin embargo, casi parecía rebosar vida y, por la noche, en las dependencias de los esclavos, no cabía duda de quién era su líder.

—Las cosas marchan sobre ruedas —le dijo Tramposo ahora—. En casi todas las casas de la ciudad hay herraníes leales a nuestra causa. Y ahora, gracias a ti, cuentan con armas.

—Dejaré caer la última tanda de armas por encima del

muro esta noche, pero no estoy seguro de cuántas más podré hacer —contestó Arin—. Nadie se ha dado cuenta de lo que hago a escondidas porque cumplo los encargos del mayordomo a tiempo, pero si alguien decide comprobarlo, será evidente que falta hierro y acero.

—Entonces, déjalo. Tu puesto es demasiado importante como para arriesgarlo. Me encargaré de que alguien asalte el arsenal de la ciudad antes de que nombren a un nuevo capitán para reemplazar a Oskar.

Tramposo había sido guardia de la ciudad antes de la guerra. Le había echado un vistazo a Arin cuando tenía doce años, lo había comparado con un cachorrito con patas grandes y le había dicho:

—Ya crecerás.

Tras el toque de queda, empezó a enseñarle a luchar. Arin dejó de sentirse tan miserable, aunque no duró, pues Tramposo se las ingenió a base de lisonjas y maquinaciones para que lo sacaran de la cantera tras un período de solo dos años. No obstante, todavía contaba con las habilidades que le había proporcionado Tramposo.

—Deberías planear el robo del arsenal para después del nombramiento del nuevo capitán —sugirió Arin—. Si se descubre que faltan armas, quedará como un incompetente.

—Buena idea. Mientras tanto, tú y yo seguiremos reuniéndonos. Necesitamos encontrar el momento oportuno para atacar la propiedad del general. Y tú te encargarás de ello.

Arin debería haberle contado entonces que Kestrel estaba empezando a atacar cabos. Debería haberle informado de que la muerte del capitán le parecía extraña, aunque no había forma de que ella supiera que dos de los esclavos del capitán lo habían sujetado mientras otro se arrodillaba en el suelo con la espada en las manos, aguardando la estocada final.

Arin debería haberle dicho algo a su líder. Pero no lo hizo.

*   *   *

Se mantuvo alejado de la villa. Era demasiado fácil cometer algún error en presencia de Kestrel.

Un día, Lirah apareció en la fragua. Estaba seguro de que iba a informarle de que Kestrel quería que la acompañara a algún sitio. Se apoderó de él una mezcla de emoción y temor.

—A Enai le gustaría verte —anunció Lirah.

Arin dejó el martillo sobre el yunque.

—¿Por qué?

Apenas había tenido contacto con Enai, y lo prefería así. Aquella mujer era demasiado perspicaz.

—Está muy enferma.

Arin lo meditó, asintió con la cabeza y luego siguió a Lirah.

Al entrar en la casa de la anciana, oyeron a alguien durmiendo al otro lado de la puerta abierta del dormitorio. Enai tosió y Arin notó que tenía líquido en los pulmones.

La tos se apagó y dio paso a una respiración trabajosa.

—Alguien debería ir a buscar a un médico —le dijo a Lirah.

—Ya ha ido lady Kestrel. Está muy preocupada. Con suerte, regresará pronto. —Añadió con tono vacilante—: Me gustaría quedarme contigo, pero tengo que volver a la casa.

Arin apenas notó que le rozaba el brazo antes de marcharse.

Como se resistía a despertar a Enai, se dedicó a estudiar la casita. Era acogedora y estaba en buen estado. El suelo no crujía. Por todas partes había indicios de comodidades: zapatillas, una pila de madera seca… Pasó la mano por la suave repisa de la chimenea hasta que se encontró con una caja de porcelana. La abrió. Dentro había una trencita de cabello rubio oscuro con un tono rojizo, doblada formando un círculo y atada con hilo de oro.

Aunque sabía que no debería, la rozó con un dedo.

—Eso no es tuyo —dijo una voz.

Apartó la mano de golpe y se volvió, colorado. A través de la puerta del dormitorio, vio a Enai observándolo desde la cama.

—Lo siento —se disculpó mientras volvía a tapar la caja.

—Lo dudo —murmuró la anciana.

Le ordenó que se acercara y él obedeció, despacio. Tenía el presentimiento de que no iba a gustarle esa conversación.

—Pasas mucho tiempo con Kestrel —comentó Enai.

Él se encogió de hombros.

—Hago lo que me pide.

Enai lo miró a los ojos y, muy a su pesar, él apartó la vista primero.

—No le hagas daño —le advirtió.

Era pecado incumplir una promesa hecha en el lecho de muerte.

Arin se marchó sin prometer nada.

TRAS LA MUERTE DE ENAI, KESTREL SE SENTÓ EN SUS habitaciones y recordó cómo su niñera le había enseñado a pintar un árbol soplando un charco de tinta sobre un papel usando una pluma hueca. Observó la página en blanco. Sintió el dolor en los pulmones, vio las ramas negras extendiéndose, y pensó que se asemejaba a su pena, que hundía raíces y ramas en su cuerpo.

Tenía una madre, y esa madre se había ido. Luego había encontrado otra, y también la había perdido.

El sol salió y continuó su curso sin que Kestrel fuera consciente del paso del tiempo. Rechazó la comida que le llevaron los esclavos. Se negó a abrir el correo. Ni siquiera se planteó tocar el piano, pues había sido Enai la que la había animado a seguir practicando tras la muerte de su madre. En sus recuerdos, oyó a Enai elogiando la belleza de una melodía y pidiéndole que volviera a tocarla. Ese recuerdo se convirtió en una especie de estribillo: resonaba, disminuía y luego regresaba otra vez. Y entonces Kestrel vio de nuevo la piel y los huesos del rostro de Enai, la sangre esputada, y supo que era culpa suya, que debería haber insistido antes en que la viera un médico, y ahora Enai estaba muerta.

Caía la tarde y estaba sentada sola en su sala de desayuno, con la mirada clavada en una ventana desde la que se divisaba el mal tiempo, cuando oyó acercarse unos pasos rápidos y decididos.

—Dejad de llorar. —El tono de Arin fue brutal.

Kestrel se llevó los dedos a la mejilla y notó la humedad.

—No deberías estar aquí —contestó con voz ronca. Los hombres no podían entrar en la sala de desayuno.

—Me da igual.

La obligó a levantarse y el asombro la hizo mirarlo. Los ojos de Arin rebosaban emoción.

Rabia.

—Basta. Dejad de fingir que lamentáis la muerte de alguien que ni siquiera era de vuestra sangre.

Le sujetaba la muñeca con fuerza, pero Kestrel se liberó. La crueldad de sus palabras provocó que nuevas lágrimas le anegaran los ojos.

—La quería —susurró.

—Ya, porque hacía todo lo que queríais.

—Eso no es verdad.

—Ella no os quería. Nunca habría podido quereros. ¿Dónde está su verdadera familia, Kestrel?

No lo sabía. Le había dado miedo preguntar.

—¿Dónde está su hija? ¿Y sus nietos? Si sentía algo por vos, era porque no le quedaba más remedio, y no había nadie más.

—Largo —le ordenó, pero Arin ya se había ido.

La luz se fue atenuando. Al otro lado de las ventanas, el cielo se tiñó de color esmeralda. Era la primera tormenta verde de la temporada. Mientras oía cómo el viento azotaba la casa, se dijo que Arin se equivocaba. Llevaba meses queriendo herirla. ¿Acaso no lo había comprado? ¿No era su dueña? Esa era su venganza. Eso era todo.

La lluvia arañó los cristales de las ventanas. La habitación quedó casi a oscuras. Oyó de nuevo la voz de Arin en su mente y, de pronto, se sintió destrozada. Aunque no dudaba de sus sentimientos hacia Enai, parte de lo que le había dicho era verdad.

No lo oyó regresar. La tormenta rugía con fuerza y la habitación estaba envuelta en sombras. Ahogó una exclamación al darse cuenta de que estaba a su lado. Por primera vez, se le ocurrió tenerle miedo.

Pero él simplemente encendió una cerilla y la acercó a la mecha de una lámpara. La lluvia lo había empapado. El agua hacía relucir su piel.

Cuando lo miró, Arin se estremeció.

—Kestrel... —Suspiró y se pasó una mano por el pelo mojado—. No debería haber dicho eso.

—Lo dijiste en serio.

—Sí, pero... —Parecía cansado y confundido—. Me habría enfurecido si no hubierais llorado por ella.

En la penumbra, extendió la mano que mantenía al costado y, durante un momento de incertidumbre, Kestrel pensó que iba a tocarla. Pero simplemente le estaba ofreciendo algo que sostenía en la mano.

—Esto estaba en su casa.

Se trataba de una trenza del cabello de Kestrel. La cogió con sumo cuidado, pero, aun así, le rozó la palma húmeda con el meñique. Él apartó la mano al instante.

Kestrel estudió la trenza, haciendo girar el rubio círculo entre los dedos. Sabía que eso no probaba cuál de los dos tenía razón. No demostraba que Enai la quisiera. Pero la consoló.

—Debería irme —dijo Arin, aunque no se movió.

Kestrel observó su rostro, que relucía a la luz de la lámpara. Se dio cuenta de que estaba tan cerca de él que su pie descalzo descansaba en el borde mojado de la alfombra sobre la que Arin chorreaba agua. Un estremecimiento la recorrió.

Se apartó.

—Sí —contestó—. Deberías irte.

A la mañana siguiente, su padre se presentó en su sala de visitas y anunció:

—Ya es hora de acabar con esta reclusión. —Se situó delante de la silla de Kestrel, con los pies separados. Solía adoptar esa postura cuando tenía ganas de ponerse a caminar de un lado a otro—. Ya sé que te habías encariñado de tu niñera y supongo que, bien mirado, es comprensible. Pero has faltado a una sesión de adiestramiento con Rax y a una lección conmigo, y yo no te he educado para que te desmorones ante la menor dificultad.

—Estoy bien, padre —contestó mientras se servía una taza de té.

Solo entonces su padre la miró con atención. Estaba segura de que tendría ojeras, pero iba impecablemente vestida para pasar en sociedad un día de finales de otoño.

—Vale. Bien. Porque he hecho venir a Jess. Está esperando abajo en la salita.

Dejó la taza en el plato y se puso en pie para recibir a su amiga.

—Kestrel… —El general le rozó el hombro. Cuando habló, su voz transmitió un inusitado tono de duda—. El deber de todo hijo es sobrevivir a sus padres. Mi profesión es peligrosa. Me gustaría… Cuando muera, no llores por mí.

Kestrel sonrió.

—A mí no puedes darme órdenes —respondió, y lo besó en la mejilla.

* * *

Jess estaba en su elemento. Metió a Kestrel en el carruaje y se detuvieron delante de la tienda de la mejor modista de la ciudad.

—Me lo prometiste —le advirtió mientras bajaban del carruaje.

Kestrel la observó.

—Prometí dejarte escoger la tela de mi vestido.

—Mentirosa. Puedo elegirlo todo.

—Ah, de acuerdo —accedió, porque el entusiasmo de Jess hacía disminuir su tristeza. De todas formas, ¿cuánto daño podría ocasionar Jess?

Cuando entraron en la tienda, su amiga descartó las telas que habría elegido Kestrel y garabateó unos diseños para la modista que dejaron a Kestrel boquiabierta.

—Jess. Esto es para un baile en invierno. Me voy a congelar. ¿No puedo llevar mangas?

—No.

—Y el escote…

—Calla. Tu opinión no es necesaria.

Kestrel se dio por vencida y se quedó de pie sobre la plataforma mientras la modista le sujetaba telas con alfileres y Jess daba instrucciones. A continuación, la dejaron sola y desaparecieron en el almacén, donde relucían rollos de telas en los estantes. Jess susurró algo y la modista respondió con otro susurro. Mientras se esforzaba por entender la animada conversación, empezó a sospechar que Jess no estaba encargando un vestido sino dos.

—Jess —la llamó—, ¿acabo de oírte decir que querías que el vestido de noche estuviera bordado y el de baile fuera sencillo?

—Por supuesto. También necesitas un vestido de noche nuevo para la cena de lord Irex.

Se le clavó un alfiler en la cintura.

—¿Va a organizar una cena?

—Ya era hora. Espera convertirse en senador algún día, así que tiene que empezar a mostrarle su lado amable a la gente. Además, sus padres van a estar en la capital durante la temporada de invierno. Tiene la casa para él solito.

—No pienso ir —anunció Kestrel con decisión.

—Tienes que ir.

—No estoy invitada.

—Claro que sí. Eres la hija del general Trajan, y si no te habías enterado de lo de la cena hasta ahora es porque hace más de una semana que no abres tu correo.

Kestrel recordó la amenazadora mirada lasciva de Irex.

—No. Rotundamente no.

—Pero ¿por qué?

—No me cae bien.

—¿Y eso qué tiene que ver? Habrá un montón de gente y su casa es tan grande que no te costará evitarlo. Todo el mundo irá. ¿Qué pensarán si no apareces?

Kestrel pensó en una partida de Muerde y Pica. Debía admitir que, si la invitación de Irex fuera una ficha y no un trozo de papel plegado y sellado, la emplearía sin dudar.

Jess se acercó y le tomó las manos.

—No me gusta que estés triste. Si vienes con Ronan y conmigo, te prometo que te mantendremos alejada de Irex y nos reiremos juntos de él. Venga, Kestrel. No pienso darme por vencida hasta que digas que sí.

CUANDO EL VESTIDO PARA LA CENA DE IREX LLEGÓ envuelto en muselina y atado con un cordel, fue Arin quien le llevó el paquete. Kestrel no había vuelto a verlo desde la primera tormenta verde. No le gustaba pensar en aquel día. Decidió que lo que no quería recordar era aquella tristeza. Estaba aprendiendo a vivir con ella. Había vuelto a tocar y usaba eso, las visitas sociales y las lecciones para ayudarla a superar la muerte de Enai, a aliviar su efecto.

Pasaba poco tiempo en la villa. No volvió a invitar a Arin a jugar al Muerde y Pica. Si salía a algún acto social, elegía otros acompañantes.

Cuando Arin entró en su sala de estar (que en realidad era una sala de escritura), dejó el libro que estaba leyendo a su lado en el diván y giró el lomo para que él no pudiera ver el título.

—Hum —comentó Arin mientras le daba vueltas al vestido envuelto entre las manos—. ¿Qué será?

—Estoy segura de que ya lo sabes.

Lo apretó con los dedos.

—Debe de ser algún tipo de arma blandita.

—¿Por qué me traes tú el vestido?

—Vi a Lirah con él y le pregunté si podía traéroslo.

—Y, por supuesto, te dejó.

Su tono le hizo enarcar una ceja.

—Estaba liada. Pensé que se alegraría de tener que hacer una cosa menos.

—Muy amable por tu parte —contestó Kestrel, aunque notó que su voz indicaba lo contrario y se enfadó consigo misma.

Arin preguntó despacio:

—¿Qué queréis decir?

—Nada.

—Me pedisteis que fuera sincero con vos. ¿Creéis que lo he sido?

Recordó sus duras palabras durante la tormenta.

—Sí.

—¿No puedo pediros lo mismo?

La respuesta era no, ningún esclavo podía pedirle nada. La respuesta era no, si quería conocer sus pensamientos secretos podía intentar ganarlos al Muerde y Pica. Pero Kestrel se tragó un repentino nudo de nerviosismo y admitió para sus adentros que valoraba la sinceridad de Arin… y también su propia sinceridad, cuando estaban juntos. No tenía nada de malo decir la verdad.

—Creo que no estás siendo justo con Lirah.

Arin frunció el entrecejo.

—No os entiendo.

—No es justo que le des esperanzas a Lirah cuando tu corazón le pertenece a otra.

Arin inhaló bruscamente. Kestrel pensó que iba a decirle que eso no era asunto suyo, porque no lo era, pero entonces vio que no estaba ofendido, sino atónito. Apartó una silla con aquel aire posesivo y natural tan característico y se sentó, con el vestido en las rodillas. La observó. Kestrel se obligó a no apartar la mirada.

—No había pensado en Lirah de ese modo. —Arin negó con la cabeza—. Últimamente no pienso con claridad. Tengo que tener más cuidado.

Kestrel supuso que debería sentirse aliviada.

Arin dejó el paquete sobre el diván en el que estaba sentada.

—Un vestido nuevo significa que se avecina algún acontecimiento.

—Sí, una cena. La organiza lord Irex.

—¿Vais a ir? —le preguntó con el entrecejo fruncido.

Kestrel se encogió de hombros.

—¿Necesitáis acompañante?

Pretendía contestar que no, pero la distrajo la resolución que se reflejó en el rostro de Arin. Parecía casi… protector. Aquella expresión la sorprendió. Estaba confundida, y tal vez eso la llevó a decir:

—Para serte sincera, me alegraría contar con tu compañía.

Arin la miró a los ojos. Entonces, su mirada se posó en el libro que había junto a ella. Antes de que pudiera detenerlo, lo agarró con una mano veloz y leyó el título. Era un tratado de historia sobre el imperio valoriano y sus guerras.

El rostro de Arin se transformó. Le devolvió el libro y se marchó.

—¿Adónde vamos?—preguntó Arin mientras observaba por la ventanilla los árboles del Distrito de los Jardines, cuyas delgadas ramas desnudas tenían un tono morado a la luz del atardecer.

Kestrel se toqueteó la falda.

—Ya sabes que vamos a la cena de Irex.

—Sí —contestó él con brusquedad sin apartar la vista de los árboles que pasaban.

Era mejor que mirara hacia fuera y no a ella. El vestido de terciopelo era de color rojo intenso, la falda estaba fruncida de manera deliberada formando un diseño que realzaban las hojas doradas bordadas que ascendían hacia el corpiño, donde se entrelazaban y reflejaban la luz. Llamativa. El vestido la hacía sentirse llamativa. Se acurrucó en un rincón del carruaje y notó cómo la daga se le clavaba en el costado. Aquella velada en casa de Irex no iba a ser fácil.

Arin parecía pensar lo mismo. Iba sentado tan rígido frente a ella que parecía estar hecho de madera. El aire que los separaba estaba cargado de tensión.

Cuando unas antorchas iluminaron la oscuridad al otro lado de las ventanillas y el cochero se situó detrás de otros carruajes esperando para acceder al camino de entrada a la villa de Irex, Kestrel comentó:

—Quizá deberíamos volver a casa.

—No —repuso Arin—. Quiero ver la casa. —Y abrió la puerta.

Guardaron silencio mientras caminaban hasta la villa. Aunque no era tan grande como la de Kestrel, también se trataba de una construcción herraní: elegante y con un bonito diseño. Arin se situó detrás de Kestrel, como se suponía que debían hacer los esclavos, pero eso la hizo sentir incómoda. La turbaba notarlo tan cerca y no verle la cara.

Entraron en la casa con los otros huéspedes y se dirigieron a la sala de recepción, que estaba decorada con armas valorianas.

—Eso no debería estar aquí —le oyó decir a Arin. Al volverse, lo encontró observando las paredes, indignado.

—Irex es un luchador formidable —dijo Kestrel—. Y no demasiado modesto.

Arin no añadió nada, así que ella tampoco. Se preparó para el momento en el que la hilera de invitados situados por delante de ella se redujera y le tocara darle las gracias a Irex por su hospitalidad.

—Kestrel. —Irex le tomó la mano—. Pensaba que no vendrías.

—¿Y eso por qué?

La acercó a él. Aunque le apretó la mano con tanta fuerza que le dolió, se lo permitió. Estaban rodeados de gente y no le pareció que sirviera de nada humillar a Irex delante de sus invitados.

—Hagamos borrón y cuenta nueva. —Irex sonrió y se le formó un hoyuelo en la mejilla izquierda, lo que le proporcionó un aspecto curiosamente infantil a la vez que su voz sonaba desagradable—. ¿Nunca te has preguntado por qué quise jugar contigo al Muerde y Pica?

—Porque querías derrotarme. Pero nunca podrás.

Apoyó la mano libre sobre la de Irex, que sujetaba la de ella. A quien lo viera, el gesto le habría parecido amistoso, pero Irex notó que le pellizcaba el nervio, lo que lo obligó a soltarle la mano.

—Es una fiesta magnífica. Mi gratitud es comparable a la amabilidad que me has demostrado.

A Irex se le borró la sonrisa de la cara. Pero lady Faris aguardaba detrás de Kestrel y Arin, ansiando atención, así que no le costó apartarse y dejar que la otra mujer se acercara a Irex para comentarle que era una lástima que su marido no hubiera podido acompañarla.

Una esclava le ofreció vino a Kestrel y luego la condujo a una amplia solana con una pequeña fuente y flores de invernadero. Unos músicos tocaban discretamente tras un biombo de ébano mientras los invitados se saludaban. Algunos se ponían a charlar allí mismo, mientras que otros se retiraban para conversar tranquilamente en los bancos de piedra que bordeaban la fuente.

Kestrel se volvió hacia Arin.

Sus ojos rebosaban ira y tenía los puños apretados.

—Arin —dijo, preocupada, pero él apartó la mirada y la posó en algún punto situado al otro lado de la sala.

—Vuestros amigos están ahí.

Kestrel siguió su mirada y vio a Jess y Ronan riéndose de algo que había dicho Benix.

—Ordenadme que me retire —le pidió.

—¿Qué? —repuso ella, aunque él era el único acompañante presente. Los esclavos que se abrían paso entre la multitud eran sirvientes y propiedad de Irex.

—Reuníos con vuestros amigos. No quiero seguir aquí. Enviadme a la cocina.

Kestrel inspiró y luego asintió con la cabeza. Arin dio media vuelta y desapareció.

Se sintió sola al instante. No se lo había esperado. Sin embargo, cuando se preguntó qué había esperado, le vino a la mente una estúpida imagen de ella y Arin sentados juntos en un banco.

Levantó la vista hacia el techo de cristal, una pirámide desde la que se divisaba el cielo púrpura. Vio el luminoso contorno de la luna y recordó que Enai le había dicho que era mejor aceptar lo que no se podía cambiar.

Cruzó la sala para saludar a sus amigos.

Kestrel comió poco durante la cena y bebió aún menos, aunque Ronan, que se sentaba a su derecha, estuvo siempre pendiente de que no se le vaciaran el plato ni la copa. Se alegró cuando sirvieron el último plato y todo el mundo se trasladó al salón de baile contiguo, pues había empezado a sentirse atrapada en la mesa y el rumbo de la conversación de Ronan era demasiado fácil de predecir. Prefería escuchar música. Incluso en medio de la multitud, encontraría un sereno placer en cualquier pieza que el flautista tocara para el baile. Pensó que, si estuviera allí, Arin sentiría lo mismo.

—Kestrel. —Ronan le rozó el largo pendiente para hacer que se balanceara—. Estás soñando despierta. ¿Qué te tiene tan ensimismada?

—Nada —contestó, y la alivió descubrir que Benix se acercaba para solicitar la ayuda de Ronan.

—Las gemelas Raul —dijo con tono de súplica, mirando en dirección a las gemelas idénticas—. Una no quiere bailar a menos que lo haga la otra, así que si no te importa…

Ronan parecía irritado.

—¿Qué? —preguntó Benix. Los miró a ambos y luego le quitó importancia al asunto con un gesto de la mano—. Los tres somos viejos amigos. Kestrel puede prescindir de ti durante un baile.

«Desde luego que sí», pensó Kestrel. Pero aparentó estar disgustada de un modo que indicaba, al mismo tiempo, que no le importaba lo más mínimo y que le importaba un poco, cuando la verdad era que le traía sin cuidado. Les dijo que iría a buscar a Jess y un rincón en el que cotillear.

—Solo un baile —le advirtió Ronan a Benix, y atravesaron la sala en dirección a las gemelas.

El baile comenzó, pero Kestrel no buscó a Jess. Encontró una silla en las sombras y se sentó a escuchar, con los ojos cerrados, la melodía de la flauta.

—¿Lady Kestrel? —dijo una voz cargada de angustia.

Al abrir los ojos, se encontró con una chica vestida con un uniforme de criada herraní.

—¿Sí?

—¿Os importaría acompañarme? Hay un problema con vuestro acompañante.

Kestrel se puso en pie.

—¿Qué ha pasado?

—Ha robado algo.

Kestrel salió a toda prisa de la sala, deseando que la chica recorriera más rápido los pasillos de la villa. Debía haber un error. Arin era inteligente, demasiado astuto para hacer algo tan peligroso. Debía estar al corriente de lo que les ocurría a los ladrones herraníes.

La chica la condujo a la biblioteca. Había varios hombres reunidos allí: dos senadores, que sujetaban a Arin por los brazos, e Irex, que puso cara de regodeo al ver a Kestrel, como si hubiera jugado una ficha de valor alto en una partida al Muerde y Pica.

—Lady Kestrel, ¿se puede saber qué has traído a mi casa?

Kestrel miró a Arin, que se negó a devolverle la mirada.

—Él nunca robaría.

Notó un matiz de desesperación en su propia voz.

Irex también debió de percibirlo, porque sonrió.

—Lo hemos visto —dijo uno de los senadores—. Se estaba metiendo eso dentro de la camisa.

El hombre señaló con la cabeza un libro que había caído al suelo.

No. La acusación no podía ser cierta. Ningún esclavo se arriesgaría a que lo azotaran por robar, y menos aún un libro. Kestrel intentó tranquilizarse.

—¿Puedo? —le preguntó a Irex, señalando el libro del suelo. Él hizo un gesto con la mano, indicando que le daba permiso.

Kestrel se agachó para recoger el libro y se encontró con la mirada de Arin.

Se le cayó el alma a los pies. Una mueca de sufrimiento contraía el rostro del esclavo.

Estudió el libro cerrado y encuadernado en cuero que sostenía en las manos. Reconoció el título: se trataba de una obra de poesía herraní bastante común. También había un ejemplar en la biblioteca de su casa. Sostuvo el libro sin comprender, sin descubrir en él nada que justificara el riesgo de robarlo. Al menos de allí, de la biblioteca de Irex, cuando el que tenía ella podría servirle perfectamente.

Una sospecha cobró vida en su mente. Recordó la extraña pregunta que le había hecho Arin en el carruaje. «¿Adónde vamos?» Su tono parecía de incredulidad. Sin embargo, ya conocía el destino de antemano. Ahora Kestrel se preguntaba si él habría reconocido algo en el paisaje que ella había pasado por alto. Si aquella pregunta no suponía una duda, sino las palabras involuntarias de alguien abrumado por una comprensión repentina.

Abrió el libro.

—No —le rogó Arin—. Por favor.

Pero ya había visto la dedicatoria. Decía: «Para Arin, de Amma y Etta. Te queremos».

Esa era la casa de Arin. Esa casa había sido suya, esa biblioteca había sido suya, ese libro (que le habían dedicado sus padres) había sido suyo… hacía unos diez años.

Kestrel inspiró despacio. Apoyó los dedos en la página, justo debajo de la frase escrita con tinta negra. Levantó la vista y se encontró con la sonrisa de suficiencia de Irex.

Procuró calmarse. Evaluó la situación como lo haría su padre con una batalla. Conocía su objetivo. Y el de su oponente. Comprendía qué podía permitirse perder, y qué no.

Cerró el libro, lo dejó sobre la mesa y le volvió la espalda a Arin.

—Lord Irex —dijo con voz cálida—. No es más que un libro.

—Pero es mío —repuso Irex.

Kestrel oyó un sonido ahogado a su espalda. Sin volverse, dijo en herraní:

—¿Quieres salir de la habitación?

Arin contestó en voz baja:

—No.

—Pues no digas ni pío. —Le sonrió a Irex y añadió en valoriano—: Es evidente que esto no es un caso de robo. ¿Quién se atrevería a robarte? Estoy segura de que solo pretendía echarle un vistazo. No puedes culparlo por sentir curiosidad por los lujos de tu casa.

—Ni siquiera debería haber entrado en la biblioteca, y mucho menos tocar su contenido. Además, hay testigos. Un juez me dará la razón. Esta es mi propiedad, así que yo decidiré el número de latigazos.

—Sí, es tu propiedad. Pero no olvidemos que también estamos hablando de mi propiedad.

—Te lo devolveremos.

—Eso dice la ley, pero ¿en qué condiciones? No me hace gracia que lo estropees. Vale más que un libro escrito en un idioma que a nadie le interesa leer.

Los ojos oscuros de Irex se centraron brevemente en algo situado detrás de Kestrel y luego volvieron a posarse en ella. Una expresión maliciosa se dibujó en ellos.

—Pareces preocuparte mucho por el bienestar de tu esclavo. Me pregunto hasta dónde llegarías para impedir que le aplique el castigo que se merece. —Le apoyó una mano en el brazo—. Tal vez podamos resolver el asunto entre nosotros.

Kestrel oyó inhalar a Arin cuando comprendió lo que sugería Irex. De pronto, se enfureció por la atención que le prestó su mente a aquella brusca inspiración. Se enfureció consigo misma, por sentirse vulnerable porque Arin era vulnerable, y con Irex, por aquella sonrisita cómplice.

—Sí. —Decidió retorcer las palabras de Irex para darles otro significado—. Esto es entre nosotros, y el destino.

Tras pronunciar las palabras formales de un reto a duelo, se apartó de la mano de Irex, desenvainó la daga y la sostuvo de lado al nivel del pecho, como si trazara una línea entre ambos.

—Kestrel —dijo Irex—. No me refería a esto cuando he comentado que había otra forma de resolver el asunto.

—Creo que disfrutaremos más con este método.

—Un duelo... —Chasqueó la lengua en señal de reproche—. Te permitiré retractarte. Solo por esta vez.

—No puedo retractarme.

Entonces, Irex sacó su daga e imitó la postura de Kestrel. Se quedaron inmóviles y luego envainaron sus armas.

—Incluso te dejaré escoger las armas —concedió Irex.

—Agujas. Ahora te toca a ti elegir el momento y el lugar.

—En mi propiedad. Mañana, dos horas antes de ponerse el sol. Eso me dará tiempo para reunir la indemnización por muerte.

Eso le dio que pensar a Kestrel. Pero luego asintió con la cabeza y, por fin, se volvió hacia Arin.

El esclavo parecía a punto de vomitar. Se inclinaba hacia delante en manos de los senadores, como si, en lugar de retenerlo, lo sostuvieran en pie.

—Ya podéis soltarlo —les indicó Kestrel a los senadores, y, cuando obedecieron, le ordenó a Arin que la siguiera.

Mientras salían de la biblioteca, Arin dijo:

—Kestrel...

—Cállate. No digas ni una palabra hasta que estemos en el carruaje.

Recorrieron con rapidez los pasillos (los pasillos de Arin) y, cuando Kestrel lo miró de reojo, notó que todavía parecía aturdido y desorientado. Kestrel sabía lo que era el mareo (lo había experimentado al principio de sus lecciones de navegación) y se preguntó si eso era lo que estaría sintiendo él, rodeado por su casa: como cuando logras fijar la vista en el horizonte pero el estómago no lo consigue.

El silencio se quebró en cuanto la puerta del carruaje se cerró tras ellos.

—¡Estáis loca! —exclamó Arin con voz furiosa, desesperada—. Era mi libro. Mi decisión. No teníais derecho a entrometeros. ¿Pensasteis que no podría soportar el castigo?

—Arin... —La recorrió un estremecimiento de miedo al comprender lo que acababa de hacer, pero se esforzó por parecer tranquila—. Un duelo no es más que un ritual.

—No os corresponde a vos llevarlo a cabo.

—Sabes que tú no puedes pelear. Irex nunca lo aceptaría y, si lo apuntaras con un arma, cualquier valoriano de los alrededores acabaría contigo. Irex no me matará.

Arin le dedicó una mirada cínica.

—¿Acaso negáis que él es mejor luchador?

—En cuanto logre infligir la primera herida, se dará por satisfecho y ambos regresaremos a casa con el honor intacto.

—Dijo algo sobre una indemnización por muerte.

Según la ley, esa era la pena por un duelo a muerte. El

vencedor le pagaba una suma elevada a la familia del muerto. Kestrel le restó importancia.

—Irex tendría que pagar más que oro si matara a la hija del general Trajan.

Arin hundió la cara en las manos. Empezó a soltar palabrotas, a recitar todos los insultos contra los valorianos que los herraníes habían inventado, a maldecirlos en nombre de cada dios.

—Venga ya, Arin.

Él apartó las manos.

—Lo mismo digo. Menuda estupidez. ¿Por qué lo habéis hecho? ¿Por qué habéis cometido semejante tontería?

Recordó su afirmación de que Enai nunca la había querido o que, si había sentido algo por ella, había sido un afecto forzado.

—Puede que tú no me consideres tu amiga —le dijo—, pero yo sí te veo así.

KESTREL DURMIÓ A PIERNA SUELTA ESA NOCHE.
Antes de decirle a Arin que lo consideraba su amigo, no
tenía ni idea de que sentía eso. Él guardó silencio en el interior del carruaje y puso una cara rara, como quien bebe
vino cuando espera encontrar agua. Pero no la contradijo,
y lo conocía lo suficiente para creer que lo habría hecho si
hubiera querido.

Un amigo. Aquella idea la tranquilizó. Explicaba muchas
cosas.

Cuando cerró los ojos, recordó algo que solía decirle su
padre cuando era niña, y que les repetía a sus soldados la
noche previa a una batalla: «En tus sueños, nada puede hacerte daño».

El sueño la envolvió como un manto de terciopelo.

Entonces llegó el amanecer, claro y frío. La sensación de
paz se había desvanecido. Se puso una bata y revolvió un armario en busca de su atuendo de lucha ceremonial. Su padre encargaba que le elaboraran uno nuevo cada año, y el
de este año estaba enterrado bajo una montaña de vestidos.
Pero allí estaba: calzas, túnica y chaqueta rígida negras. Un
atisbo de duda empezó a carcomerla mientras observaba las
prendas. Las dejó donde estaban por el momento.

No tenía miedo del duelo, se dijo mientras cerraba la puerta del armario. No la amedrentaba recibir una herida, pues no podía ser peor que las que había sufrido en sus sesiones de entrenamiento. No temía perder frente a Irex. La derrota en un duelo no suponía una vergüenza ante la sociedad.

Pero los motivos que la habían llevado a pelear quizá sí.

«¿La gente habla de él?», le había preguntado Enai. Kestrel apretó la palma de la mano contra la puerta del armario y luego apoyó la frente en los dedos. Si la sociedad no hablaba antes de Arin, ahora sin duda lo haría. Se imaginó la noticia del duelo extendiéndose entre los invitados de Irex, que escucharían todos los detalles con una mezcla de asombro y fascinación. ¿Un ama iba a luchar en nombre de su esclavo ladrón? ¿Había ocurrido alguna vez?

Evidentemente, no.

Podía contar con que se congregaría una multitud para presenciar el duelo. ¿Qué iba a decirles? ¿Que pretendía proteger a un amigo?

Su sueño reconfortante había sido una mentira. Aquello no tenía nada de reconfortante.

Kestrel enderezó la espalda. El reto a duelo se había efectuado y recibido ante testigos. La derrota no suponía una deshonra, pero sí la cobardía.

Se puso un vestido sencillo, con la intención de visitar los barracones, donde esperaba confirmar que su padre no regresaría de su sesión de adiestramiento hasta el día siguiente. Sabía que no podía mantener el duelo en secreto. Hasta su padre acabaría enterándose de las habladurías que generaría eso. No obstante, Kestrel prefería que regresara después del hecho.

Cuando abrió la puerta exterior de sus habitaciones, encontró a una esclava en el pasillo, cuyos brazos apenas podían con el peso de un pequeño cofre.

—Lady Kestrel. Acaba de llegar esto de parte de lord Irex.

Kestrel lo aceptó, aunque las manos se le quedaron fláccidas al comprender lo que contendría el cofre. No consiguió cerrar los dedos.

El cofre cayó sobre el suelo de mármol del pasillo, desparramando su contenido. Las monedas de oro giraron y rodaron, tintineando como campanillas.

Irex le había enviado la indemnización por muerte. A Kestrel no le hizo falta contar las monedas para saber que sumaban quinientas. No le hizo falta tocar el dinero para recordar el que le había ganado a Irex jugando al Muerde y Pica y para considerar que algún día podría llegar a ser mejor jugador, pues por lo visto dominaba lo suficiente la táctica de la intimidación como para pagar la indemnización por muerte antes de que se produjera un duelo.

Se quedó paralizada, abrumada por un miedo ácido. «Respira», se ordenó a sí misma. «Muévete.» Pero solo pudo quedarse mirando mientras la esclava perseguía las monedas errantes y otra chica aparecía por el pasillo para ayudar a rellenar el cofre.

El pie de Kestrel se desplazó hacia delante. Luego dio otro paso, y otro, y estuvo a punto de salir huyendo de la imagen del dinero derramado hasta que un recuerdo se abrió paso por su mente presa del pánico. Vio la sonrisa con hoyuelo de Irex. Sintió su mano apretando la de ella. Vio armas colgando de paredes, a él dándole la vuelta a una ficha de Muerde y Pica, sus botas aplastando el césped de lady Faris, el talón hundiendo un terrón de hierba y tierra. Vio sus ojos, tan oscuros que casi parecían negros.

Y entonces supo qué debía hacer.

Bajó a la biblioteca y escribió dos cartas. Una para su padre y otra para Jess y Ronan. Las dobló, estampó su anillo en los sellos de cera y guardó los utensilios de escritura. Sostenía las cartas en la mano (la cera ya se había secado, pero todavía la notaba caliente contra la piel), cuando oyó unos pasos resonando por el pasillo de mármol, acercándose.

Arin entró en la biblioteca y cerró la puerta.

—No lo haréis. No os batiréis en duelo con él.

La impresionó verlo. No conseguiría pensar con claridad si seguía hablándole así, mirándola así.

—Tú no puedes darme órdenes a mí —le recordó. Hizo ademán de marcharse.

Arin le bloqueó el paso.

—Sé lo del cofre. Os ha enviado la indemnización por muerte.

—¿Primero el vestido y ahora esto? Cualquiera diría que controlas todo lo que envío y recibo. No es asunto tuyo.

La agarró por los hombros.

—Sois tan pequeña…

Kestrel sabía qué se proponía, y odió que recurriera a eso, lo odió por recordarle su debilidad física, el mismo defecto que su padre percibía cada vez que la veía luchar con Rax.

—Suéltame.

—Obligadme a soltaros.

Lo miró. Fuera lo que fuese lo que Arin vio en sus ojos, le hizo aflojar las manos.

—Kestrel —dijo con más suavidad—, ya me han azotado antes. Unos latigazos y la muerte son cosas distintas.

—No voy a morir.

—Dejad que Irex me aplique un castigo.

—No me estás haciendo caso.

Hubiera añadido algo más, pero entonces cayó en la cuenta de que Arin todavía tenía las manos apoyadas en sus hombros. Le rozaba la clavícula con suavidad con el pulgar.

Kestrel contuvo el aliento. Arin dio un respingo, como si acabara de despertar, y apartó las manos.

No tenía derecho, pensó Kestrel. No tenía derecho a confundirla. Ahora no, cuando necesitaba mantener la mente despejada.

Todo parecía tan simple la noche anterior en la oscuridad del carruaje...

—No se te permite tocarme —soltó Kestrel.

Arin le dedicó una sonrisa cargada de amargura.

—Supongo que eso significa que ya no somos amigos.

Ella no respondió.

—Bien. En ese caso, no tenéis ningún motivo para enfrentaros a Irex.

—Tú no lo entiendes.

—¿Que no entiendo vuestro maldito honor valoriano? ¿Que no entiendo que vuestro padre probablemente prefiera veros destripada antes que vivir con una hija que rehuyó un duelo?

—Tienes muy poca fe en mí si crees que Irex va a ganar.

Arin se pasó una mano por el pelo corto.

—¿Y dónde queda mi honor en todo esto, Kestrel?

Se miraron a los ojos y Kestrel reconoció aquella expresión. Era la misma que había visto al otro lado de la mesa de Muerde y Pica. La misma que había visto en el foso, cuando el subastador le había ordenado que cantara.

Oposición. Una determinación tan fría que podría ampollar la piel como el metal en invierno.

Sabía que la detendría. Quizás emplearía algún truco. Podría acudir al mayordomo a sus espaldas, hablarle del robo y del duelo y pedirle que lo llevara ante el juez e Irex. Si ese plan no lo convencía, encontraría otro.

Arin iba a ser un problema.

—Tienes razón —le dijo.

Él se quedó mirándola y luego entrecerró los ojos.

—De hecho —continuó—, si me hubieras dejado explicarme, te habría contado que ya había decidido suspender el duelo.

—Ya.

Le mostró las dos cartas. La dirigida a su padre estaba encima. Solo dejó que asomara el borde de la otra.

—Una es para mi padre, explicándole lo que ha ocurrido. La otra es para Irex, disculpándome e invitándolo a recoger sus quinientas monedas de oro cuando desee.

Arin todavía no parecía convencido.

—También vendrá a recogerte a ti, por supuesto. Conociéndolo, hará que te azoten hasta que pierdas el conocimiento, e incluso después. Estoy segura de que cuando despiertes te alegrarás mucho de que decidiera hacer justo lo que querías.

Arin soltó un resoplido.

—Si no me crees, puedes acompañarme a los barracones para ver cómo le doy la carta para mi padre a un soldado, con órdenes de hacérsela llegar cuanto antes.

—Creo que lo haré —contestó mientras abría la puerta de la biblioteca.

Salieron de la casa y cruzaron el terreno endurecido. Kestrel se estremeció. No se había detenido a coger una capa. No podía correr el riesgo de que Arin cambiara de opinión.

Cuando entraron en los barracones, observó a los seis guardias, que estaban descansando. Se sintió aliviada, pues había contado con encontrar solo a cuatro, y no necesariamente a Rax, que era en el que más confiaba. Se acercó a él, con Arin pisándole los talones.

—Llévale esto al general lo más rápido que puedas. —Le dio a Rax la primera carta—. Que un mensajero le entregue esta carta a Jess y Ronan.

—¡¿Qué?! —exclamó Arin—. Un momento...

—Y encierra a este esclavo.

Kestrel se volvió para no ver lo que iba a ocurrir. Oyó cómo el caos se apoderaba de la habitación. Oyó el forcejeo, un grito y el sonido de puños impactando en carne.

Dejó que la puerta se cerrara a su espalda y se alejó.

Ronan estaba esperándola al otro lado del portón custodiado. Todo parecía indicar que llevaba un buen rato allí. Su caballo estaba mordisqueando hierba marrón mientras él permanecía sentado en una roca cercana, lanzando piedrecitas contra el muro de piedra del general. Cuando vio a Kestrel atravesar el portón a lomos de Jabalina, arrojó el resto de las piedras al camino. Permaneció sentado, con los codos apoyados en las rodillas dobladas, observándola con el rostro pálido y demacrado.

—Casi estoy tentado de hacerte bajar de ese caballo.

—Supongo que eso quiere decir que recibiste mi mensaje.

—Y vine de inmediato. Pero los guardias me comunicaron que la señora de la casa había dado órdenes estrictas de no dejar pasar a nadie... ni siquiera a mí. —La observó de pies a cabeza, reparando en la ropa negra de lucha—. No me lo podía creer. Todavía no me lo creo. Después de que te desvanecieras de la fiesta anoche, todos los invitados empezaron a hablar del duelo. Pero yo estaba convencido de que no era más que un rumor que Irex había iniciado a causa de lo que sea que ha provocado este rencor entre vosotros. ¿Cómo has podido exponerte a semejante peligro?

Kestrel apretó las riendas con las manos. Pensó en que, cuando las soltara, las palmas le olerían a cuero y sudor. Se concentró en imaginarse ese olor. Era más fácil que prestarle atención a la angustia que revoloteaba en sus entrañas. Ya sabía lo que Ronan iba a decir.

Intentó esquivar el tema. Intentó hablar del duelo propiamente dicho, que le parecía algo sencillo comparado con las razones que la habían llevado a retar a Irex. Comentó con tono despreocupado:

—Nadie parece creer que pueda ganar.

Ronan bajó de la roca de un salto y se acercó a su caballo con paso decidido. Agarró el pomo de la silla.

—Conseguirás lo que quieres. Pero ¿qué es lo que quieres? ¿A quién quieres?

—Ronan —Kestrel tragó saliva—, piensa en lo que dices.

—Lo mismo que dice todo el mundo. Que lady Kestrel tiene un amante.

—Eso no es verdad.

—Es su sombra, la sigue a todas partes, escuchando, observando.

—No se trata de eso —intentó decir, y la horrorizó comprobar que le tembló la voz. Sintió que le ardían los ojos—. Tiene novia.

—¿Cómo es que sabes eso? ¿Y qué más da que tenga novia? Eso no importa. Al menos para la sociedad.

Los sentimientos de Kestrel eran como estandartes azotados por vientos de tormenta. Se enredaban y la envolvían. Se concentró y, cuando habló, impregnó sus palabras de desdén.

—Es un esclavo.

—Es un hombre, igual que yo.

Kestrel bajó de la silla, se situó frente a Ronan y mintió:

—Él no significa nada para mí.

La furia de Ronan disminuyó un poco. Aguardó, prestándole atención.

—Nunca debería haber retado a Irex. —Decidió entretejer algo de verdad en la historia para reforzarla—. Pero él y yo hemos tenido problemas. Me hizo una oferta la primavera pasada, pero lo rechacé. Y desde entonces se ha mostrado… agresivo.

Así se ganó la simpatía de Ronan, algo que agradeció, pues no sabía qué sería de ella si Jess y su hermano le volvían la espalda. Los necesitaba… no solo hoy, sino siempre.

—Irex me enfureció. El asunto del esclavo no fue más que una excusa.

Las cosas serían infinitamente más sencillas si ese fuera el caso. Pero no iba a permitirse plantearse la verdad. No quería examinarla ni conocerla en detalle.

—Fui impulsiva e imprudente, pero he elegido mis fichas y debo asumir las consecuencias. ¿Vas a ayudarme, Ronan? ¿Vas a hacer lo que te pedí en la carta?

—Sí. —Todavía parecía disgustado—. Aunque, en mi opinión, no hay mucho que pueda hacer salvo plantarme allí y verte luchar.

—¿Y Jess? ¿Estará en el duelo?

—Sí. En cuanto se quede sin lágrimas. Menudo susto nos has dado, Kestrel.

Esta abrió una alforja y le pasó el bolso con la indemnización por muerte. Al cogerlo, Ronan lo reconoció por el peso y por el hecho de que ya le había avisado en la carta de que la llevaría. Le dijo en voz baja:

—Me asustaste.

Kestrel lo abrazó, acurrucándose en sus brazos, que se relajaron a su alrededor. Él apoyó el mentón sobre su cabeza y Kestrel notó que la perdonaba. Intentó desechar todo pensamiento de Arin en la plataforma de subasta, de la expresión de sus ojos cuando le preguntó dónde quedaba su honor, de las palabrotas que les gritó a los guardias en herraní. Abrazó a Ronan con más fuerza, apretando la mejilla contra su pecho.

Él suspiró.

—Te acompañaré a casa de Irex y luego me aseguraré de que vuelvas sana y salva después de ganar.

El sendero que llevaba a casa de Irex estaba abarrotado de carruajes. La sociedad había acudido en masa a presenciar el duelo. Kestrel vio cientos de hombres y mujeres bien vestidos hablando con entusiasmo. El aire de finales de otoño convertía sus alientos en vapor. Ronan desmontó, al igual que ella, y dejaron que sus caballos fueran a reunirse con los demás.

Kestrel recorrió con la mirada la multitud que rodeaba el claro. La gente sonrió al verla, aunque no se trataba de sonrisas amables. Vio miradas evasivas y algunos rostros mostraban una fascinación morbosa, como si aquello no fuera un duelo sino un ahorcamiento y la única duda fuera si el cuello del criminal se partiría al instante. Se preguntó cuántos de los allí reunidos bajo el sol poniente sabrían que Irex ya había pagado la indemnización por muerte.

Se sentía fría y rígida. Como un esqueleto andante.

Ronan la rodeó con un brazo. Kestrel sabía que el gesto pretendía enviar un mensaje tanto como consolarla. Estaba usando su reputación para salvaguardar la de ella. No se lo había pedido, y el hecho de que él hubiera notado que algo fallaba en su plan la hizo sentir, al mismo tiempo, aliviada de tenerlo a su lado y más asustada que nunca.

—No veo a mi padre. —Le temblaban los dedos.

Ronan le envolvió las manos con las suyas y, aunque su mirada rebosaba duda, le dedicó una amplia sonrisa destinada a la multitud. Comentó en voz alta:

—¡Qué frías tienes las manos! ¿Qué te parece si acabamos de una vez con esta tontería y luego vamos a algún lugar cálido?

—¡Kestrel!

Benix se abrió paso entre el gentío, agarrando a Jess de la mano e intentando captar enérgicamente la atención de sus amigos. Se acercó a ellos con paso alegre, pero Jess no conseguía interpretar el papel tan bien. Su aspecto era horrible. Tenía los ojos rojos y el rostro hinchado.

Benix le dio a Kestrel un fuerte abrazo y luego fingió batirse en duelo con Ronan: un gesto que divirtió a algunos de los que los observaban, pero que hizo que a Jess se le volvieran a llenar los ojos de lágrimas.

—Esto no es una broma —protestó.

—Ay, hermanita —bromeó Ronan—. Te tomas las cosas demasiado en serio.

La multitud se disolvió, decepcionada, pues la llegada de Kestrel no había desatado una explosión de emociones entre sus mejores amigos. A medida que la gente se apartaba, Kestrel vio una senda recta hacia Irex. Divisó su figura alta y vestida de negro en el centro del espacio reservado para el duelo. Irex le sonrió y ella se quedó tan estupefacta que no se percató de la llegada de su padre hasta que sintió su mano en el hombro.

Estaba cubierto de polvo y olía a caballo.

—Padre —susurró, y deseó cobijarse en sus brazos.

Él la detuvo.

—Ahora no.

Kestrel se sonrojó.

—General Trajan —lo saludó Ronan con tono alegre—. Qué bien que hayáis podido venir. Benix, ¿esas de ahí, en la primera fila, junto al terreno de duelo, no son las gemelas Raul? No, cegato. Allí, justo al lado de lady Faris. ¿Por qué no vemos el enfrentamiento con ellas? Ven tú también, Jess. Necesitamos tu presencia femenina para aparentar que solo nos interesan las gemelas porque a ti te apetece charlar de sombreros con plumas.

Jess le apretó la mano a Kestrel y los tres se habrían alejado de inmediato si el general no los hubiera detenido.

—Gracias —les dijo.

Los amigos de Kestrel dejaron de fingir despreocupación, aunque de todas formas Jess no lo estaba haciendo nada bien. El general se centró en Ronan, evaluándolo como si fuera un nuevo recluta. Entonces hizo algo muy poco común: asintió con la cabeza en señal de aprobación. Una pequeña sonrisa de preocupación elevó la comisura de la boca de Ronan mientras encabezaba la retirada del grupo.

Su padre se situó frente a ella. Cuando Kestrel se mordió el labio, le advirtió:

—Este no es el momento de mostrar ninguna debilidad.

—Ya lo sé.

Le comprobó las correas de los antebrazos, las caderas

y las pantorrillas, tirando del cuero que le sujetaba seis pequeños cuchillos al cuerpo.

—Mantente alejada de Irex —le aconsejó en voz baja, aunque las personas que se encontraban más cerca se habían apartado para ofrecerles cierta intimidad, por deferencia al general—. Lo mejor para ti es que esto sea un concurso de lanzamiento de cuchillos. Puedes esquivar los suyos, lanzar los tuyos, y tal vez incluso seas la que logre la primera herida. Haz que vacíe sus fundas. Si ambos gastáis las seis Agujas, el duelo acabará en empate. —Le enderezó la chaqueta—. No permitas que esto se convierta en un combate cuerpo a cuerpo.

El general se había sentado con ella durante el torneo de primavera. Había visto pelear a Irex e, inmediatamente después, había intentado que se alistara en el ejército.

—Quiero que estés en primera fila —le pidió.

—Nunca se me ocurriría situarme en otro sitio. —Una pequeña arruga apareció entre las cejas de su padre—. No dejes que se acerque.

Kestrel asintió, aunque no tenía intención de seguir aquel consejo.

Se abrió paso entre la multitud para reunirse con Irex.

ERA IMPOSIBLE QUE KESTREL E IREX PUDIERAN
mantener una conversación en privado, algo que a él probablemente le agradara. A Irex le gustaba que lo oyeran, además de que lo vieran, y no parecía interesarle lo más mínimo
apartarse del gentío hasta que ambos tuvieran que situarse
en los puestos asignados en extremos opuestos del espacio
circular, marcados con pintura negra sobre la hierba seca.

—Lady Kestrel. —Habló con claridad para que el público
pudiera oírlo—. ¿Recibiste mi regalo?

—Y te lo he traído.

—¿Eso quiere decir que te rindes? Venga, si aceptas enviar-
me al esclavo y me das la mano, te haré un pinchacito en el
meñique. Obtendré la primera herida, nuestros amigos se
irán a casa contentos y tú y yo cenaremos juntos.

—No, me gusta el plan tal cual: tú en tu puesto y yo a cincuenta pasos de distancia.

Irex entrecerró los oscuros ojos. Su boca, que algunos
considerarían encantadora, perdió la sonrisa. Le volvió la
espalda y se dirigió a su puesto. Ella hizo lo propio.

Dado que él era el retado, había nombrado a un amigo
para que anunciara el comienzo del duelo. Cuando el joven
gritó: «¡Adelante!», Irex se sacó una daga del brazo y la lanzó.

Kestrel esquivó el arma con habilidad, pues ya había esperado que su contrincante tomara la ofensiva. La daga voló por el aire con un zumbido y se clavó en un árbol.

El público se apartó del círculo de duelo. Ya se habían producido bajas entre espectadores, pues presenciar un enfrentamiento con Agujas no era demasiado seguro.

A Irex no pareció preocuparle que su primer intento hubiera fallado. Se agachó y desenvainó una Aguja de la pantorrilla. La sostuvo en la mano, sopesándola, mientras observaba a Kestrel. Fintó, pero si algo se le daba bien a Kestrel era descubrir faroles, sobre todo cuando Irex no se molestaba en ocultar sus sentimientos. Corrió hacia ella y arrojó el arma.

Era tan rápido que resultaba aterrador. Kestrel se lanzó al suelo, rozando la tierra con la mejilla, y luego se puso en pie antes de que su adversario pudiera atraparla en una posición tan vulnerable. Mientras se levantaba, vio relucir algo en el suelo: la punta de su trenza, que le había amputado el cuchillo.

A Kestrel se le aceleró la respiración. Irex se mantuvo a unos treinta pasos de distancia.

La joven mantuvo el equilibrio sobre las puntas de los pies, aguardando, y vio que la furia que había desencadenado su insulto había desaparecido o se había mezclado con placer, de modo que Irex parecía estar de buen humor. El primer lanzamiento de su adversario había sido impulsivo y poco inteligente, ya que había usado una Aguja de uno de los dos lugares de acceso más fáciles. Cuando un combate con Agujas se convertía en un enfrentamiento cuerpo a cuerpo, suponía una desventaja contar con pocos cuchillos, así como perder los de los antebrazos o incluso los de las caderas. Kestrel sabía que él lo sabía, o no habría empleado una Aguja de la pantorrilla en segundo lugar. Era un gallito, pero también podía ser cauto. Eso complicaría la labor de Kestrel.

Casi podía sentir la frustración de su padre. La gente le gritaba sugerencias, pero no oía la voz del general. Se preguntó brevemente si le costaría contenerse para no gritarle que lanzara algunas Agujas. Sabía que eso era lo que él quería que hiciera. Era la táctica más sensata para un luchador más débil: esperar ponerle fin pronto al duelo con una herida en cualquier parte.

Pero ella quería acercarse a Irex lo suficiente para hablar sin que nadie los oyera. Necesitaría todos los cuchillos a su disposición en cuanto acortara distancias.

Irex ladeó la cabeza. O bien lo desconcertaba que no siguiera la única estrategia sensata o bien lo decepcionaba que apenas hiciera nada. Probablemente había esperado que demostrara más espíritu combativo. Kestrel se había esforzado mucho para que nadie conociera lo limitadas que eran sus habilidades con las armas, y la gente daba por hecho que la hija del general era una excelente luchadora.

Irex mantuvo la distancia, sin mostrar interés en vaciar más fundas. No avanzó, lo que suponía un problema: si Kestrel no podía atraerlo, tendría que acercarse ella.

Ahora los gritos eran incoherentes. Aumentaron hasta crear una especie de silencio ensordecedor.

Su padre le habría dicho que debería mantener su posición. En cambio, desenvainó las dos dagas de las pantorrillas y se lanzó hacia delante. Un cuchillo salió volando de su mano, desviado. Fue un lanzamiento horrible, pero sirvió para distraer a Irex del segundo, que podría haberlo alcanzado si no se hubiera agachado y lanzado una de sus Agujas.

Kestrel se deslizó por la hierba seca para esquivar el cuchillo. Se golpeó el costado con el suelo mientras la Aguja se clavaba en la tierra junto a su pierna. Se le bloqueó la mente.

Era rápido, demasiado rápido. Ni siquiera lo había visto mover la mano.

Entonces Irex le dio una patada en las costillas. Kestrel ahogó una exclamación de dolor. Se obligó a ponerse en pie y desenvainó una daga del brazo. Acuchilló el aire por delante de ella, pero Irex se apartó con agilidad, le hizo soltar el arma con un golpe y rodó para apoderarse de ella.

Notaba una opresión en el pecho. Le dolía respirar. Le dolía pensar. Le vino a la mente una imagen fugaz de su padre cerrando los ojos en señal de consternación. «Nunca le proporciones armas a tu oponente», solía decirle.

Pero había conseguido lo que quería. Ahora Irex y ella se encontraban en el centro del círculo, demasiado lejos del ruidoso público para que pudieran oír sus palabras.

—Irex —dijo con un hilillo de voz—, tenemos que hablar.

Él le dio una patada en la rodilla. Kestrel sintió que algo chirriaba y cedía justo antes de desplomarse en el suelo. La fuerza de la caída volvió a colocarle la rótula en su sitio. Dejó escapar un grito.

La impresión fue demasiado grande para sentir dolor. Luego lo notó: un espasmo que se abrió paso desde su pierna hasta su cerebro.

No fue miedo lo que la obligó a ponerse en pie. El dolor le embotaba la mente y no había cabida para nada más. No sabía cómo se las arregló para levantarse, solo que lo logró, e Irex se lo permitió.

—Nunca me has gustado —le soltó él entre dientes—. Con esos aires de superioridad.

A Kestrel se le empezó a nublar la vista. Tuvo la extraña impresión de que estaba nevando, pero, a medida que la mancha blanca se iba extendiendo hacia el rostro de Irex, comprendió que no se trataba de nieve. Estaba a punto de desmayarse.

Su adversario le dio una bofetada.

Eso la reanimó. Oyó una exclamación, aunque no estaba segura de si había surgido de la multitud o de su propia garganta. Tenía que hablar ya, rápido, o Irex la aplastaría mucho antes de rematar el duelo con una Aguja. Le costó encontrar aire para poder hablar. Desenvainó una daga. La ayudó, aunque fuera un poco, sentir la solidez del arma contra la mano.

—El bebé de Faris es hijo tuyo.

Eso lo hizo vacilar.

—¿Qué?

Kestrel rogó estar en lo cierto.

—Te acostaste con la mujer del senador Tiran. Y tuviste un hijo con ella.

Irex volvió a alzar la guardia y la daga destelló bajo el sol poniente. Pero se mordió el interior de la mejilla, haciendo que se le torciera la cara, y ese leve atisbo de preocupación le hizo pensar a Kestrel que tal vez conseguiría salir viva de ese duelo.

—¿Por qué lo dices?

—Asesta un golpe que pueda bloquear con facilidad y te lo diré.

Irex obedeció y el sonido de su daga desviando la de él la hizo sentirse más fuerte.

—Tenéis los mismos ojos. El bebé tiene un hoyuelo en la mejilla izquierda, como tú. Faris se puso pálida cuando ocupamos nuestros puestos para empezar a luchar y veo que se ha situado en primera fila. No creo que se preocupe por mí.

Irex respondió con cautela:

—Que sepas un secreto como ese no hace que me sienta menos inclinado a matarte.

Kestrel inspiró con dificultad, aliviada de estar en lo cierto, aliviada de ver que su adversario dudaba aunque la multitud continuara gritando.

—No vas a matarme porque se lo he contado a Jess y a Ronan. Y, si muero, se lo dirán a todo el mundo.

—Nadie les creerá. La sociedad pensará que te echan de menos y quieren hacerme daño.

—¿La sociedad seguirá pensando eso cuando empiecen a comparar la cara del niño con la tuya? ¿Y el senador Tiran? —Lo rodeó, cojeando, y él se lo permitió, aunque desenvainó otra Aguja y las sostuvo las dos preparadas para atacar. Irex movía los pies con agilidad mientras que ella se esforzaba por no tropezar—. Si a Ronan le cuesta iniciar un escándalo, lo alimentará con dinero. Le he entregado quinientas monedas de oro y las usará para sobornar a sus amigos para que juren que el rumor es cierto, que te vieron en la cama con Faris, que llevas guardado un mechón de pelo del bebé cerca del corazón. Dirán cualquier cosa, sea cierta o no. Hay poca gente tan rica como tú. Ronan tiene muchos amigos, como el pobre Hanan, que estarán encantados de aceptar dinero por arruinar la reputación de alguien que no le cae bien a nadie.

Irex aflojó los brazos. No tenía buena cara.

Kestrel siguió presionando, ahora que tenía ventaja.

—Te acostaste con Faris para que alentara a su marido a ayudarte a conseguir un puesto en el Senado. Tal vez también tuviste otros motivos, pero este es el que importa. Y a ti también debería importarte porque, si Tiran sospecha de ti, no solo te negará su ayuda. Pondrá al Senado en tu contra.

Vio que la actitud beligerante de Irex disminuía.

—Aunque este duelo no haya infringido ninguna ley, no ha sido limpio. Empezaste una reyerta. Los murmullos de desaprobación de la sociedad te perseguirán incluso antes de que Ronan y Jess destruyan tu reputación.

—¿A mí? —se burló Irex—. Tu reputación no es inmaculada precisamente. Amante de esclavos.

Kestrel se tambaleó. Le costó un momento hablar y, cuando lo hizo, no estuvo segura de si sus palabras eran ciertas.

—Diga lo que diga la gente sobre mí, mi padre se convertirá en tu enemigo.

Irex todavía tenía el rostro lívido de ira, pero contestó:

—Muy bien. Puedes vivir. —Luego añadió con voz vacilante—: ¿Le has contado al general lo de Faris?

Kestrel pensó en la carta que le había enviado a su padre. Era muy simple: «He retado a duelo a lord Irex. Tendrá lugar hoy en su propiedad, dos horas antes de la puesta de sol. Ven, por favor».

—No. Eso iría en contra de mi objetivo.

Irex le dedicó una mirada que ella ya había visto antes en los rostros de sus oponentes al Muerde y Pica.

—¿Qué objetivo? —preguntó con cautela.

Kestrel sintió que la invadía una oleada de triunfo, aún más intensa que el dolor de la rodilla.

—Quiero que mi padre crea que he ganado este duelo legítimamente. Estás a punto de perder. Amañarás el combate y me concederás una victoria clara. —Sonrió—. Quiero lograr la primera herida, Irex. Mi padre está observando. Haz que parezca de verdad.

22

DESPUÉS DEL DUELO, EL GENERAL TUVO QUE AYUDAR a Kestrel a subirse a su caballo, que solo avanzó unos pasos antes de que la joven se tambaleara sobre la silla. Le palpitaba la rodilla derecha. Sentía como si algún nudo interno se hubiera soltado y se estuviera desenredando, presionando resortes ardientes contra la parte interna de la piel.

Su padre detuvo a Jabalina.

—Podemos pedir prestado un carruaje.

—No.

¿Qué sentido tenía haber derrotado a Irex si no podía mantenerse sobre un caballo? No se había dado cuenta de que fuera tan orgullosa. Puede que no quisiera llevar la vida militar de su padre; pero, al parecer, ansiaba su aprobación tanto como cuando era niña.

Le dio la impresión de que el general iba a oponerse, pero solo dijo:

—Ha sido una victoria contundente.

Se subió a su caballo y marcó el paso. Aunque el ritmo era lento, Kestrel se estremecía con cada sacudida del caballo. Se alegró cuando la noche oscureció el cielo. Notó que se le contraía el rostro de dolor, pero se recordó que ni siquiera su padre podía ver en la oscuridad. No podía ver lo asustada que estaba.

Esperaba que le preguntara en cualquier momento por qué había retado a duelo a Irex. Pero no lo hizo, y pronto le resultó imposible pensar en nada aparte de intentar mantenerse sobre el caballo. Se mordió el labio. Cuando llegaron a casa, notaba el sabor de la sangre en la boca.

No fue consciente de atravesar el portón. La casa simplemente apareció, brillante y algo temblorosa en los bordes. Oyó vagamente que su padre hablaba con alguien y luego la sujetó por la cintura y la bajó del caballo como si fuera una niña.

Cuando la depositó sobre sus pies, a Kestrel se le dobló la rodilla. Un sonido se le atascó en la garganta y perdió el conocimiento.

Cuando abrió los ojos, estaba tumbada en su cama. Alguien había encendido la chimenea, que proyectaba haces de luz anaranjada por el techo. En la mesita de noche, una lámpara de aceite encendida dividía el rostro de su padre en sombras y hueso. Había acercado una silla, y puede que hubiera dormido allí, pero ahora sus ojos estaban alerta.

—Hay que sangrarte la rodilla —le informó.

Kestrel se la miró. Alguien (tal vez su padre) le había cortado la pernera derecha a la altura del muslo y, por debajo de la tela negra desgarrada, la rodilla se le había hinchado hasta doblar su tamaño normal. La notaba tensa y caliente.

—No sé qué significa eso —contestó Kestrel—, pero no suena muy agradable.

—Irex te dislocó la rótula. Volvió a colocarse en su sitio, pero el golpe debe de haberte desgarrado el músculo. La rodilla se te está llenando de sangre. La hinchazón es lo que te causa tanto dolor. —Vaciló antes de continuar—. He visto esta clase de heridas en el campo de batalla y tengo cierta experiencia tratándolas. Puedo drenar la sangre. Eso te hará sentir mejor. Pero tendría que usar un cuchillo.

Kestrel recordó cuando le cortó el brazo a su madre, la sangre manando entre sus dedos mientras intentaba cerrar la herida. Su padre la miró y Kestrel supuso que estaría viendo lo mismo, o viéndola a ella recordarlo, y que ambos compartían la misma pesadilla.

El general se miró las manos llenas de cicatrices.

—He enviado a buscar a una médica. Si lo prefieres, puedes esperar a que llegue. —Empleó un tono monótono, aunque con un ligero matiz de tristeza que solo ella era capaz de percibir—. No lo sugeriría si no me sintiera capacitado y si no creyera que es mejor hacerlo ahora. Pero la elección es tuya.

Entonces la miró a los ojos. Algo en su mirada le hizo pensar que nunca habría dejado que Irex la matara, que habría irrumpido en el terreno de lucha y le habría clavado un cuchillo a Irex en la espalda si hubiera pensado que la vida de su hija corría peligro, que habría renunciado a su honor por ella.

Aunque, naturalmente, nunca lo sabría a ciencia cierta. Aun así, asintió con la cabeza. Su padre envió a una esclava a por trapos limpios, que le colocó debajo de la rodilla. A continuación, se acercó al fuego y colocó un pequeño cuchillo sobre las llamas para esterilizarlo.

Regresó a su lado con el cuchillo ennegrecido en la mano.

—Te lo prometo —dijo, aunque Kestrel no sabía si se refería a que le prometía que eso la ayudaría, a que sabía lo que estaba haciendo o a que la habría salvado de Irex en caso necesario.

Hundió el cuchillo y Kestrel se desmayó de nuevo.

* * *

Su padre tenía razón. En cuanto abrió los ojos, ya se sentía mejor. Tenía la rodilla dolorida y vendada, pero la ardiente hinchazón había desaparecido, junto con gran parte del dolor.

El general estaba de pie, de espaldas a ella, mirando por la oscura ventana.

—Será mejor que me eximas del trato que hicimos —comentó Kestrel—. El ejército no me aceptará ahora con una rodilla herida.

Él se volvió y esbozó una leve sonrisa, similar a la de ella.

—Qué más quisieras. Por mucho que duela, no es una herida grave. Estarás en pie muy pronto, y caminarás con normalidad en menos de un mes. No hay daño permanente. Si no me crees y piensas que me ciega la esperanza de verte convertida en soldado, la médica te dirá lo mismo. Está en la sala de estar.

Kestrel miró hacia la puerta cerrada de su dormitorio y se preguntó por qué la médica no estaba allí en la habitación con ellos.

—Quiero preguntarte algo —le dijo su padre—. Y preferiría que no lo oyera nadie.

De repente, Kestrel sintió que le dolía el corazón, no la rodilla. Como si le hubieran hecho un corte y lo hubieran sangrado.

—¿A qué tipo de acuerdo llegaste con Irex?

—¿Qué?

Él la miró sin inmutarse.

—Te iba mal en el duelo. Luego Irex hizo una pausa y, al parecer, mantuvisteis una conversación muy interesante.

Cuando se reanudó la pelea, Irex parecía otra persona. No debería haber perdido contra ti (así, al menos), salvo que lo convencieras.

Kestrel no sabía qué responder. Cuando le planteó la pregunta, se sintió tan inmensamente agradecida de que no la hubiera interrogado acerca de las razones que la habían llevado a batirse en duelo que no había captado algunas de sus palabras.

—Kestrel, solo quiero asegurarme de que no le has proporcionado a Irex algún tipo de poder sobre ti.

—No. —Suspiró, decepcionada porque su padre hubiera descubierto la verdad sobre su victoria—. En todo caso, él está en mi poder.

—Ah. Vale. ¿Y me dirás cómo?

—Sé un secreto.

—Muy bien. No, no me lo cuentes. No quiero saberlo.

Kestrel contempló el fuego y dejó que las llamas la hipnotizaran.

—¿Crees que me importa cómo ganaras? —le dijo su padre con suavidad—. Ganaste. El método carece de importancia.

La joven pensó en la Guerra Herraní. Pensó en el sufrimiento que su padre le había ocasionado a ese país y en cómo sus actos la habían llevado a ella a convertirse en ama y a Arin, en esclavo.

—¿De verdad crees eso?

—Sí. Así es.

Arin oyó crujir la puerta de los barracones. Aquel sonido lo hizo ponerse en pie de inmediato, ya que solo una persona acudiría a su celda a esas horas de la noche. Entonces oyó el primer paso pesado y soltó los barrotes de metal. Los pasos que se acercaban no eran los de ella. Pertenecían a alguien grande. Sólido, lento. Un hombre, probablemente.

La parpadeante luz de una antorcha se aproximó a su celda. Cuando vio quién la portaba, se apartó de los barrotes. Vio la pesadilla de un niño cobrar vida.

El general colocó la antorcha en un aplique. Se quedó mirándolo, examinando los cardenales recientes, su estatura, sus rasgos… El ceño del valoriano se acentuó aún más.

Aquel hombre no se parecía nada a Kestrel. Era todo masa y músculo. No obstante, la vio reflejada en la forma en la que levantaba la barbilla, y sus ojos poseían la misma inteligencia peligrosa.

—¿Ella está bien? —preguntó Arin.

Cuando no recibió respuesta, repitió la pregunta en valoriano. Y, como ya se había condenado al formular una pregunta cuya respuesta necesitaba conocer, añadió algo que se había jurado que nunca diría:

—Señor.

—Sí, está bien.

Una sensación se apoderó de Arin, algo parecido al sueño o a la repentina ausencia de dolor.

—Si fuera por mí, te mataría —dijo el general—. Pero eso causaría más murmuraciones. Así que te venderé. No de inmediato, porque no quiero que parezca una reacción al escándalo. Pero pronto.

»Voy a pasar algún tiempo en casa, y estaré vigilándote. Si te acercas a mi hija, no me lo pensaré dos veces. Haré que te descuarticen. ¿Entendido?

23

EMPEZARON A LLEGAR CARTAS. DURANTE LOS primeros días posteriores al duelo, Kestrel las devoró, ávida de cualquier cosa que la distrajera de su confinamiento en la cama, desesperada por averiguar qué opinaba ahora de ella la sociedad. Seguramente se habría ganado cierto respeto al vencer al mejor luchador de la ciudad, ¿no?

Sin embargo, la mayoría de las cartas eran de Jess y Ronan y estaban llenas de falso optimismo. Y entonces llegó la nota.

Era pequeña y estaba doblada formando un grueso cuadrado. Estaba precintada con un sello en blanco. La había escrito una mujer. No estaba firmada.

¿Te crees que eres la primera? ¿La única valoriana que se ha acostado con un esclavo? ¡Pobre ilusa!

Deja que te explique las reglas.

Disimula mejor. ¿Por qué crees que la sociedad permite que un senador haga ir a su habitación a una criada guapa de madrugada? ¿O que la hija del general dé largos paseos en carruaje con un «acompañante» tan magnífico?

No es porque las aventuras secretas sean imposibles, sino porque fingir que son imposibles le permite a todo el mundo hacer la

vista gorda ante el hecho de que podemos utilizar a nuestros esclavos exactamente como nos plazca.

Kestrel sintió que le ardía la cara. Luego se le contrajo, igual
que la mano con la que estrujó el papel.

Arrojaría la carta al fuego. La olvidaría, lo olvidaría todo.

Sin embargo, cuando sacó la pierna derecha de debajo
de las mantas, notó una punzada de protesta en la rodilla.
Se sentó en el borde de la cama, contemplando el fuego, y
luego se miró los pies descalzos apoyados contra el suelo. Se
estremeció, pero se dijo que se debía al dolor de la rodilla
vendada. A que sus piernas no podían sostenerla. A que no
podía hacer algo tan simple como levantarse de la cama y
cruzar la habitación.

Rompió la carta en mil pedazos.

La primera noche después del duelo, al despertar, había
descubierto que su padre se había marchado. Una esclava
dormía en la silla situada cerca de la cama. Kestrel había visto las ojeras de la mujer, la incómoda postura de su cuello
y cómo balanceaba la cabeza como quien necesita dormir
desesperadamente. Pero la despertó.

—Tienes que hacer algo —le había dicho.

La mujer parpadeó, adormilada.

—Ve a decirles a los guardias que liberen a Herrero. Está
encerrado en los barracones. Lo…

—Ya lo sé —había contestado la mujer—. Ya lo han dejado
en libertad.

—¿Qué? ¿Quién lo ha ordenado?

La esclava apartó la mirada.

—Ha sido decisión de Rax. Ha dicho que podías transmitirle vuestras quejas si no os parecía bien.

Esas últimas palabras parecían mentira. Ni siquiera tenían sentido. Pero la esclava le dio una palmadita en la mano y añadió:

—He visto a Herrero con mis propios ojos, en las dependencias de los esclavos. No tiene mal aspecto. No os preocupéis, mi señora.

El rostro de la mujer, de cuyo nombre se había olvidado, se llenó de tal compasión que le había ordenado que se retirara.

Recordó la expresión de la mujer. Miró la carta hecha pedazos y vio de nuevo las palabras escritas en ella... tan sarcásticas, tan comprensivas.

No lo entendían. Nadie lo entendía. Estaban equivocados.

Volvió a meterse bajo las mantas.

Algunas horas después, llamó a una esclava para que abriera una ventana. El aire frío se coló en la habitación y Kestrel empezó a tiritar hasta que oyó un lejano repiqueteo, el sonido de un martillo al golpear un yunque. Arin debía saber que no podía ir a verlo. ¿Por qué no había ido él?

Podría obligarlo. Si se lo ordenaba, obedecería.

Pero Kestrel no quería su obediencia. Quería que él quisiera verla.

Se estremeció ante esa idea y el dolor que trajo consigo.

Sabía que, aunque lo que todo el mundo pensaba de ella era mentira, también estaba demasiado cerca de la verdad.

—Deberías haberme dejado venir a verte antes —protestó Jess, cuyas mejillas resplandecían por el fresco aire del exterior—. Ya ha pasado una semana desde el duelo.

Kestrel se recostó en las almohadas. Sabía que ver a Jess

le haría daño, le recordaría que había una vida fuera de esa habitación.

—Ronan no ha podido venir.

—¡Desde luego que no! No pienso dejar que te vea hasta que estés mejor. Tienes una pinta horrible. A nadie le apetece besar a una inválida.

—Gracias, Jess. Me alegro tanto de que hayas venido…

Jess puso los ojos en blanco. Se dispuso a hablar, pero entonces posó la mirada en la mesita de noche.

—Kestrel, no has abierto el correo.

Las cartas se habían ido amontonando, formando una especie de nido de serpientes enroscadas.

—¿Para qué? —repuso Kestrel—. ¿Para leer que mi reputación sigue igual de arruinada?

—No es nada que no podamos solucionar.

Kestrel supuso lo que le diría Jess: que debería ir con Ronan al baile del solsticio de invierno. Él estaría dispuesto. Se alegraría. Eso pondría fin a algunas habladurías y provocaría otras distintas.

Se podría considerar eso como una solución.

Kestrel esbozó una leve sonrisa. Sacudió la cabeza.

—Eres tan leal…

—Y lista. Tengo una idea. No falta mucho para el baile y…

—Me aburro de estar aquí sentada en la cama tantas horas. ¿Por qué no me distraes, Jess? Mejor aún, ¿por qué no hago yo algo por ti? Te lo debo.

Jess le apartó el pelo de la frente.

—No me debes nada.

—Me has apoyado. Te lo compensaré. En cuanto me recupere, me pondré lo que tú quieras.

Jess le tocó la frente en broma.

—Debes de tener fiebre.

—Te enseñaré a jugar al Muerde y Pica para que nadie pueda ganarte.

Su amiga se rió.

—No te molestes. No me gustan los juegos.

—Ya lo sé. —Kestrel sintió que se le borraba la sonrisa—. Es una de las cosas que admiro de ti.

Jess puso cara de desconcierto.

—Nunca ocultas quién eres —añadió Kestrel.

—¿Y crees que tú sí? ¿Crees que no me doy cuenta de que, a pesar de que me has pedido que te distraiga, eres tú la que intenta distraerme?

Kestrel se estremeció.

—Se te daría mejor si no estuvieras postrada en la cama. Y deprimida.

Kestrel le tomó la mano y se la apretó.

—Lo he dicho en serio.

—Pues entonces déjate de juegos. Tus problemas tienen una solución evidente.

Kestrel se dio cuenta de que Jess estaba pensando en algo más que en el baile y apartó la mano.

Su amiga suspiró.

—Vale. No hablaremos de Ronan. No hablaremos de matrimonio. No hablaremos del hecho de que, a pesar de cuánto te gusta ganar, te comportas como si estuvieras decidida a perder.

Arin avivó el fuego de la fragua. No buscaba calor, sino color. Lo anhelaba durante los meses fríos. Había sido un niño enfermizo y esa época del año le hacía acordarse aún más de su casa, de sentirse encerrado, sin saber que un día soñaría con aquellas paredes pintadas, las cortinas color añil, el vestido azul de su madre...

Frío fuera y color dentro. Así lo recordaba.

Observó el tono carmesí de las llamas. Luego salió e inspeccionó el terreno. A través de los árboles sin hojas, vio que no había nadie cerca. Podía disponer de unos minutos para sí.

Cuando volvió a entrar en la fragua, se apoyó en el yunque. Sacó con una mano un libro de su escondite detrás de la caja de leña y, con la otra, sostuvo un martillo para, si corría el riesgo de que lo descubrieran, poder fingir más rápido que estaba trabajando.

Empezó a leer. Se trataba de un libro que había visto leer a Kestrel, sobre la historia del imperio valoriano. Lo había sacado de la biblioteca después de que ella lo devolviera, semanas atrás.

¿Qué diría ella si lo viera leyendo un libro sobre su enemigo, en el idioma de su enemigo? ¿Qué haría?

De lo que sí estaba seguro era de que lo evaluaría con la mirada y Arin podría detectar un cambio de percepción en la joven. Su opinión sobre él cambiaría como cambia la luz del día, aclarándose u oscureciéndose. Sutil. Casi imperceptible. Lo vería de otra manera, aunque él no sabría cómo. No sabría lo que significaba. Ya había ocurrido, una y otra vez, desde que había llegado allí.

A veces deseaba no haber ido nunca.

Bueno. Kestrel no podía verlo en la fragua ni saber qué estaba leyendo, porque no podía salir de sus habitaciones. Ni siquiera podía caminar.

Cerró el libro y lo apretó con dedos rígidos. Casi lo arroja al fuego.

«Haré que te descuarticen», le había dicho el general.

Esa no era la razón por la que Arin se mantenía alejado de ella. No era por eso.

Se obligó a pensar en otra cosa. Escondió el libro donde estaba. Se puso a trabajar en silencio, calentando hierro y carbón en un crisol para producir acero.

Tardó un rato en darse cuenta de que estaba tarareando una melodía sombría. Por una vez, no se detuvo. La presión de la canción era demasiado fuerte y la necesidad de distracción, demasiado grande. Entonces descubrió que la música atrapada tras sus dientes apretados era la melodía que Kestrel había tocado para él meses atrás. La notó, suave y viva, en la boca.

Por un momento, se imaginó que no era la melodía lo que rozaba sus labios, sino Kestrel.

Aquella idea lo dejó sin aliento, y sin ganas de tararear más.

24

CUANDO NADIE MIRABA, KESTREL PRACTICABA caminando por sus habitaciones. A menudo tenía que apoyar una mano en la pared, pero podía llegar a las ventanas.

Nunca vio lo que quería, lo que le hizo preguntarse si sería mera casualidad o si Arin se tomaba tantas molestias para evitarla que escogía otras rutas para atravesar la propiedad, en lugar de las que pasaban por donde ella podría verlo.

No podía bajar sola las escaleras, lo que significaba que le era imposible visitar la sala de música situada en la planta baja, a menos que accediera a que la llevaran en brazos, y no pensaba hacerlo. Sin embargo, a veces descubría que sus dedos empezaban a tocar melodías imaginarias en los muebles o en sus muslos. La ausencia de música era como un dolor en las entrañas. Se preguntó cómo Arin podía soportar no cantar, si es que realmente era cantante.

Pensó en los largos tramos de escaleras y obligó a trabajar a sus débiles músculos.

Estaba de pie en su sala de visitas, aferrada al respaldo tallado de una silla, cuando entró su padre.

—Esa es mi niña. Ya en pie. Con esa actitud, llegarás a oficial enseguida.

Kestrel se sentó y le dedicó una sonrisita irónica. Él se la devolvió.

—Quería decir que me alegro de que estés mejor, y que lamento no poder asistir al baile del solsticio de invierno.

Menos mal que ya estaba sentada.

—¿Y por qué ibas a querer ir a un baile?

—Tenía pensado llevarte.

Ella se quedó mirándolo.

—Se me ocurrió que nunca he bailado con mi hija. Y habría sido una buena táctica.

Una buena táctica.

Es decir, una demostración de fuerza. Un recordatorio del respeto que se le debía a la familia del general.

Kestrel dijo en voz baja:

—Así que has oído los rumores.

Él levantó una mano, con la palma recta apuntando hacia ella.

—Padre…

—Basta.

—No es verdad. No…

—No vamos a hablar de eso. —Subió la mano hasta que le ocultó los ojos y luego la dejó caer—. Kestrel, no he venido para eso. He venido a decirte que me marcho. El emperador me envía al este a combatir a los bárbaros.

No era la primera vez que enviaban a su padre a la guerra, pero el miedo que la invadía siempre era el mismo, siempre era igual de intenso.

—¿Cuánto tiempo?

—El que sea necesario. Parto la mañana del baile con mi regimiento.

—¿Todo el regimiento?

Su padre percibió el tono de su voz. Suspiró.

—Sí.

—Eso significa que no habrá soldados en la ciudad ni en los alrededores. Si hay algún problema…

—La guardia de la ciudad estará aquí. El emperador opina que pueden hacer frente a cualquier problema, al menos hasta que lleguen refuerzos de la capital.

—Entonces, el emperador es idiota. El capitán de la guardia no está a la altura de las circunstancias. Tú mismo dijiste que el nuevo capitán no es más que un incompetente que consiguió el puesto haciéndole la pelota al gobernador…

—Kestrel —repuso con voz firme—. Ya le he comunicado mis reservas al emperador. Pero me ha dado órdenes. Y mi deber es obedecerlas.

Kestrel se miró los dedos, la forma en la que se entrelazaban. No dijo: «Vuelve sano y salvo», ni él contestó: «Como siempre». Dijo lo apropiado para una valoriana:

—Lucha bien.

—Así lo haré.

Su padre estaba a medio camino de la puerta cuando volvió la cabeza y añadió:

—Confío en que harás lo correcto mientras no estoy.

Lo que significaba que no confiaba en ella… no del todo.

Un rato después, Lirah le llevó el almuerzo. La esclava no la miró. Depositó la bandeja sobre una mesa baja, cerca del diván donde Kestrel descansaba, con movimientos apresurados y temblorosos. Derramó un poco de té.

—No hace falta que corras tanto —comentó Kestrel.

Las manos de la chica se calmaron, pero su respiración

se volvió irregular y áspera. Una lágrima le resbaló por la mejilla.

Kestrel comprendió de pronto por qué Lirah tenía tanta prisa: porque no podía soportar permanecer más tiempo del necesario en la misma habitación que su señora.

Su señora, de la que todo el mundo pensaba que se había buscado de amante al hombre que Lirah deseaba para sí.

Kestrel debería haber sentido lástima. El impulso de explicar que lo que Lirah creía (lo que toda la ciudad debía de creer) no era cierto. En cambio, no pudo evitar contemplar la belleza de la joven, la forma en que las lágrimas hacían que sus ojos verdes parecieran aún más verdes. Se preguntó cómo sería la novia de Arin, si Lirah no conseguía hacerlo cambiar de opinión.

Mientras trataba de imaginarse a la chica del mercado, la novia de Arin, una idea se fue abriendo paso poco a poco por su mente.

¿Por eso la evitaba Arin? ¿Porque el escándalo había llegado a oídos de su novia?

La ira le oprimió la garganta.

La odiaba. Odiaba a aquella mujer sin rostro ni nombre.

—Tráeme una sombrilla —le ordenó a Lirah—. Y sal de aquí.

La sombrilla no funcionaba demasiado bien de bastón. La punta se hundía en la tierra dura y sin hierba y la estructura plegada crujía mientras Kestrel cruzaba cojeando la propiedad. Pero la llevó adonde necesitaba ir.

Encontró a Arin caminando por el naranjal sin hojas, con unos arreos al hombro. Las correas entrechocaron cuando se detuvo y se quedó mirándola. Permaneció inmóvil, con los hombros rígidos. Al acercarse, Kestrel vio que tenía la mandíbula apretada y que no quedaba ningún rastro de lo que le habían hecho los guardias. No había cardenales. Algo normal, pues había transcurrido casi un mes.

—¿Te he avergonzado? —le preguntó Kestrel.

Una expresión extraña cruzó el rostro del chico.

—¿Avergonzarme? —repitió Arin. Levantó la vista hacia las ramas desnudas como si esperase encontrar fruta allí, como si no estuvieran casi en invierno.

—El libro. La dedicatoria que leí. El duelo. Cómo te engañé. La orden que di para que te encerraran. ¿Te he avergonzado?

Arin se cruzó de brazos. Negó con la cabeza, sin apartar la mirada de los árboles.

—No. El dios de las deudas sabe lo que os debo.

—Entonces, ¿cuál es el problema? —Kestrel se estaba esforzando tanto por no preguntar por los rumores o la mujer del mercado que dijo algo peor—. ¿Por qué no me miras?

—Ni siquiera debería estar hablando con vos —murmuró él.

De pronto cayó en la cuenta de por qué nunca había tenido sentido que fuera Rax el que lo liberara.

—Mi padre… Arin, no tienes que preocuparte por él. Se marchará el día del baile del solsticio de invierno por la mañana. Le han ordenado a todo el regimiento que se dirija al este a combatir a los bárbaros.

—¿Qué?

Entonces la miró con intensidad.

—Las cosas pueden volver a ser como antes.

—No lo creo.

—Pero… eres mi amigo. —La expresión de Arin cambió, aunque Kestrel no pudo descifrarla—. Dime qué pasa. Dime la verdad.

Cuando contestó, su voz sonó severa.

—Os pertenezco. ¿Cómo podéis pensar que voy a deciros la verdad? ¿Por qué iba a hacerlo?

La sombrilla tembló en las manos de Kestrel. Abrió la boca para hablar, pero se dio cuenta de que, si lo hacía, no sería capaz de controlar lo que saliera de sus labios.

—Os diré algo que podéis estar segura de que es verdad. —Arin la miró a los ojos—. No somos amigos.

Kestrel tragó saliva.

—Tienes razón —susurró—. No lo somos.

Arin casi consigue que le corten el cuello.

—¡Que el dios de la vida te ampare! —exclamó Tramposo. Retrocedió tambaleándose y su cuchillo relució en las sombras del pequeño dormitorio—. ¿Qué demonios estás haciendo aquí? ¿Cómo se te ocurre colarte en mi casa como un ladrón en plena noche? Meterte por la ventana… Tienes suerte de que te viera la cara a tiempo.

—Tengo que contarte algo.

—Empieza explicando por qué no pudiste pasarte por la casa de subastas a una hora decente. Pensaba que tenías carta blanca. ¿Qué pasa con el anillo de la chica?

—No estaba disponible.

Tramposo miró a Arin mientras se daba golpecitos en el muslo con la parte plana del cuchillo. Bajo la tenue luz de una farola, una lenta sonrisa se extendió por su cara.

—¿Te has peleado con tu señora? ¿Una riña de amantes?

Arin sintió que el rostro se le ensombrecía y se le tensaba.

—Tranquilo, chico. Cuenta: ¿los rumores son ciertos?

—No.

—Está bien. —Tramposo alzó las manos en señal de rendición, sujetando el cuchillo con la mano relajada—. Si dices que no es verdad, pues no es verdad.

—Tramposo. He infringido el toque de queda, he escalado el muro del general y me he escabullido por una ciudad vigilada para hablar contigo. ¿No crees que tenemos cosas más importantes que discutir que cotilleos valorianos?

Tramposo enarcó una ceja.

—El general se marcha a luchar en el este. Se llevará a todo el regimiento. La mañana del baile del solsticio de invierno. Es la oportunidad que hemos estado esperando.

Tramposo soltó el cuchillo sobre una mesa. Dejó escapar una exclamación que se transformó en una carcajada.

—Eso es estupendo. Perfecto.

Arin vio mentalmente el delicado rostro de Kestrel. La rodilla vendada. Cómo se le habían quedado blancos los nudillos. Oyó cómo se le quebró la voz.

—La revolución tendrá lugar la noche del baile —anunció Tramposo—. Los barriles de pólvora estarán en su sitio. Yo dirigiré el asalto a la residencia del general. Dejará a su guardia personal, así que podemos esperar resistencia. Pero, con tus armas, podremos encargarnos de ellos. Y hacernos con esa propiedad significará una victoria importante. Mientras tanto, los valorianos de la alta sociedad que asistan al baile se encontrarán una sorpresa envenenada en el vino. —Tramposo lo miró con el entrecejo fruncido—. No me mires así. Ni siquiera tú puedes encontrarle una pega a este plan. Funcionará a las mil maravillas. La ciudad será nuestra. —Le apoyó una mano en el hombro y le dio un apretón—. La libertad será nuestra.

Aquellas palabras se abrieron paso entre la tensión que atenazaba las entrañas de Arin. Asintió despacio. Se volvió hacia la ventana.

—¿Qué haces? —le preguntó Tramposo—. Has corrido un gran riesgo al venir aquí, y regresar a la villa será igual de peligroso. Quédate. Puedo esconderte hasta el ataque.

«¿Por qué no me miras?», le había dicho Kestrel. El dolor que notó en su voz lo había herido. Todavía lo sentía. Le hizo recordar cuando su padre le regaló un caballo de vidrio soplado por su octavo cumpleaños. Recordó las patas ahusadas y el cuello arqueado. El objeto poseía la nitidez de una estrella. Pero se le había escapado de las manos y se había estrellado contra las baldosas.

—No —le dijo a Tramposo—. Voy a volver. Tengo que estar allí cuando ocurra.

AL MENOS, EL PASEO HASTA EL NARANJAL LE HABÍA
sentado bien a la rodilla de Kestrel. La rigidez se había aliviado, así que se obligó a caminar un poco más cada día. Pronto
apenas se le notaba una leve cojera, que luego desapareció
por completo. Volvió a tocar, dejó volar sus dedos, dejó que
la avalancha de notas le invadiera la mente hasta impedirle
pensar. Qué dicha era no pensar, no recordar el frío naranjal, ni lo que había dicho y hecho y pedido y deseado.

Kestrel se centró en tocar el piano. Se olvidó de todo salvo de la música que la envolvía.

El día previo al solsticio de invierno, el ama de llaves valoriana le entregó a Kestrel un paquete envuelto en muselina.

—De parte de la modista —le explicó.

Kestrel sostuvo el paquete y casi le pareció ver un destello a través de la muselina.

Lo dejó a un lado.

Esa noche, una esclava le llevó una nota de su padre.

«Ha venido alguien a quien le gustaría verte.»

Ronan, tal vez. Aquel pensamiento no la alegró. Llegó y
desapareció sin afectarla, salvo cuando se dio cuenta de que
no la había afectado y debería haberlo hecho.

Le pasaba algo malo. Debería alegrarla ver a su amigo. Debería desear que Ronan fuera algo más.

«No somos amigos», le había dicho Arin.

Pero no iba a pensar en Arin.

Se vistió con esmero para la cena.

Kestrel reconoció la voz masculina que bajaba por el pasillo procedente del comedor, pero al principio no pudo situarla.

—Gracias por no requisar mi barco —estaba diciendo el hombre—. Habría perdido grandes ganancias, puede que incluso la propia nave, si el imperio se la hubiera apropiado para el esfuerzo bélico.

—No me des las gracias —repuso el padre de Kestrel—. Si la hubiera necesitado, me la habría quedado.

—¿No es lo bastante grande para ti, Trajan? —bromeó la otra voz.

Kestrel, que aguardaba al otro lado de la puerta, supo de pronto quién era. Le vinieron a la mente recuerdos de cuando era niña, de un sonriente hombre canoso, de fajos de partituras procedentes de territorios lejanos.

—Al contrario, capitán Wensan —dijo mientras entraba en la habitación. Los hombres se levantaron de sus asientos—. Creo que mi padre no le ha entregado vuestra nave al ejército porque es una de las mejores, cargada de cañones, y no quiere dejar el puerto desprotegido cuando se vaya mañana.

—Kestrel.

El capitán no la saludó tomándole la mano, sino que le tocó brevemente la cabeza, como uno hace con un niño por el que siente afecto. No la decepcionó que su invitado fuera él en lugar de Ronan.

—Me sobreestimas —repuso Wensan—. No soy más que un simple comerciante.

—Tal vez —contestó Kestrel mientras los tres se sentaban en sus puestos: su padre en la cabecera de la mesa, ella a su derecha y el capitán a su izquierda—. Pero dudo que las dos cubiertas de cañones estén ahí por motivos decorativos.

—Transporto bienes valiosos. Los cañones mantienen a raya a los piratas.

—Igual que vuestra tripulación. Se han labrado una gran reputación.

—Son excelentes luchadores —coincidió su padre—, aunque no tienen muy buena memoria.

El capitán se quedó mirándolo.

—Es imposible que te hayas enterado de eso.

—¿De que tu tripulación no consigue acordarse del código de llamada que puede salvarles la vida?

El código de llamada era la contraseña que los marineros de cubierta les pedían a sus camaradas de a bordo, que aguadaban abajo en el agua en botes, cuando estaba demasiado oscuro para ver quién se había acercado remando desde la orilla.

—Examiné cada barco y tripulación antes de decidir a cuáles llevarme a la batalla —dijo el general—. Me gusta ser meticuloso.

El padre de Kestrel estudió su plato. Estaba vacío, a la espera del entrante. Tocó el borde blanco, desplazándolo para centrar el diseño de un ave. Había algo deliberado en aquel gesto.

Wensan miró ese plato, luego el suyo, el de Kestrel y los otros tres colocados en la mesa en honor de los miembros fallecidos de la familia.

—Sí que lo eres. —Y agregó sin necesidad—: Estoy de acuerdo.

Los dos hombres estaban intercambiando un mensaje. Kestrel examinó la porcelana que su padre había elegido esa noche por alguna razón. En la casa había incontables vajillas con diversos motivos. Esa en particular era de diseño valoriano y cada plato tenía pintada un ave de presa: halcón, milano, gavilán, búho, águila pescadora y cernícalo. Hacían referencia a una canción de marcha que todos los niños valorianos aprendían.

—¿Usáis las aves de *La canción de las plumas de la Muerte* como contraseñas para vuestro barco? —le preguntó Kestrel al capitán.

Wensan solo mostró un instante de sorpresa, pero su padre ni se inmutó. A Kestrel siempre se le había dado bien averiguar secretos.

Wensan respondió con tono lastimero:

—Es lo único con lo que la tripulación parece no liarse. La contraseña debe cambiar cada noche, ¿sabéis? El orden de los nombres de las aves en la canción es un patrón fácil de recordar.

El general hizo sonar la campanilla para que los esclavos sirvieran el primer plato. Wensan comenzó a contar historias de sus viajes y a Kestrel se le ocurrió que tal vez ese fuera el motivo por el que su padre lo había invitado: para animarla. Entonces, se fijó con más atención en el plato del capitán y se dio cuenta de que esa no era la razón.

El plato del capitán era el del cernícalo.

Evidentemente, su padre no había requisado el barco no porque fuera un viejo amigo o porque sus cañones podrían proteger el puerto. Era un trato. Un favor que exigía algo a cambio.

«Estoy de acuerdo», había dicho el capitán Wensan, observando su plato.

Había accedido a cuidar de ella en ausencia de su padre.

Kestrel se dio cuenta de que se había quedado inmóvil. Levantó la vista hacia su padre, que dijo:

—El capitán Wensan va a asistir al baile del solsticio de invierno.

Llegaron esclavos portando la comida y la sirvieron. Kestrel miró los tres platos vacíos: dos por el hermano y la hermana de su padre, que habían muerto en combate, y el búho por su madre. Se preguntó si las cosas habrían sido diferentes si su madre siguiera viva. Tal vez su padre y ella no se comunicaran en código ni conspiraran el uno contra el otro, y por el otro. Tal vez Kestrel pudiera hablar con sinceridad.

¿Qué diría? ¿Que sabía que su padre quería que el capitán velara por ella, sí, pero también que se asegurara de que no cometiera ningún error, de que no ofendiera a la sociedad ni a él?

Podría decir que no le reprochaba su falta de fe cuando ella ya no se fiaba de sí misma.

Podría decir que veía el amor de su padre, así como su preocupación.

—Qué bien para el capitán Wensan —contestó con una sonrisa mientras cogía el cuchillo y el tenedor—. Estoy segura de que disfrutará del baile. Yo, sin embargo, no voy a ir.

Al alba, Kestrel fue en carruaje a la ciudad y bajó al puerto. Su padre le había dicho que no quería que fuera a despedirlo, así que no había acudido de madrugada mientras las naves se preparaban para zarpar. Pero ahí estaba ahora, en el frío amanecer, en el muelle casi vacío. El viento arreció y el aire salado la azotó a través de la capa.

Vio las embarcaciones, doscientas en total, navegando

rumbo a mar abierto. Solo quedaban seis naves mercantes, incluyendo la del capitán Wensan, que se mecían contra sus anclajes. Un puñado de barcos de pesca se aferraba a la orilla, demasiado pequeños para serle de utilidad al ejército. Los contó para distraerse.

Se preguntó si el general estaría en la cubierta de una de las naves de guerra, y si podría verla.

La flota se deslizó por el agua, alejándose, casi como si fueran bailarines ejecutando un baile en el que uno no se toca.

«La felicidad depende de ser libre —solía decir su padre—, y la libertad depende de ser valiente.»

Pensó en el vestido de fiesta envuelto en muselina.

¿Por qué no iba a ir al baile? ¿Qué tenía que temer?

¿Las miradas?

Que la mirasen. No estaba indefensa y no necesitaba la protección de su padre, ni la del capitán.

La habían herido, pero ya se había recuperado.

La tela era casi líquida. Notaba el vestido frío contra la piel. Descendía formando sencillas líneas doradas, pálidas como un sol de invierno. Le dejaba los brazos al descubierto y era lo bastante escotado como para exhibir el arco de sus clavículas.

El vestido era fácil de poner (una esclava solo tuvo que abrochar unos diminutos botones de perlas que recorrían la parte baja de la espalda) y Kestrel estaba acostumbrada a ceñirse ella misma la daga enjoyada alrededor de la cintura. No obstante, en cuanto se quedó sola, supo que su cabello sería un problema, y no pensaba llamar a Lirah, la persona más capacitada para ayudarla.

Se sentó ante el tocador, observando su reflejo con cautela. El cabello suelto le caía sobre los hombros, unos tonos más oscuros que el vestido. Cogió un puñado y empezó a trenzarlo.

—He oído que vais a ir al baile esta noche.

Kestrel miró hacia el espejo y vio a Arin de pie tras ella. Luego se concentró en sus propios ojos.

—No puedes estar aquí —le dijo.

No volvió a mirarlo, pero sintió que estaba esperando. Cayó en la cuenta de que ella también estaba esperando... esperando encontrar la voluntad para ordenarle que se marchara.

Suspiró y continuó trenzando.

Él comentó:

—No es buena idea que asistáis al baile.

—No me parece que seas la persona más indicada para darme consejos sobre lo que debería o no debería hacer.

Lo miró a través del espejo. Su rostro le crispó los nervios, ya de por sí frágiles. La trenza se le escapó de los dedos y se deshizo.

—¿Qué pasa? —le espetó—. ¿Esto te divierte?

La comisura de la boca se le levantó y Arin pareció de nuevo él mismo, la persona a la que había llegado a conocer desde finales de verano.

—«Divertir» no es la palabra adecuada.

Unos densos mechones cayeron hacia delante ocultándole la cara.

—Normalmente me peina Lirah —murmuró.

Oyó que Arin inhalaba como si fuera a hablar, pero no lo hizo. Luego dijo en voz baja:

—Podría hacerlo yo.

—¿Qué?

—Podría trenzaros el pelo.

—¿Tú?

—Sí.

Kestrel notó el pulso en la garganta. Abrió la boca pero, antes de poder decir nada, Arin había cruzado la habitación y le había recogido el pelo con las manos. Sus dedos empezaron a moverse.

Era extraño que reinara tanto silencio en la habitación. Debería haberse producido algún tipo de sonido cuando le rozó el cuello con un dedo. O cuando tensó un mechón y lo sujetó en su sitio. Cuando dejó que una trenza fina como una cinta cayera hacia delante y le tocara la mejilla. Cada gesto de Arin resonaba como si fuera música y Kestrel no acababa de creerse que no pudiera oír ninguna nota, alta o baja. Dejó escapar un lento suspiro.

Las manos de Arin se detuvieron.

—¿Os he hecho daño?

—No.

Las horquillas fueron desapareciendo del tocador a gran velocidad. Kestrel observó cómo unas trenzas pequeñas se perdían dentro de otras más grandes; pasaban por debajo, por arriba, entraban y salían formando un diseño cada vez más intrincado. Sintió un suave tirón. Un giro. Una corriente de aire.

Aunque Arin no estaba tocándola, no estaba tocando ninguna parte viva de su cuerpo, Kestrel se sentía como si la cubriera una fina red que le nublaba la vista y brillaba sobre su piel.

—Listo —anunció Arin.

Kestrel observó cómo su reflejo se llevaba una mano a la

cabeza. No se le ocurría qué decir. Arin se había apartado, con las manos en los bolsillos. Pero la miraba a los ojos a través del espejo y su rostro se había suavizado, como cuando había tocado el piano para él. Kestrel preguntó:

—¿Cómo…?

Él sonrió.

—¿Cómo ha aprendido un herrero una habilidad tan inesperada?

—Pues sí. Mi hermana mayor solía obligarme a hacerlo cuando era pequeño.

Estuvo a punto de preguntarle dónde estaba su hermana ahora, y entonces se imaginó lo peor. Vio a Arin observarla imaginándoselo, y supo por su expresión que lo peor era cierto. Sin embargo, no se le borró la sonrisa.

—Yo lo odiaba, por supuesto. Cómo me mangoneaba. Cómo se lo permitía. Pero ahora… es un bonito recuerdo.

Kestrel se levantó y se volvió hacia él. La silla se interponía entre ambos y no estuvo segura de si sentirse agradecida o no por aquella barrera.

—Kestrel, si vais a ir al baile, llevadme con vos.

—No te entiendo —respondió, frustrada—. No entiendo lo que dices, tus cambios de humor, cómo puedes actuar de una manera y luego venir aquí y actuar de otra.

—A veces, ni yo mismo me entiendo. Pero sé que quiero acompañaros esta noche.

Kestrel dejó que aquellas palabras resonaran por su mente. Su voz había estado cargada de potencia y flexibilidad. De una melodía inconsciente. Se preguntó si Arin se daba cuenta de cómo desvelaba sus dotes de cantante con cada simple palabra que pronunciaba. Se preguntó si pretendía subyugarla.

—Si piensas que es una estupidez que vaya al baile del solsticio de invierno, puedes estar seguro de que sería mucho peor que te llevara conmigo.

Arin se encogió de hombros.

—O podría ser una forma audaz de enviar el mensaje que ambos sabemos que es verdad: que no tenéis nada que ocultar.

La esposa del gobernador, Neril, vaciló apenas un instante al ver a Kestrel en la fila de recepción para entrar en el baile. Pero el gobernador tenía en alta estima al general Trajan y, lo que era más importante, dependía de él. Eso los convertía en aliados… lo que, a su vez, significaba que Neril tenía que andar con pies de plomo con la hija del general, como Kestrel sabía perfectamente.

—¡Querida! —exclamó Neril—. Estáis deslumbrante.

Sus ojos, sin embargo, no se posaron en Kestrel. Volaron tras ella hasta donde aguardaba Arin.

—Gracias —contestó Kestrel.

La sonrisa de Neril era forzada. Su mirada no se apartó de la cara de Arin.

—Lady Kestrel, ¿puedo pediros un favor? Veréis, la mitad de mis esclavos están enfermos esta noche.

—¿Tantos?

—Están fingiendo, por supuesto. Pero sacarles la verdad a golpes no hará que cuente con más personal esta noche. Un esclavo azotado no puede atender a mis invitados, al menos con el porte y la postura necesarios.

A Kestrel no le gustaba el rumbo que estaba tomando la conversación.

—Lady Neril…

—¿Puedo pediros prestado a vuestro esclavo esta noche?

Kestrel notó la tensión que manaba de Arin con tanta claridad como si lo tuviera a su lado, hombro con hombro, en lugar de detrás de ella, donde apenas podía verlo.

—Podría necesitarlo.

—¿Necesitarlo? —Neril bajó la voz—: Kestrel, os estoy haciendo un favor. Enviadlo a la cocina ya, antes de que el baile empiece de verdad y más gente se fije. Dudo mucho que a él le importe.

Kestrel observó a Arin mientras cumplía con la farsa de traducirle las palabras de Neril. Pensó que a él sí le importaría. Sin embargo, cuando contestó, empleó un tono de voz humilde. Habló en valoriano, como si ya no le importara quién se enterase de lo bien que dominaba el idioma del imperio.

—Mi señora —le dijo a Neril—. No sé llegar a vuestra cocina, y podría perderme en una casa tan magnífica. Uno de vuestros esclavos podría guiarme, pero veo que están todos ocupados…

—Sí, está bien. —Neril hizo un gesto de impaciencia con la mano—. Enviaré un esclavo a buscarte. Pronto —agregó, dirigiéndole la última palabra a Kestrel. Luego centró su atención en los siguientes invitados de la fila.

La casa del gobernador había sido construida por los valorianos después de la conquista, por lo que la sala de recepción conducía a una sala de escudos, cuyas paredes estaban tachonadas de escudos con relieves que relucían a la luz de las antorchas mientras los invitados charlaban y bebían.

Un esclavo depositó una copa de vino en la mano de Kestrel. Esta se la llevó a los labios.

Un golpe la obligó a soltarla. Se estrelló a sus pies, salpicando vino cerca de sus zapatos. La gente interrumpió sus conversaciones y se quedó mirándola.

—Lo siento —murmuró Arin—. He tropezado.

Kestrel notó la forma en la que todo el mundo la miraba. A él. A ella, a su lado. Vio que Neril, todavía visible en el umbral entre la sala de recepción y la sala de escudos, se volvía y asimilaba la escena. La mujer puso los ojos en blanco. Agarró a un esclavo por el codo y lo empujó hacia Kestrel y Arin.

—Kestrel, no bebáis nada de vino esta noche —dijo Arin.

—¿Qué? ¿Por qué no?

El esclavo de Neril se acercó.

—Deberíais mantener la cabeza despejada —contestó Arin.

—Tengo la cabeza perfectamente despejada —repuso ella entre dientes para que no la oyera la multitud, que no paraba de murmurar—. ¿Qué te pasa, Arin? Pides acompañarme a un evento al que no crees que debería asistir. No dices ni una palabra durante todo el trayecto en carruaje hasta aquí y ahora...

—Prometedme que no vais a beber.

—Muy bien, no beberé, si es tan importante para ti. —¿Acaso ese momento, al igual que otros en la cena de Irex, ocultaban algún trauma del pasado de Arin que ella no entendía?—. Pero ¿qué...?

—Arin. —Era el esclavo de Neril. El hombre pareció sorprenderse al ver a Arin, pero también alegrarse—. Debes seguirme.

* * *

Cuando Arin entró en la cocina, los herraníes guardaron silencio. Notó el cambio en sus expresiones y sintió como si le hubieran restregado algo pegajoso sobre la piel al ver la forma en que lo miraron.

Como si fuera un héroe.

Los ignoró y se abrió paso entre los lacayos y las criadas hasta llegar al cocinero, que estaba asando un cerdo en un espetón sobre el fuego. Arin lo agarró.

—¿En qué vino? —exigió saber. En cuanto se sirviera el veneno, la destrucción se abatiría sobre todos los valorianos de esa casa.

—Arin. —El cocinero sonrió de oreja a oreja—. Pensaba que se suponía que esta noche estarías en casa del general.

—¿En qué vino?

El cocinero se quedó mirándolo y, por fin, captó la urgencia en la voz de su compatriota.

—Está en un vino helado de manzana, muy dulce, lo bastante dulce para enmascarar el veneno.

—¿Cuándo?

—¿Que cuándo se va a servir? Pues justo después del tercer baile.

AL OTRO LADO DE LA ENTRADA, EL SALÓN DE BAILE resonaba con risas y conversaciones en voz alta. El calor bullía en el umbral y se adentraba en el pasillo en el que se encontraba Kestrel.

Entrelazó los dedos con fuerza. Estaba nerviosa.

Parecía nerviosa.

Nadie debía saber cómo se sentía.

Separó las manos y entró en el salón de baile.

Se produjo un repentino oasis de silencio. Había tanta quietud que, si las ventanas hubieran estado abiertas y hubiera corrido el aire, habría podido oír tintinear las arañas del techo.

Los rostros se endurecieron. Uno a uno, se volvieron.

Recorrió la multitud con la mirada buscando a algún amigo y no se percató de que estaba conteniendo el aliento hasta que divisó a Benix. Sonrió y se dirigió hacia él.

Benix la vio. Ella sabía que la había visto. Pero sus ojos se negaban a verla. Era como si fuera transparente. Como el hielo o el vidrio o algo igual de frágil.

Se detuvo.

Benix le dio la espalda y se encaminó hacia el otro extremo de la sala.

La gente empezó a cuchichear. Irex, que se encontraba lejos pero no lo suficiente, soltó una carcajada y le dijo algo al oído a lady Faris. Kestrel se ruborizó de vergüenza, pero no podía batirse en retirada. No podía moverse.

Vio la sonrisa primero. Y luego la cara: el capitán Wensan acudía a su rescate, abriéndose paso entre la gente. Le pediría que le concediera el primer baile y así su aparición se salvaría, al menos por ahora, aunque su reputación estuviera arruinada. Y ella aceptaría, porque no le quedaba más remedio que aceptar la compasión del capitán.

Compasión. Aquella idea le borró el rubor del rostro.

Estudió la multitud. Antes de que el capitán pudiera llegar hasta ella, se acercó a un senador que estaba solo. El senador Caran le doblaba la edad. Tenía el pelo ralo y el rostro delgado. Su reputación era intachable, aunque solo fuera porque era demasiado tímido para desviarse de lo que dictaba la sociedad.

—Invitadme a bailar —le dijo en voz baja.

—¿Cómo decís?

Al menos le hablaba.

—Invitadme a bailar o le contaré a todo el mundo lo que sé de vos.

El atónito senador cerró la boca de golpe.

Kestrel no conocía ningún secreto de Caran. Tal vez no tuviera ninguno. No obstante, confiaba en que le diera demasiado miedo enfrentarse a lo que pudiera decir.

Así que la invitó a bailar.

Evidentemente, no era la elección ideal. Pero Ronan no había llegado y Benix seguía sin dignarse a mirarla. O bien había cambiado de opinión sobre ella desde el duelo o el valor lo había abandonado en ausencia de Ronan y Jess.

O tal vez simplemente ya no estaba dispuesto a hundir su reputación junto con la de Kestrel.

El baile dio comienzo. Caran se mantuvo en silencio todo el tiempo.

Cuando los instrumentos dejaron de tocar y un laúd interpretó una suave melodía descendente hasta que la música se apagó, Kestrel se apartó. Caran le dedicó una torpe reverencia y se marchó.

—Vaya, eso no parecía muy divertido —comentó una voz a su espalda.

Kestrel se volvió. La invadió la alegría.

Era Ronan.

—Estoy avergonzado —dijo—. Profundamente avergonzado de llegar tan tarde que tuvieras que bailar con una pareja tan aburrida como Caran. ¿Cómo ha pasado?

—Lo chantajeé.

—Ah. —La preocupación se reflejó en los ojos de Ronan—. Así que las cosas no van bien.

—¡Kestrel! —Jess se acercó, abriéndose camino entre el gentío—. Pensábamos que no ibas a venir. Deberías habérnoslo dicho. Si lo hubiéramos sabido, habríamos llegado desde el principio.

Tomó a su amiga de la mano y la condujo al borde de la pista. Ronan las siguió. A su espalda, los invitados emprendieron el segundo baile.

—Aunque la verdad es que casi ni llegamos al carruaje —continuó Jess—. Ronan estaba apático y decía que no le veía sentido a venir si no podía estar contigo.

—Hermanita querida —contestó el aludido—, ¿ahora me toca a mí contar intimidades tuyas?

—No seas tonto. Yo no tengo secretos. Y tú tampoco, en

lo que respecta a Kestrel. ¿Y bien? —Los miró de manera triunfal—. ¿Tienes secretos, Ronan?

Su hermano se pellizcó el puente de la nariz con el pulgar y el índice y arrugó las cejas con expresión afligida.

—Ya no.

—Estás preciosa, Kestrel —dijo Jess—. ¿A que acerté con el vestido? Y el color combinará a la perfección con el vino helado de manzana.

Kestrel se sentía mareada, aunque no estaba segura de si se debía al alivio por ver a sus amigos o a la confesión forzada de Ronan. Sonrió.

—¿Elegiste la tela de mi vestido para que hiciera juego con el vino?

—Un vino especial. Lady Neril está muy orgullosa de él. Hace meses me contó que pensaba importar varios barriles de la capital para el baile, y se me ocurrió que es demasiado fácil combinar un vestido solo con joyas, dagas o zapatos. Una copa de vino en la mano es casi como una joya, ¿no? Una joya grande y líquida.

—En ese caso, será mejor que me busque una copa. Para completar el conjunto.

No había olvidado la promesa que le había hecho a Arin de no beber, pero la apartó de su mente junto con todo lo relacionado con él.

—Ah, sí —asintió Jess—. Desde luego. ¿No piensas lo mismo, Ronan?

—Yo no pienso en nada. Salvo en lo que Kestrel pueda estar pensando y en si querría bailar conmigo. Si no me equivoco, todavía queda otro baile antes de que sirvan ese legendario vino.

La felicidad de Kestrel decayó.

—Me encantaría, pero… ¿no les importará a vuestros padres?

Ronan y Jess intercambiaron una mirada.

—No están aquí –respondió Ronan–. Han ido a pasar la temporada de invierno en la capital.

Lo cual significaba que, si estuvieran allí, se opondrían… como cualquier padre, dado el escándalo.

Ronan le leyó la expresión.

—Me da igual lo que opinen. Baila conmigo.

La tomó de la mano y, por primera vez en mucho tiempo, se sintió segura. La condujo al centro de la pista y se incorporaron a la danza.

Ronan guardó silencio un momento y luego le rozó una trencita que se curvaba formando un bucle a lo largo de su mejilla.

—Qué bonita.

El recuerdo de las manos de Arin en su cabello hizo que se pusiera tensa.

—¿Espléndida? –probó de nuevo Ronan–. ¿Sublime? Todavía no han inventado el adjetivo adecuado para describirte.

Ella intentó emplear un tono desenfadado.

—¿Qué será de las mujeres cuando este tipo de flirteo exagerado ya no esté de moda? Nos hemos malacostumbrado.

—Tú sabes que no es simple flirteo –repuso Ronan–. Siempre lo has sabido.

Era cierto, lo sabía, aunque nunca hubiera querido extraer esa información de su mente para examinarla, para verla de verdad. Sintió brotar un atisbo de temor.

—Cásate conmigo, Kestrel.

La joven contuvo el aliento.

—Sé que las cosas han sido difíciles últimamente –continuó Ronan—, y que no te lo mereces. Has tenido que ser tan fuerte, tan orgullosa, tan astuta… Pero este desagradable suceso se olvidará en cuanto anunciemos nuestro compromiso. Podrás volver a ser tú misma.

Pero es que ella era fuerte. Orgullosa. Astuta. ¿Quién creía que era si no la persona que lo derrotaba sin piedad cada vez que jugaban al Muerde y Pica, la que le entregó la indemnización por muerte de Irex y le dijo qué hacer exactamente con ella? Pero se tragó aquellas palabras y se apoyó en la curva de su brazo. Era fácil bailar con él. Sería fácil decir que sí.

—Tu padre se alegrará. Como regalo de boda, te compraré el mejor piano que se pueda encontrar en la capital.

Kestrel lo miró a los ojos.

—O conserva el tuyo —añadió precipitadamente—. Sé que le tienes cariño.

—Esto… Eres muy amable.

Ronan soltó una risita nerviosa.

—La amabilidad no tiene nada que ver.

El ritmo de la danza se redujo. Acabaría pronto.

—¿Y bien? —Ronan se había detenido, a pesar de que la música aún sonaba y las demás parejas se arremolinaban a su alrededor—. ¿Qué…? Bueno, ¿qué opinas?

Kestrel no sabía qué pensar. Ronan estaba ofreciéndole todo lo que podría desear. Entonces, ¿por qué la habían entristecido sus palabras? ¿Por qué se sentía como si hubiera perdido algo? Contestó despacio:

—Esas razones no bastan para casarse.

—Te quiero. ¿Te basta con eso?

Tal vez. Tal vez le habría bastado. Sin embargo, mientras la música se iba apagando, vio a Arin al borde de la multitud. La observaba con una extraña desesperación en el rostro. Como si él también estuviera a punto de perder algo, o ya lo hubiera perdido.

Lo miró y no pudo entender por qué no se había fijado nunca en lo atractivo que era. Por qué no le había llamado siempre la atención como ahora, con tanta intensidad.

—No —susurró Kestrel.

—¿Qué? —La voz de Ronan quebró el silencio.

—Lo siento.

Ronan se giró para localizar el objetivo de su mirada. Soltó una palabrota.

Kestrel se alejó, abriéndose paso entre los esclavos que portaban bandejas cargadas de copas de pálido vino dorado. Las luces y la gente se desdibujaron ante sus ojos ardientes. Cruzó las puertas, bajó por un pasillo, salió del palacio y se adentró en la fría noche. Sabía, sin verlo ni oírlo ni tocarlo, que Arin estaba a su lado.

Kestrel no entendía por qué los asientos de los carruajes tenían que estar situados frente a frente. ¿Por qué no los habían diseñado para momentos como ese, cuando lo único que quería era esconderse? Miró de reojo a Arin. No había ordenado que encendieran los faroles del carruaje, pero la luna brillaba con intensidad. La luz plateada envolvía a Arin. Él miraba por la ventanilla hacia el palacio del gobernador, que se iba empequeñeciendo mientras el carruaje regresaba a casa. Entonces apartó la vista de la ventanilla con un giro brusco de la cabeza y se dejó caer contra el asiento, con el rostro rebosante de algo parecido a una mezcla de asombro y alivio.

Kestrel sintió una pizca de curiosidad instintiva. Pero luego se recordó con amargura que la curiosidad era lo que la había llevado allí: a pagar cincuenta claves por un cantante que se negaba a cantar, un amigo que no era su amigo, alguien que le pertenecía y, sin embargo, nunca sería suyo. Apartó la vista de Arin y se juró que nunca más volvería a mirarlo.

Él le preguntó con suavidad:

—¿Por qué lloráis?

Aquellas palabras hicieron que las lágrimas fluyeran más rápido.

—Kestrel...

Ella realizó una inspiración entrecortada.

—Porque, cuando mi padre vuelva a casa, le diré que ha ganado. Me alistaré en el ejército.

Se hizo el silencio.

—No lo entiendo.

Kestrel se encogió de hombros. Debería darle igual que él lo entendiera o no.

—¿Renunciaríais a vuestra música?

Sí. Lo haría.

—Pero vuestro trato con el general vence en primavera. —Arin todavía parecía confundido—. Tenéis hasta la primavera para casaros o alistaros. Ronan... Ronan le pedirá al dios de las almas unirse a vos. Os pedirá que os caséis con él.

—Ya lo ha hecho.

Arin se quedó callado.

—Pero no puedo.

—Kestrel...

—No puedo.

—Kestrel, por favor, no lloréis.

Le rozó el rostro con dedos vacilantes. Un pulgar le recorrió la piel húmeda del pómulo. Aquella caricia la hizo sufrir. La atormentó saber que, fuera cual fuese el motivo que lo había llevado a hacerlo, no podía tratarse de nada más profundo que la compasión. La apreciaba lo bastante como para eso. Pero no lo suficiente.

—¿Por qué no podéis casaros con él? —susurró.

Kestrel rompió su promesa y lo miró.

—Por ti.

La mano de Arin tembló contra su mejilla. Inclinó la cabeza, que se perdió en su propia sombra. Entonces bajó de su asiento y se arrodilló ante ella. Le tomó los puños apretados, que apoyaba en el regazo, y se los abrió con suavidad. Ahuecó las manos alrededor de las de ella, como si sostuviera agua. Inhaló, preparándose para hablar.

Kestrel habría querido detenerlo. Habría querido quedarse sorda, ciega, evaporarse. Habría querido impedir que hablara a causa del miedo, y el anhelo. Pues el miedo y el anhelo se habían vuelto indistinguibles.

Sin embargo, como le sostenía las manos, no pudo hacer nada.

Entonces, Arin dijo:

—Yo deseo lo mismo que tú.

Kestrel se apartó. Era imposible que sus palabras significaran lo que parecía.

—Aunque no me ha resultado fácil desearlo.

Arin alzó la cabeza para que pudiera verle la cara. En sus rasgos se dibujaba una emoción intensa que se ofrecía abiertamente y pedía que la llamaran por su nombre.

Esperanza.

—Pero tu corazón ya tiene dueña.

Arin frunció el entrecejo y luego lo relajó.

—Ah, no, no es lo que crees. —Soltó una risita que sonó suave y, al mismo tiempo, desenfrenada—. Pregúntame por qué iba al mercado.

Eso fue una crueldad.

—Los dos sabemos por qué.

Él negó con la cabeza.

—Imagínate que has ganado una partida al Muerde y Pica. ¿Por qué iba? Pregúntamelo. No era para visitar a una chica que ni siquiera existe.

—¿No... existe?

—Te mentí.

Kestrel se quedó mirándolo.

—Y, entonces, ¿por qué ibas al mercado?

—Porque quería sentirme libre.

Arin se llevó una mano a la sien y luego la dejó caer con torpeza.

Kestrel comprendió de pronto aquel gesto que le había visto hacer muchas veces. Era una vieja costumbre. Intentaba apartar un fantasma, el pelo que ya no estaba allí porque ella había ordenado que se lo cortaran.

Se inclinó hacia delante y lo besó en la sien.

Arin la abrazó con suavidad. Deslizó la mejilla contra la de ella. Entonces, sus labios le rozaron la frente, los ojos cerrados, la línea donde la mandíbula se unía al cuello...

La boca de Kestrel encontró la de Arin. Notó la sal de sus lágrimas en los labios de él, y el sabor de la sal, de su boca, del beso cada vez más profundo, la llenó de la sensación de la suave risa de Arin momentos antes. De una suavidad desenfrenada, de un suave desenfreno. Lo percibió en sus manos, que le ascendían por el vaporoso vestido. En su calor, que le abrasaba la piel... y en ella misma, que se fundía con él.

Arin se separó unos centímetros.

—No te lo he contado todo —le dijo.

El carruaje los zarandeó, empujándolo contra ella y luego apartándolo de nuevo.

Kestrel sonrió.

—¿Tienes más amigos imaginarios?

—He…

Una lejana explosión retumbó en la noche. Uno de los caballos relinchó. El carruaje dio un bandazo, haciendo que Kestrel se golpeara la cabeza contra el marco de la ventanilla. Oyó gritar al cochero y el chasquido de un látigo. El carruaje se detuvo de golpe. A Kestrel se le clavó la empuñadura de la daga en el costado.

—¿Kestrel? ¿Estás bien?

Se tocó la cabeza, aturdida. Notó algo húmedo en los dedos.

Se produjo una segunda explosión. El carruaje se sacudió de nuevo cuando los caballos se asustaron, pero la mano de Arin impidió que Kestrel volviera a golpearse. La joven miró por la ventanilla, hacia la ciudad, y vio un débil resplandor en el cielo.

—¿Qué ha sido eso?

Arin guardó silencio. Luego contestó:

—Pólvora. La primera explosión se ha producido en los barracones de la guardia de la ciudad. La segunda, en el arsenal.

Podría haber sido una suposición, pero no lo parecía. Una mitad de la mente de Kestrel entendía exactamente lo que significaba que Arin supiera eso, pero la otra mitad cerró a cal y canto la puerta que conducía a esa información, dejándole asimilar solo lo que implicaba que él estuviera en lo cierto.

Estaban atacando la ciudad.

Habían matado a los guardias mientras dormían.

Los enemigos estaban saqueando el arsenal.

Kestrel salió a trompicones del carruaje.

Arin iba justo detrás.

—Kestrel, deberías volver al carruaje.

Ella lo ignoró.

—Estás sangrando —insistió él.

Kestrel miró al cochero herraní, que tiraba de las riendas e insultaba a los caballos inquietos. Vio cómo la luz se intensificaba en el centro de la ciudad, lo que indicaba que se había producido un incendio. Observó el camino. Se encontraban a solo unos minutos de su casa.

Dio un paso en esa dirección.

—No. —Arin la agarró del brazo—. Debemos volver juntos.

Los caballos se tranquilizaron. El ritmo desacompasado de sus resoplidos y coces se elevó en la noche mientras Kestrel analizaba la palabra que había empleado Arin: «debemos».

La puerta que había cerrado en su mente se abrió.

¿Por qué le había pedido que no bebiera vino?

¿Qué le pasaba al vino?

Pensó en Jess y Ronan, y en todos los invitados al baile.

—Kestrel… —dijo Arin en voz baja aunque apremiante. El comienzo de una explicación que ella no quería oír.

—Suéltame.

Él obedeció, y Kestrel notó que se había dado cuenta de que lo sabía. Sabía que, lo que fuera que estuviera ocurriendo esa noche, para él no era una sorpresa. Que lo que fuera que la aguardaba en casa era tan peligroso como la pólvora o el vino envenenado.

Ambos comprendían que sus opciones (en ese camino, aislados, en plena noche) eran escasas.

—¿Qué ocurre? —El cochero herraní bajó de su asiento. Se acercó y luego contempló, sobre la oscura cima de una colina, el tenue resplandor que envolvía la ciudad. Miró a Arin a los ojos—. El dios de la venganza ha llegado —murmuró.

Kestrel desenvainó su daga y la presionó contra el cuello del cochero.

—Malditos sean vuestros dioses. Desengancha un caballo.

—No —le dijo Arin al cochero, que tragó saliva con nerviosismo contra el filo del arma—. No va a matarte.

—Soy valoriana. Claro que lo haré.

—Kestrel, habrá… cambios después de esta noche. Pero dame la oportunidad de explicártelo.

—Ni hablar.

—Entonces, piensa en esto. —La mandíbula de Arin se tensó a la luz de la luna—. ¿Qué harás después de matar al cochero? ¿Atacarme a mí? ¿Crees que lo conseguirás?

—Me suicidaré.

Arin retrocedió un paso.

—No te creo.

Pero Kestrel vio miedo en sus ojos.

—¿Un suicidio por honor? A todos los niños valorianos se les enseña cómo se hace al alcanzar la mayoría de edad. Mi padre me mostró dónde tengo que clavar el cuchillo.

—No. No harías eso. Tú juegas la partida hasta el final.

—Los herraníes acabaron esclavizados porque se les daba demasiado mal matar y eran demasiado cobardes para morir. Te dije que no quería matar, no que no lo haría. Y nunca dije que me diera miedo morir.

Arin miró al cochero.

—Desengancha los dos caballos.

Kestrel sostuvo la daga con firmeza mientras el cochero liberaba al primer caballo de los arreos.

Cuando montó a pelo, Arin se lanzó a por ella.

Pero ya se lo esperaba y contaba con la ventaja de la altura y un zapato con tacón de madera. Le dio una patada en la frente y lo vio tambalearse. Entonces hundió una mano en la crin del caballo y lo obligó a emprender el galope.

La luna le proporcionó suficiente luz para evitar surcos profundos en el camino. Se concentró en eso, en lugar de en la traición que se le había quedado grabada a fuego en la piel. En la boca. Se le cayeron los zapatos de los pies y las trenzas le azotaron la espalda.

Poco después, oyó retumbar unos cascos a su espalda.

El portón de la villa estaba abierto y el camino, sembrado de los cuerpos de la guardia del general. Vio a Rax, con los ojos carentes de vida abiertos. Le habían clavado una espada corta en el vientre.

Su caballo atravesaba a toda velocidad la propiedad en dirección a la casa cuando una flecha silbó por el aire y se clavó en el costado del animal.

El caballo relinchó y arrojó a Kestrel al suelo. Se quedó allí tendida, aturdida. Entonces, los dedos de su mano derecha se dieron cuenta de que ya no sujetaban la daga y empezaron a buscarla a tientas.

Su mano se cerró en torno a la empuñadura al tiempo que una bota se materializaba en su campo visual. El tacón se hundió en la tierra y la suela se posó sobre sus nudillos.

—Pero si es la señora de la casa —dijo el subastador.

Kestrel levantó la mirada y vio la ballesta que sostenía con tanta soltura, la forma en la que la examinaba, recorriéndola desde los pies descalzos pasando por el vestido desgarrado hasta llegar a la frente ensangrentada.

—La pianista. —Bajó la bota y ejerció una ligera presión sobre los huesos de sus dedos—. Suelta la daga o te aplasto la mano.

Kestrel la soltó.

El herraní la agarró por la nuca y la obligó a ponerse en pie. A Kestrel se le aceleró la respiración a causa del miedo. El subastador sonrió y ella vio la misma expresión que tenía en el foso mientras llevaba a cabo la venta de Arin. «Este esclavo ha aprendido el oficio de herrero —había dicho—. Sería perfecto para cualquier soldado, sobre todo para un oficial con guardia propia y armas de las que ocuparse.»

El único valoriano de la ciudad que contaba con su propia guardia era el general Trajan.

Kestrel recordó la intensidad con la que la había mirado el subastador aquel día. Su júbilo cuando hizo una oferta, su expresión cuando los demás se unieron a la puja. Comprendió que no se había entusiasmado cuando el precio siguió subiendo. Se había inquietado.

Como si la venta de Arin hubiera estado dirigida a ella, y solo a ella.

El suelo tembló cuando se acercaron unos cascos.

La sonrisa del subastador se ensanchó cuando Arin frenó a su caballo. Hizo un gesto con la mano en dirección a las sombras de los árboles y aparecieron herraníes con armas, que usaron para apuntar a Kestrel.

El subastador se acercó a Arin, que desmontó. Le colocó la palma de la mano contra la mejilla y él hizo lo mismo. Se quedaron así, representando una imagen que Kestrel solo había visto en polvorientas obras de arte herraní. Se trataba de un gesto que denotaba una amistad tan profunda como los lazos de sangre.

La mirada de Arin se encontró con la de Kestrel.

—Tú eres el dios de las mentiras —le espetó ella entre dientes.

LA CONDUJERON A LA CASA. KESTREL NO SE QUEJÓ
mientras las piedras y las ramas se le clavaban en los pies
descalzos. Cuando el subastador la empujó hacia la entrada,
dejó huellas ensangrentadas en las baldosas.

Pero otra imagen la distrajo del dolor. Harman, el mayordomo, flotaba bocabajo en la fuente. El cabello rubio se
mecía a su alrededor como algas.

Más allá de la fuente, los esclavos del general abarrota-
ban la sala, gritándoles preguntas a los hombres armados,
cuyas respuestas eran un revoltijo de frases como «hemos
tomado la ciudad», «el gobernador ha muerto» y, una y otra
vez, «sois libres».

—¿Dónde está el ama de llaves? —preguntó el subastador.

Hubo movimiento entre los esclavos. No fue exactamente que empujaran al ama de llaves valoriana hacia delante,
sino que más bien se apartaron para dejarla a la vista.

El subastador agarró a la mujer por los hombros, la empujó contra la pared, le apretó un ancho brazo contra el pecho y desenvainó un cuchillo.

La mujer empezó a sollozar.

—¡Basta! —exclamó Kestrel. Se volvió hacia los esclavos—.
Detened esto. Ella ha sido buena con vosotros.

Los esclavos no se movieron.

—¿Que ha sido buena con vosotros? —les dijo el subastador—. ¿Fue buena con vosotros cuando os hizo limpiar los retretes? ¿Cuando os azotó por romper un plato?

—Ella nunca le habría hecho daño a nadie. —La voz de Kestrel se fue agudizando a causa del miedo, que ya no lograba contener. Y que la llevó a emplear las palabras equivocadas—. Yo nunca lo habría permitido.

—Tú ya no das órdenes —repuso el subastador, y degolló a la mujer.

El ama de llaves se desplomó contra las flores pintadas en la pared, ahogándose en su propia sangre, aferrándose la garganta como si pudiera contenerla dentro de su cuerpo. El subastador no se apartó. Dejó que la sangre lo salpicara hasta que la mujer se deslizó hasta el suelo.

—Pero ella no había hecho nada. —Kestrel no pudo controlarse, aunque sabía que hablar era una estupidez, una completa estupidez—. Solo cumplía con lo que yo le pagaba por hacer.

—Kestrel... —intervino Arin con tono cortante.

El subastador se volvió hacia ella. Levantó de nuevo el cuchillo. Kestrel solo tuvo tiempo de recordar el sonido de un martillo golpeando un yunque, de pensar en todas las armas que Arin había forjado y de comprender que, si hubiera querido fabricar más a escondidas, no le habría resultado difícil.

El subastador avanzó hacia ella.

Nada difícil.

—No —dijo Arin—. Es mía.

El otro hombre se detuvo.

—¿Qué?

Arin se acercó a ellos, pisando la sangre del ama de llaves. Se situó al lado de su compatriota adoptando una postura relajada y despreocupada.

—Es mía. Mi trofeo. El pago por los servicios prestados. Mi botín de guerra. —Se encogió de hombros—. Considérala lo que te plazca. Considérala mi esclava.

La vergüenza se apoderó de Kestrel. Su efecto fue igual de venenoso que lo que fuera que hubieran bebido sus amigos en el baile.

El subastador contestó despacio:

—Me tienes un poco preocupado, Arin. Creo que has perdido la perspectiva.

—¿Qué tiene de malo tratarla como ella me trató a mí?

—Nada, pero…

—El ejército valoriano regresará. Es la hija del general. Es demasiado valiosa para desperdiciarla.

El subastador envainó el cuchillo, pero Kestrel no consiguió deshacerse del temor que la atenazaba. Esa repentina alternativa no parecía mejor que la muerte.

—Tú solo recuerda lo que les ocurrió a tus padres —añadió el subastador—. Recuerda lo que le hicieron a tu hermana los soldados valorianos.

La mirada de Arin se posó en Kestrel.

—Lo recuerdo perfectamente.

—¿En serio? ¿Dónde estabas durante el asalto a la propiedad? Esperaba encontrar a mi lugarteniente aquí. En cambio, estabas en una fiesta.

—Porque me enteré de que allí podría encontrar a un esclavo del capitán de puerto. Me proporcionó información valiosa. Todavía tenemos que ocuparnos de los barcos mercantes, Tramposo. Envíame al puerto. Déjame encargarme de esto por ti.

La necesidad de complacer al otro hombre era evidente en el rostro de Arin. Tramposo también lo vio y suspiró.

—Llévate algunos hombres. Encontrarás más en los muelles. Apodérate de todas las embarcaciones o incéndialas. Si tan siquiera una escapa y alerta al imperio de que hemos tomado la ciudad, esta va a ser una revolución muy breve.

—Yo me encargo. No zarparán del puerto.

—Algunas podrían haber zarpado ya. Los marineros a bordo habrán oído las explosiones.

—Razón de más para que aguarden a que regresen sus compañeros en tierra.

Tramposo respondió a ese comentario con una mueca de prudente optimismo.

—Ve. Yo me ocuparé de lo que queda por hacer en casa del gobernador.

Kestrel pensó en sus amigos. Clavó la mirada en el charco de sangre que se extendía por el suelo. No estaba prestando atención cuando Arin se acercó a ella. Entonces, el subastador dijo:

—Las manos.

Kestrel levantó la vista. Los ojos de Arin se posaron brevemente en sus puños.

—Por supuesto —contestó, y ella comprendió que acababan de decir cuál era la mejor forma de amenazarla.

El brazo se le quedó flácido cuando Arin se lo agarró. Kestrel recordó al subastador en el foso, bajo el abrasador calor del verano. «Este muchacho sabe cantar», había dicho. Recordó el peso de la bota de aquel hombre sobre su mano. El hecho de que toda la ciudad estaba al tanto de que tenía debilidad por la música. Mientras Arin la sacaba a rastras de la sala, se le ocurrió que eso podría ser lo más doloroso.

Que habían usado algo que amaba en su contra.

Kestrel se había jurado no hablarle, pero entonces Arin dijo:

—Vas a venir conmigo al puerto.

Esto la sorprendió tanto que contestó:

—¿Para qué? ¿Por qué no me encierras en los barracones? Sería la prisión perfecta para tu trofeo.

Él continuó arrastrándola por los pasillos de su propia casa.

—A menos que Tramposo cambie de opinión sobre ti.

Kestrel se imaginó el subastador abriendo la puerta de su celda.

—Supongo que muerta no os sirvo de nada.

—Yo nunca permitiría que pasara eso.

—Me conmueve tanta preocupación por la vida de una valoriana. Como si no hubieras dejado que tu líder matara a esa mujer. Como si no fueras responsable de la muerte de mis amigos.

Se detuvieron ante la puerta de las habitaciones de Kestrel. Arin se volvió hacia ella.

—Dejaré morir a todos y cada uno de los valorianos de esta ciudad si eso significa que tú vivirás.

—¿Como Jess? —Los ojos se le anegaron de pronto de lágrimas—. ¿O Ronan?

Arin apartó la mirada. La piel situada encima del ojo se le estaba empezando a amoratar debido a la patada que le había propinado.

—He sido esclavo durante diez años. No podía seguir soportándolo. Esta noche, en el carruaje, ¿qué pensabas que iba a pasar? ¿Que daría igual que siempre tuviera miedo de tocarte?

—Eso no tiene nada que ver. No soy idiota. Dejaste que te comprara con intención de traicionarme.

—Pero entonces no te conocía. No sabía que serías…

—Tienes razón. No me conoces. Eres un completo desconocido.

Arin apoyó la mano contra la puerta.

—¿Y los niños valorianos? ¿Qué les habéis hecho? ¿También los habéis envenenado?

—No. Kestrel, no, por supuesto que no. Cuidaremos de ellos. No les faltará nada. Sus niñeras se encargarán. Eso siempre ha formado parte del plan. ¿Crees que somos monstruos?

—Creo que tú sí lo eres.

Los dedos de Arin se crisparon contra la puerta. La abrió de un empujón.

La condujo al vestidor, abrió el armario y rebuscó entre la ropa. Sacó una túnica, calzas y una chaqueta negras y se las lanzó.

Kestrel comentó con frialdad:

—Esto es un uniforme ceremonial de lucha. ¿Esperas que me bata a duelo en los muelles?

—Llamas demasiado la atención. —Su voz tenía un matiz extraño—. En la oscuridad. Eres… eres como una llama brillante. —Encontró otra túnica negra y la rasgó con las manos—. Toma. Cúbrete el pelo con esto.

Kestrel se quedó inmóvil, con la ropa negra en los brazos, mientras recordaba la última vez que se había vestido así.

—Póntelo —ordenó Arin.

—Sal.

Él negó con la cabeza.

—No miraré.

—Exacto. No mirarás porque vas a salir.

—No puedo dejarte sola.

—No seas ridículo. ¿Qué voy a hacer: recuperar la ciudad por mi cuenta desde la comodidad de mi vestidor?

Arin se pasó una mano por el pelo.

—Podrías suicidarte.

Ella respondió con amargura:

—Yo diría que, teniendo en cuenta cómo permito que tu amiguito y tú me mangoneéis, es evidente que quiero seguir viva.

—Podrías cambiar de opinión.

—¿Y hacer qué, exactamente?

—Podrías ahorcarte con el cinto de la daga.

—Pues llévatelo.

—Usarás ropa. Las calzas, por ejemplo.

—Morir ahorcado carece de dignidad.

—Romperás el espejo del tocador y te cortarás las venas. —De nuevo, la voz de Arin sonó extraña—. Kestrel, no voy a mirar.

Entonces cayó en la cuenta de por qué sus palabras le sonaban ásperas. En algún momento, Kestrel había pasado a hablar en valoriano, y él había hecho lo mismo. Lo que notaba era su acento.

—Te lo prometo —añadió.

—Tus promesas no valen nada.

Kestrel se volvió y empezó a desvestirse.

ARIN SE APROPIÓ DE SU CABALLO.

Aunque era lógico. Habían abandonado el carruaje en el camino y las caballerizas estaban prácticamente vacías, puesto que su padre se había llevado a la mayoría de los caballos. Jabalina era el mejor de los que quedaban. En tiempos de guerra, las propiedades acaban en manos de aquellos que pueden apoderarse de ellas y mantenerlas, así que el caballo le pertenecía ahora a Arin. Pero le dolió.

Arin la observaba con cautela mientras ensillaba a Jabalina. Había mucho ruido en las caballerizas: el sonido de otros herraníes preparando caballos para partir, los relinchos de los animales al oler la tensión de los humanos, el retumbar de los cascos y los pies sobre la madera… Arin, sin embargo, guardaba silencio y observaba a Kestrel. Lo primero que hizo al entrar en las caballerizas fue agarrar unas riendas, cortar el cuero con un cuchillo, atarle las manos y ponerla bajo vigilancia. Daba igual que estuviera indefensa. La vigilaba como si no fuera así.

O tal vez simplemente estuviera considerando lo complicado que resultaría llevar a una prisionera a lomos de un caballo a la ciudad y luego bajar hasta el puerto. Aquello le habría proporcionado cierta satisfacción a Kestrel si no hubiera sido perfectamente consciente de cuáles eran las alternativas de Arin:

Dejarla inconsciente, si quería conservar su trofeo. Matarla, si había cambiado de opinión. Encerrarla, si causaba demasiados problemas.

Seguramente, él también se habría dado cuenta.

Alguien lo llamó. Ambos se volvieron y vieron a una herraní apoyada contra la puerta de las caballerizas, jadeando. Tenía el rostro empapado de sudor. A Kestrel le resultó familiar. Recordó dónde la había visto antes, a la vez que comprendía a qué había ido la mujer.

Era una de las esclavas del gobernador. Era una mensajera, traía noticias de lo que había ocurrido en el baile después de que Kestrel y Arin se marcharan.

Arin se acercó a la mujer. Kestrel intentó hacer lo mismo, pero su guardián la echó hacia atrás. Arin se volvió para mirarla y a la joven no le gustó aquella mirada. Era la expresión de alguien que acababa de coger la sartén por el mango.

Como si necesitara más ventaja.

—En privado —le dijo a la mujer—. Luego cuéntaselo a Tramposo, si no lo has hecho ya.

Arin y la esclava del gobernador salieron de las caballerizas. Las puertas se cerraron de golpe tras ellos.

Cuando regresó, iba solo.

—¿Mis amigos están muertos? —exigió saber Kestrel—. Dímelo.

—Te lo diré después de subirte a ese caballo sin que te resistas, y después de sentarme detrás de ti sin que se te ocurra la brillante idea de tirarme o hacernos caer a ambos. Te lo diré cuando lleguemos al puerto.

Entonces, se acercó a ella. Kestrel no dijo nada y él debió de decidir que aceptaba, o tal vez le apetecía tan poco oír su voz como a ella hablar, porque no aguardó una respuesta. La subió a lomos de Jabalina y luego montó tras ella con un movimiento rápido y fluido. Kestrel notó cómo las líneas de su cuerpo se pegaban a las del suyo.

Aquella proximidad la impactó. No obstante, decidió cooperar. No le indicó a Jabalina que se encabritara. No le dio un cabezazo a Arin en la mandíbula. Decidió comportarse. Se centró en lo importante.

Aquel beso no había significado nada. Nada. Lo único que le quedaba eran las fichas que le habían tocado, y cómo decidía jugarlas.

Los caballos salieron al galope de las caballerizas.

Kestrel notó que Arin suspiraba en cuanto divisaron el puerto, y supo que era de alivio, pues todas las embarcaciones que ella había visto por la mañana seguían allí. Eso la decepcionó, aunque no la sorprendió. Durante el tiempo que había pasado aprendiendo a navegar, había descubierto que las tripulaciones consideraban que sus naves eran islas. Los marineros a bordo no pensarían que una amenaza en tierra supusiera un peligro para ellos, y la lealtad hacia sus compañeros en tierra los mantendría anclados todo el tiempo que pudieran permitirse esperar. En cuanto a los pescadores, que poseían barcos más pequeños, la mayoría tenía casas en la costa y estaría allí, en medio del humo y el fuego de la pólvora y los cuerpos que Jabalina había esquivado mientras cruzaban la ciudad. Era probable que ninguno de los pescadores que estuvieran durmiendo en sus barcos se arriesgara a zarpar rumbo a la capital en plena temporada de tormentas verdes, y Kestrel había visto formarse nubarrones en el cielo nocturno mientras se dirigían al puerto. Las embarcaciones pequeñas eran especialmente vulnerables.

Mientras las observaba, una idea empezó a cobrar forma en su mente.

No podían quemar los barcos. Sobre todo los de pesca. Tel vez acabara necesitando uno más tarde.

Arin desmontó y luego la bajó a ella. Kestrel se estremeció. Fingió que no se debía al roce de sus manos sino al dolor cuando sus pies heridos, enfundados en botas de lucha, se posaron en el suelo.

—Cuéntamelo. Cuéntame qué ocurrió en el baile.

La luz de las llamas iluminaba el rostro de Arin. Aunque los barracones de la guardia de la ciudad no estaban cerca de los muelles, habían ardido y se habían venido abajo en medio de una bola de fuego. A su alrededor, el cielo presentaba un ceniciento halo anaranjado.

—Ronan está bien —anunció Arin.

Kestrel no podía respirar. Esa forma de expresarlo solo podía significar una cosa.

—Jess…

—Está viva.

Arin hizo ademán de cogerle las manos atadas, pero Kestrel se apartó.

Él se quedó inmóvil un momento y luego les echó un vistazo a los herraníes que los rodeaban y lo habían oído todo. La observaban con odio manifiesto, y a él, con recelo. Arin le agarró las muñecas y apretó los nudos.

—Está enferma —explicó con tono cortante—. Bebió un poco de vino envenenado.

Aquellas palabras supusieron un mazazo y, por mucho

que se ordenó no revelarle nada a nadie, y menos aún a Arin, nunca a él, no pudo evitar que le temblara la voz.

—¿Vivirá?

—No lo sé.

«Jess no está muerta —se dijo Kestrel—. No se va a morir.»

—¿Y Benix?

Arin negó con la cabeza.

Kestrel recordó cómo Benix le había vuelto la espalda en el baile. Cómo había bajado la vista. Pero también recordó su risa contagiosa y supo que, con algo de humor, podría haberlo convencido para que admitiese que se había equivocado. Podría haberle dicho que entendía lo frágil que uno se sentía al saltarse las normas y granjearse la desaprobación de la sociedad. Podría haberlo hecho, si la muerte no le hubiera arrebatado la oportunidad de reparar su amistad.

No iba a llorar. Otra vez no.

—¿Qué sabes del capitán Wensan?

Arin frunció el ceño.

—Basta de preguntas. Estás tramando algo. Ya no me estás pidiendo información sobre tus amigos, sino entreteniéndome o buscando una ventaja que no logro ver. Él no significaba nada para ti.

Kestrel abrió la boca y luego la cerró. Ya tenía la respuesta que buscaba y no deseaba sacarlo de su error ni desvelar nada más sobre sí misma.

—No tengo tiempo para darte una lista de vivos y muertos, aunque la tuviera.

Arin les lanzó una breve mirada a los herraníes armados y luego hizo un gesto con la mano para que lo siguieran. Aquellos que aún no habían desmontado lo hicieron y se dirigieron al pequeño edificio situado cerca de los muelles centrales, donde se alojaba el capitán de puerto. Mientras se acercaban, Kestrel vio un nuevo grupo de herraníes con la vestimenta típica de los esclavos del muelle. Rodeaban el edificio. Los únicos valorianos a la vista yacían muertos en el suelo.

—¿Y el capitán de puerto? —le preguntó Arin al hombre que parecía ser el líder de ese nuevo grupo.

—Dentro —contestó el herraní—, vigilado. —Su mirada se posó en Kestrel—. Dime que no es quien creo que es.

—Ella carece de importancia. Está bajo mi autoridad, igual que vosotros.

Arin abrió la puerta de un empujón, pero no antes de que Kestrel alcanzara a ver el gesto defensivo de su boca y el desagrado en el rostro del otro hombre. Aunque ya sabía que los rumores sobre Arin y ella les habrían resultado igual de alarmantes a los herraníes que a los valorianos, solo entonces esa información cobró la forma de algo parecido a un arma.

Que los herraníes creyeran que era la amante de Arin. Eso solo conseguiría que dudaran de las intenciones y la lealtad del hombre al que Tramposo había denominado su lugarteniente.

Kestrel entró detrás de Arin en la casa del capitán de puerto.

Olía a brea y cáñamo, ya que el capitán vendía artículos además de ejercer como una especie de secretario: anotaba en su libro de contabilidad los barcos que iban y venían y en qué muelle estaba amarrado cada uno. La casa estaba abarrotada de barriles de alquitrán y rollos de cuerda, y el olor del astillero era aún más intenso que el de la orina que manchaba los pantalones del capitán de puerto.

El valoriano tenía miedo. Aunque las últimas horas ya habían puesto a prueba las convicciones de Kestrel, el temor de ese hombre la afectó, pues estaba en la flor de la vida, se había adiestrado como soldado y su labor en los muelles era similar a la de un guardia de la ciudad. Si estaba asustado, ¿dónde quedaba la norma de que un auténtico valoriano nunca se asustaba?

¿Cómo habían podido sorprender a los valorianos con tanta facilidad, derrotarlos con tanta facilidad?

Como a ella.

Gracias a Arin. Arin, que se había infiltrado como espía en la casa del general. Arin, cuya mente astuta había estado dándole forma a un plan secreto, tallándolo con las armas que había fabricado a escondidas, con la información que ella había revelado. Que había desechado sus dudas sobre el suicidio del capitán de la guardia de la ciudad… que seguramente no habría sido un suicidio, sino un paso hacia una sangrienta revolución. Arin le había restado importancia a lo insólito que resultaba que el senador Andrax les vendiera pólvora a los bárbaros del este, y con razón, pues él sabía que no la había vendido el senador, sino que la habían robado esclavos herraníes.

Arin, que le había clavado anzuelos en el corazón y la había atraído hacia él para que no pudiera ver nada más que sus ojos.

Arin era su enemigo.

Había que vigilar a cualquier posible enemigo. «Identifica siempre los puntos fuertes y débiles de tu oponente», le había dicho su padre. Kestrel decidió sentirse agradecida por encontrarse allí en ese momento, apretujada en la casa del capitán de puerto con veintitantos herraníes y cincuenta más esperando fuera. Esa era la ocasión de descubrir si Arin era tan buen líder como espía y jugador de Muerde y Pica.

Y tal vez pudiera aprovechar alguna oportunidad para inclinar la balanza a su favor.

—Quiero los nombres de todos los marineros en tierra en este momento, y los de sus barcos —le ordenó Arin al capitán de puerto.

El valoriano obedeció con voz temblorosa. Kestrel vio que Arin se frotaba la mejilla, estudiando al otro hombre, seguramente pensando, como ella, que cualquier plan para capturar o quemar las embarcaciones requeriría de todas las personas posibles. No debería quedarse nadie en tierra vigilando al capitán de puerto, que ya no les servía para nada.

Matarlo era la solución evidente, y también la más rápida.

Arin le dio un puñetazo al hombre en la cabeza. Fue un golpe preciso, dirigido a la sien. El valoriano se desplomó sobre el escritorio. Su aliento agitó las páginas del libro de contabilidad.

—Tenemos dos opciones —le dijo Arin a su gente—. Lo hemos hecho bien por el momento. Hemos tomado la ciudad. Hemos eliminado a sus dirigentes o los tenemos en nuestro poder. Ahora necesitamos tiempo, el máximo posible, antes de que el imperio se entere de lo que ha ocurrido. Tenemos gente custodiando el paso de montaña. Solo hay otra manera de hacer llegar la noticia al imperio: por mar. O nos apoderamos de los barcos o los quemamos. Debemos decidirlo ahora.

»En cualquier caso, la estrategia es la misma. Están llegando nubes de tormenta desde el sur. Cuando oculten la luna, zarparemos en botes al amparo de la oscuridad, manteniéndonos pegados a la curva de la bahía hasta que podamos rodear las embarcaciones y aproximarnos por la popa. Todas las proas apuntan hacia la ciudad y sus luces. Iremos por el lado oscuro del mar abierto mientras los marineros se reúnen en la proa, contemplando el incendio que arrasa la ciudad. Si queremos capturar todos los barcos, tendremos que dividirnos en dos grupos. Uno empezará por el más grande y letal: el del capitán de Wensan. El otro espera junto al siguiente más grande, situado más cerca. Nos hacemos con la nave de Wensan y luego apuntamos con sus cañones a la otra, que invadirá el segundo grupo. Con esas dos embarcaciones, podemos obligar a la siguiente en tamaño y proximidad a rendirse, y así sucesivamente para reducir la posibilidad de que los barcos mercantes se defiendan. Los pescadores no tienen cañones, así que sus embarcaciones serán nuestras después de la batalla naval. Hundiremos cualquier nave que intente huir de la bahía. Así no solo conseguiremos el tiempo que necesitamos, sino que también podremos usar las naves como armas contra el imperio, además de todos los bienes que lleven a bordo.

Al parecer, Arin no era tan listo como ella creía si no dudaba en repasar el plan delante de ella. O tal vez pensaba que no podía causar problemas con esa información. Tal vez le daba igual lo que oyera. Aun así, el plan era bastante bueno... salvo por un detalle.

—¿Cómo vamos a apoderarnos del barco de Wensan? —preguntó un herraní.

—Treparemos por la escala del casco.

Kestrel soltó una carcajada.

—La tripulación de Wensan os liquidará uno a uno en cuanto se den cuenta de lo que pasa.

La habitación quedó en silencio. Los presentes se pusieron tensos. Arin, que estaba frente al herraní, se volvió para mirarla. La mirada que le dirigió hizo crepitar el aire que los separaba.

—Pues fingiremos que somos sus camaradas valorianos que estaban en tierra. Y les pediremos que icen nuestros botes hasta la cubierta.

—¿Fingir ser valorianos? Sí, muy creíble.

—Estará oscuro. No nos verán la cara y tenemos los nombres de los marineros en tierra.

—¿Y el acento?

Arin no respondió.

—Supongo que esperas que el viento se lleve vuestro acento —repuso Kestrel—. Pero, además, puede que los marineros os pidan el código de llamada. Puede que este plan tuyo acabe muerto en el agua, igual que todos vosotros.

Se hizo el silencio.

—El código de llamada —repitió Kestrel—. La contraseña que toda tripulación sensata utiliza y no comparte con nadie de fuera para evitar que los ataquen como pretendéis hacer vosotros con tanta necedad.

—¿Qué haces, Kestrel?

—Darte algunos consejos.

Arin dejó escapar un resoplido de impaciencia.

—Tú lo que quieres es que queme los barcos.

—¿En serio? ¿Eso es lo que quiero?

—Sin ellos, seremos más débiles contra el imperio.

Ella se encogió de hombros.

—Incluso con ellos, no tenéis las más mínima posibilidad.

Arin debió de sentir cómo cambiaba el ánimo en la habitación mientras las palabras de Kestrel exponían lo que todos debían de saber ya: que la revolución herraní estaba abocada al fracaso, que los aplastarían en cuanto las fuerzas imperiales cruzaran, como estaba previsto, el paso de montaña para reemplazar a los regimientos que el emperador había enviado al este. Sitiarían la ciudad y enviarían mensajeros para solicitar más tropas. Esta vez, cuando los herraníes perdieran, no los esclavizarían. Los ejecutarían.

—Empezad a cargar esos barriles de brea en los botes —les ordenó Arin a los herraníes—. Los usaremos para quemar los barcos.

—Eso no será necesario —repuso Kestrel—. Porque yo sé el código de llamada de la nave de Wensan.

—Tú… —dijo Arin—. Tú lo sabes.

—Sí.

En realidad, no lo sabía. Pero creía poder adivinarlo. Disponía de un número limitado de posibilidades (las aves de *La canción de las plumas de la Muerte*) y el recuerdo de la forma en la que el capitán Wensan había mirado el plato con el dibujo del cernícalo. Se habría atrevido a apostar a que sabía cuál era el código que el capitán había escogido para la noche del baile. Kestrel podía leer una expresión como si divisara, a través del agua en movimiento, el fondo arenoso, el cieno aumentando o asentándose o un pez pasando a toda velocidad. Había visto a Wensan tomar una decisión con la misma claridad con que podía ver ahora el recelo en los ojos de Arin.

Su certeza flaqueó.

Arin. ¿Acaso Arin no ponía en duda su habilidad para leer a los demás? Porque le había parecido sincero en el carruaje. Le había parecido que sus labios se movían contra los de ella como si orase. Pero se había equivocado.

Arin la sacó a rastras de la casa del capitán de puerto. La

puerta se cerró de golpe tras ellos mientras la conducía al otro extremo de un embarcadero vacío.

—No te creo.

—Me parece que has llegado a conocer bastante bien lo que ocurre en mi casa. Qué se recibe, qué cartas se envían. Quién viene y quién va. Asumo que sabes que el capitán Wensan cenó en nuestra casa anoche.

—Era amigo de tu padre —dijo Arin despacio.

—Su embarcación trajo el piano de mi madre desde la capital cuando yo era niña. Siempre fue bueno conmigo. Y ahora está muerto. ¿Verdad?

Arin no lo negó.

La luz de la luna se estaba desvaneciendo, pero Kestrel sabía que Arin podía ver cómo la tristeza se apoderaba de su rostro.

Que lo viera. Eso la ayudaría con lo que se proponía.

—Sé la contraseña —le aseguró.

—Nunca la revelarías. —Las nubes ocultaron la luna, dejando los rasgos de Arin en sombras—. Te estás burlando de mí. Quieres que me odie por lo que he hecho. Nunca me perdonarás y, desde luego, no me ayudarás.

—Tienes algo que quiero.

La fría oscuridad pareció envolverlos.

—Lo dudo —contestó Arin.

—Quiero a Jess. Yo te ayudo a apoderarte de los barcos y tú me la entregas.

La verdad puede engañar tanto como una mentira. Kestrel estaba dispuesta a hacer un trueque por la oportunidad de ayudar a Jess o, al menos, estar a su lado si llegaba la muerte. Sin embargo, también contaba con que esa verdad resultara tan creíble que Arin no se daría cuenta de que ocultaba algo más: que necesitaba que quedara al menos un barco de pesca en el puerto.

—No puedo dártela así sin más —repuso Arin—. Tramposo decidirá qué hacer con los supervivientes.

—Ah, pero parece que tú tienes derecho a privilegios especiales. Si puedes reclamar a una chica, ¿por qué no a dos?

Arin torció la boca en un gesto de indignación.

—Me encargaré de que puedas verla lo antes posible. ¿Confiarás en mi palabra?

—No me queda más remedio. Ahora, vayamos al grano. Le dijiste a Tramposo que fuiste al baile porque el esclavo del capitán de puerto tenía cierta información. Y vas a compartir esa información conmigo.

—No fui al baile por eso.

—¿Qué?

—No hay ninguna información. Mentí.

Kestrel enarcó una ceja.

—Qué sorpresa. ¿No acabas de hacerme una promesa y pedirme que confíe en tu palabra? Ay, Arin. Vas a tener que organizar cuándo mientes y cuándo dices la verdad o ni tú mismo te aclararás.

Silencio. ¿Lo había herido? Eso esperaba.

—Tu plan para apoderarte de los barcos es bastante concienzudo, pero tendrás que pulir algunos detalles importantes.

Le contó lo que había pensado. Se preguntó si Arin sabría que aceptar su ayuda aumentaría las sospechas de su gente de que eran amantes, de que estaba colaborando con una valoriana a la que no le interesaba necesariamente velar por los intereses herraníes. Se preguntó si sabría que, si lograba su objetivo esa noche, la victoria se vería empañada por la forma en la que la había obtenido.

Seguramente sí se había dado cuenta. Debía de saber que no existían las victorias limpias.

Pero Kestrel dudaba que Arin se imaginara que el capitán Wensan le había enseñado a navegar. Y, aunque supiera de algún modo que podía manejar un barco, supuso que estaba demasiado ocupado para darse cuenta de que un bote de pesca era su mejor opción para escapar hacia la capital.

Cuando viera la oportunidad de huir, la aprovecharía. Haría caer la furia del imperio sobre esa ciudad.

ARIN YA HABÍA TRABAJADO EN EL PUERTO. DESPUÉS de estar en la cantera, lo habían vendido a otra fragua y, al morir su segundo amo herrero, él formaba parte de los bienes que se habían repartido los herederos. Su nombre seguía figurando como Herrero, pero les había ocultado a sus nuevos dueños que dominaba ese oficio y estos lo habían vendido por una miseria a los astilleros. Nunca había navegado, pero sabía reconocer una embarcación herraní. Las había llevado a dique seco junto con otros esclavos e izado las enormes moles con cabos para inclinarlas de costado durante la marea baja. Luego había vadeado por el barro para raspar algas y moluscos duros del casco. Fragmentos de percebes salían volando a su alrededor, cortándole la piel y dejándole finas líneas rojas. Todavía recordaba el sabor del sudor en la boca, el agua subiéndole por las pantorrillas, y las prisas, siempre las prisas, para que los esclavos pudieran tirar de las poleas y volver a inclinar la nave para limpiar el otro costado antes de que subiera la marea.

Entonces, los valorianos tomarían posesión de la embarcación robada y zarparían.

Mientras remaba para acercar el bote a la nave de Wensan, que era de fabricación herraní y estaba dotada de cañones valorianos, Arin recordó lo agotador que era aquel trabajo, pero también que le había fortalecido los músculos hasta que el dolor que sentía en los brazos los convirtió en piedra. Les agradecía a los valorianos que lo hubieran hecho fuerte. Si era lo bastante fuerte, podría sobrevivir a esa noche. Si sobrevivía, podría reclamar los fragmentos de su antigua vida y explicarse de forma que Kestrel pudiera entenderlo.

La joven permanecía sentada a su lado, en silencio. Los herraníes que se ocupaban de los otros remos la observaron levantar las manos atadas para tirar de la tela negra que le cubría el pelo. Era un asunto incómodo. Pero también necesario, ya que un nuevo giro del plan requería que la tripulación viera y reconociera a Kestrel.

Los herraníes la vieron forcejear. Vieron a Arin dejar un remo en el tolete para echarle una mano. Ella dio tal respingo que el bote se movió. No fue más que un ligero temblor a lo largo de la madera, pero todos lo notaron.

Arin sintió que la vergüenza le roía las entrañas.

Kestrel se sacó la tela de la cabeza. Aunque las nubes eran cada vez más densas en el cielo, ocultando la luna e intensificando la oscuridad que los envolvía, el cabello y la piel pálida de Kestrel parecían brillar. Era como si una luz brotara de su interior.

Arin no soportaba aquella imagen. Volvió a ocuparse de los remos.

Él sabía, mucho mejor que cualquiera de los diez herraníes del bote, que Kestrel podía ser taimada. Que no debería confiar en su plan igual que no debería haberse tragado sus tretas jugando al Muerde y Pica o seguirla ciegamente para caer en la trampa que le había tendido la mañana del duelo.

El plan de la joven para apoderarse del barco era sólido. La mejor opción que tenían. Sin embargo, él no dejaba de examinarlo como si fuera el casco de un caballo, inspeccionando la superficie en busca de algún un fallo, de alguna grieta peligrosa.

No encontró nada. Estaba seguro de que había algo, pero entonces se dio cuenta de que el fallo que presentía estaba en su interior. Los sucesos de esa noche habían derribado sus defensas. Habían provocado que la batalla que se libraba en su interior se transformara en una feroz guerra.

Claro que estaba seguro de que algo iba mal.

Imposible. Era imposible amar a una valoriana y también amar a su propio pueblo.

Arin era el fallo.

Kestrel observó cómo los otros cuatro botes se deslizaban por la oscura agua. Dos se acercaron a la nave de Wensan y se detuvieron junto a la escala del casco, ocultos por la oscuridad y el ángulo del casco, que se inclinaba hacia dentro desde la amplia cubierta principal hasta la estrecha sección a la altura de la línea de flotación. Para ver los botes, los marineros de la cubierta principal tendrían que asomarse por las bordas.

Los marineros no dieron la voz de alarma.

Otros dos botes se aproximaron a la siguiente embarcación en tamaño, un barco de dos palos con una hilera de cañones: un claro segundón comparado con la nave de Wensan, de tres palos y con dos cubiertas dotadas de cañones.

Los herraníes miraron a Arin. Él asintió con la cabeza y empezaron a remar sin preocuparse por el sigilo, solo la velocidad. Los remos traqueteaban en los toletes mientras se hundían, chapoteaban y se deslizaban por el agua. Cuando el bote llegó a la altura de la nave de Wensan, la barandilla estaba abarrotada de marineros, que miraban hacia abajo. Sus rostros eran manchas borrosas en la oscuridad.

Kestrel se puso en pie.

—¡Hay un motín en la ciudad! —les gritó a los marineros, confirmando lo que sin duda podían ver por sí mismos más allá del puerto y las murallas de la ciudad—. ¡Subidnos a bordo!

—No sois de los nuestros —repuso una voz desde la cubierta principal.

—Soy una amiga del capitán Wensan: Kestrel, la hija del general Trajan. El capitán me envía junto con vuestra tripulación para que me protejáis.

—¿Dónde está el capitán?

—No lo sé. Nos separamos en la ciudad.

—¿Quién os acompaña?

—Terex —respondió Arin, procurando hacer vibrar la erre.

Uno a uno, los herraníes del bote gritaron los nombres de los marineros ausentes que les había proporcionado el capitán de puerto. Los dijeron rápido, algunos comiéndose sílabas, pero todos lograron una versión aceptable de la pronunciación que Kestrel les había hecho practicar al abandonar la orilla.

El marinero preguntó de nuevo:

—¿Cuál es el código de llamada?

—Yo —contestó Kestrel, demostrando una confianza que no sentía—. Mi nombre: cernícalo.

Se produjo una pausa. Unos tensos segundos durante los cuales Kestrel esperó tener razón, esperó equivocarse y se odió por lo que estaba haciendo.

Se oyó un ruido. Como si algo metálico se desenrollara.

Unas poleas con ganchos descendieron desde la cubierta principal. Los herraníes los fijaron al bote, impacientes.

Arin, sin embargo, no se movió. No apartó la mirada de Kestrel. Tal vez no estaba del todo convencido de que supiera la contraseña. O tal vez no acababa de creerse que traicionara a los suyos.

Kestrel lo miró como si mirase por una ventana. No le importaba lo que él pensara. Ya no.

Las poleas crujieron. El bote se elevó chorreando agua. Se sacudió y se bamboleó a medida que los marineros de a bordo tiraban de las cuerdas. Entonces empezó a ascender.

Kestrel no alcanzaba a ver la escala del casco situada en la popa ni a los herraníes que aguardaban abajo en el agua en los otros botes. No eran más que vagas sombras del color de la noche. Pero notó que algo se movía por el casco. Los herraníes estaban trepando por la escala.

No era demasiado tarde para alertar a los marineros.

Podía elegir no traicionarlos. No entendía cómo su padre podía hacer eso una y otra vez: tomar decisiones que significaban sacrificar vidas por un objetivo más importante.

Sin embargo, ¿valdría la pena si así Kestrel se aseguraba una ruta de escape para alertar a la capital?

Supuso que eso dependería de cuántos valorianos murieran en la nave de Wensan.

Aquellos fríos cálculos la horrorizaron. Eso era, en parte, lo que la había llevado a resistirse a la idea de unirse al ejército: el hecho de que podía tomar este tipo de decisiones, que sí se le daba bien la estrategia, que las personas podían convertirse con facilidad en piezas de un juego que estaba decidida a ganar.

El oscilante bote ascendió aún más.

Kestrel apretó los labios.

Arin le echó un vistazo al trapo negro que había utilizado para cubrirse el pelo y luego a ella. Debía de estar planteándose usarlo para amordazarla, ahora que ya había desempeñado su papel en el plan. Eso era lo que habría hecho ella en su lugar. Pero Arin no se decantó por esa opción, lo que la hizo sentirse peor que si lo hubiera hecho. Era pura hipocresía por su parte no hacer gala de la crueldad de la que Kestrel sabía que era capaz.

Igual que ella.

El bote llegó a la altura de la cubierta principal. Kestrel apenas tuvo tiempo de captar el asombro en los rostros de los marineros antes de que los herraníes saltaran a la cubierta, armas en mano. El pequeño bote, en el que solo quedaba Kestrel, se balanceó violentamente.

Arin esquivó la acometida del cuchillo de un marinero, la desvió con su propia arma y le dio un puñetazo al hombre en la garganta. El marinero retrocedió, tambaleándose. Arin lo golpeó en las piernas para hacerle perder el equilibrio a la vez que asestaba otro golpe. El marinero quedó fuera de combate.

La escena se repetía por toda la cubierta. Los herraníes arrollaron a los valorianos, muchos de los cuales no habían tenido tiempo de desenvainar las armas. Mientras los marineros se enfrentaban a la repentina amenaza que habían subido a bordo, no se percataron de la segunda: más herraníes estaban trepando a la cubierta por la escala del casco. Como Kestrel había planeado, esa segunda oleada atacó a los valorianos por la espalda. Atrapados, los marineros se rindieron enseguida. Aunque seguían llegando más procedentes de las cubiertas inferiores, lo hacían a través de escotillas estrechas, como si fueran ratones escapando de túneles. Los herraníes los atacaron uno a uno.

Los tablones estaban manchados de sangre. Muchos de los marineros caídos no se movían. Desde el bamboleante bote, Kestrel podía oír al primer hombre al que había atacado Arin. Se aferraba el cuello y hacía unos ruidos horribles, como si jadeara o se asfixiara. Y allí estaba Arin, abriéndose paso entre la refriega y repartiendo golpes que tal vez no ocasionaran la muerte, pero que aun así dolían, se amorataban y sangraban.

Kestrel había visto eso en él el día que lo había comprado. Brutalidad. Se había permitido olvidarlo porque había demostrado inteligencia. Porque había demostrado ternura. Y, sin embargo, había acabado convirtiéndose en eso.

Ese era su verdadero yo.

¿Y qué decir de ella, que había orquestado la captura de una embarcación valoriana por el enemigo? No acababa de creérselo. No podía creer que hubiera sido tan, relativamente, fácil. Los valorianos nunca caían en emboscadas. Nunca se rendían. Eran valientes, fieros, preferían morir a ser apresados.

El balanceo del bote se detuvo. Kestrel se puso en pie y bajó la mirada hacia la lejana agua. Horas antes, cuando había amenazado con suicidarse, lo había dicho sin considerar si sería capaz. Lanzar la amenaza era la táctica correcta. Así que lo había hecho.

Entonces Tramposo le había pisado los dedos.

No había música después de la muerte.

Kestrel había elegido vivir.

Ahora se quedó allí de pie en el bote con la certeza de

que, si chocaba contra la superficie del agua desde esa altura, era probable que se rompiera algo y se hundiría rápidamente sin poder usar las manos atadas.

¿Qué elegiría su padre para ella? ¿Una muerte honrosa o una vida como el trofeo de Arin? Cerró los ojos y se imaginó el rostro del general si la hubiera visto rendirse ante Tramposo, si pudiera verla ahora.

¿De verdad podría hallar la forma de llegar en barco a la capital? ¿Valía la pena seguir viva para ver a Jess, aunque solo fuera para presenciar la muerte de su amiga?

Kestrel escuchó el golpeteo de las olas contra el barco, los gritos de lucha y muerte. Recordó cómo su corazón, que se asemejaba a un pergamino apretado, se había abierto cuando Arin la besó. Se había desplegado.

Si su corazón fuera de verdad un pergamino, podría quemarlo. Convertirlo en un túnel de llamas, un puñado de cenizas. Los secretos que había escrito en su alma desaparecerían. Nadie se enteraría.

Si lo supiera, su padre elegiría el agua para ella.

Pero no pudo. Al final, no fue la astucia lo que le impidió saltar, ni el tesón. Sino un miedo atroz.

No quería morir. Arin tenía razón: jugaba la partida hasta el final.

De repente, Kestrel oyó su voz. Abrió los ojos. Arin estaba gritando. Gritaba su nombre. Pasaba a toda velocidad entre la gente, abriendo una senda entre el palo mayor y la barandilla junto a la que colgaba el bote. Kestrel vio en su rostro un terror comparable al que había sentido ella al observar el agua.

Kestrel reunió fuerzas en las piernas y saltó a la cubierta.

Cuando sus pies chocaron contra los tablones, la fuerza del impacto la hizo caer. Pero, luchando con Rax, había aprendido a protegerse las manos. Se las llevó al cuerpo, pegó los apretados nudos de las ligaduras contra el pecho, cayó con el hombro por delante y rodó.

Arin la puso en pie. Y, aunque la había visto elegir, aunque debía de ver la decisión reflejada todavía en su cara, la zarandeó. Seguía repitiendo una y otra vez las palabras que le gritaba mientras se acercaba a la barandilla.

—No, Kestrel. No lo hagas.

Le acunó el rostro entre las manos.

—No me toques —le espetó ella.

Arin dejó caer las manos.

—Por todos los dioses —dijo con voz ronca.

—Sí, sería una pena que te quedaras sin tu moneda de cambio contra el general, ¿verdad? No te preocupes. —Esbozó una frágil sonrisa—. Resulta que soy una cobarde.

Arin negó con la cabeza.

—Es más duro vivir.

Sí. Era cierto. Kestrel ya sabía que no podría huir esa noche, y probablemente tampoco en bastante tiempo.

Su plan había funcionado a la perfección. En ese mismo momento, la nave capturada estaba dirigiendo sus cañones hacia la embarcación de dos palos donde aguardaban más herraníes, preparados para abalanzarse sobre los marineros en cuanto los distrajera la sorpresa de los disparos de cañón. Después de que ese barco cayera en manos de Arin, los demás que había en el puerto también caerían.

Empezó a llover. Una llovizna fina y gélida. Kestrel no se estremeció, aunque sabía que debería, de temor, ya que no de frío. Había elegido vivir, así que debería temer lo que supondría vivir en ese nuevo mundo.

LE HICIERON CRUZAR LA SALA DE RECEPCIÓN DE LA casa de Irex... no, de Arin. Las armas valorianas la observaban desde sus soportes en las paredes, preguntándole por qué no derribaba al guardia situado más cerca y agarraba la empuñadura de una espada. Incluso con las manos atadas, podría causar daños.

Arin había sido el primero en entrar en la casa. Caminaba por delante de ella, dándole la espalda. Se movía con tanta impaciencia que sus emociones eran palpables. Resultaría fácil sorprenderlo. Clavarle una daga entre los omóplatos.

Sin embargo, Kestrel no hizo nada.

Tenía un plan, se dijo, que no incluía acabar muerta, que sería el desenlace lógico de los acontecimientos si mataba a Arin.

Los herraníes la empujaron para que siguiera avanzando.

Una joven de cabello oscuro aguardaba en el atrio junto a la fuente. Al ver a Arin, el rostro se le llenó de luz y lágrimas. Él casi salva corriendo el corto espacio que lo separaba para abrazarla.

—¿Hermana o amante? —preguntó Kestrel.

La mujer levantó la mirada. Se le endureció la expresión. Se apartó de Arin.

—¿Qué?

—Que si eres su hermana o su amante.

La desconocida se acercó a ella y le dio una bofetada.

—¡Sarsine! —Arin la hizo retroceder.

—Su hermana está muerta —respondió Sarsine—, y espero que tú sufras tanto como ella.

Kestrel se llevó los dedos a la cara para apretarse la hormigueante mejilla y, a la vez, ocultar una sonrisa con la base de las manos atadas. Recordó los moretones que tenía Arin cuando lo compró. Su hosca actitud de desafío. Siempre se había preguntado por qué los esclavos buscaban que los castigaran. Pero había sido agradable sentir oscilar la balanza de poderes, aunque fuera una fracción de segundo, cuando aquella mano se había estrellado contra su cara. Saber, a pesar del dolor, que por un momento ella había estado al mando.

—Sarsine es mi prima —explicó Arin—. Hacía años que no la veía. Después de la guerra, a ella la vendieron como esclava doméstica. Yo era peón, así que...

—No me interesa —lo interrumpió Kestrel.

Arin la miró a los ojos. Los suyos eran del color del mar en invierno... del color del agua que se extendía bajo sus pies cuando había mirado hacia abajo y se había imaginado cómo sería ahogarse.

Él interrumpió el contacto visual. Le dijo a su prima:

—Necesito que seas su guardiana. Acompáñala al ala este. Que se quede en las habitaciones...

—¡Arin! ¿Te has vuelto loco?

—Retira cualquier cosa que se pueda usar como arma. Mantén siempre cerrada la puerta exterior. Encárgate de que no le falte nada, pero recuerda que es una prisionera.

—En el ala este. —La voz de Sarsine estaba cargada de indignación.

—Es la hija del general.

—Sí, ya lo sé.

—Es una prisionera política —añadió Arin—. Debemos ser mejores que los valorianos. No somos salvajes.

—¿De verdad crees que encerrar a tu ave domesticada en una jaula de oro va a cambiar cómo nos ven los valorianos?

—Cambiará cómo nos vemos a nosotros mismos.

—No, Arin. Cambiará cómo te ve todo el mundo a ti.

Él negó con la cabeza.

—Es mía y haré con ella lo que me dé la gana.

Se oyó un murmullo de inquietud entre los herraníes. Kestrel se sintió asqueada. Procuraba olvidar lo que significaba pertenecerle a Arin. Este la agarró y la acercó a él con firmeza haciendo chirriar sus botas por las baldosas. Le cortó las ataduras de las muñecas con un rápido movimiento de cuchillo y el sonido del cuero al chocar contra el suelo resonó por el atrio... casi tan fuerte como la ahogada exclamación de protesta de Sarsine.

Arin soltó a Kestrel.

—Por favor, Sarsine, llévatela.

Su prima se quedó mirándolo. Al final, asintió con la cabeza, pero su expresión dejaba claro que opinaba que estaba cometiendo un grave error.

—Sígueme —le dijo a Kestrel, y se dirigió a la salida del atrio.

No se habían alejado mucho cuando Kestrel comprendió que Arin debía de haber regresado a la sala de recepción. Oyó el sonido de las armas al ser arrancadas de las paredes y arrojadas al suelo.

El estruendo retumbó por toda la casa.

* * *

Las habitaciones se extendían de forma radiada desde el centro del grupo de estancias: el dormitorio, un lugar en el que reinaba la paz y al que el resplandor del amanecer que se filtraba por las ventanas teñía de gris. Poseían la elegancia de una perla: transmitían suavidad y pureza. Los colores eran apagados aunque, por lo que Arin le había contado hacía mucho tiempo, Kestrel sabía que tenían significado. A pesar de los ornamentados muebles valorianos, esas habían sido las habitaciones de una aristócrata herraní.

Sarsine no dijo nada, simplemente se levantó el delantal del uniforme para formar una especie de cuna y empezó a llenarlo de espejos, un apagavelas, un pesado tintero de mármol... Los objetos abarrotaron la tela y amenazaron con desgarrarla.

—Búscate una cesta o un baúl —sugirió Kestrel.

Sarsine la fulminó con la mirada, porque ambas sabían que tendría que acabar haciéndolo. Había demasiadas cosas en las habitaciones que podrían convertirse en armas en las manos adecuadas. Kestrel detestaba verlas desaparecer, pero se alegraba de que, al menos, cuando ocurriera, sería como si hubiera dado una orden y la otra mujer hubiera obedecido.

Pero Sarsine fue hasta la puerta exterior y pidió ayuda. Poco después, un desfile de herraníes empezó a entrar y salir de las habitaciones, transportando atizadores, una jarra de cobre, un reloj con manecillas afiladas...

Kestrel observó cómo se lo llevaban todo. Al parecer, Sarsine veía casi tantas amenazas en los objetos cotidianos como ella. Daba igual. Siempre podría desenroscar una pata de una de las mesas.

Pero necesitaría más que un arma para escapar. Las habitaciones estaban demasiado altas para saltar al suelo desde una ventana. Únicamente una habitación, y una puerta, conducían al resto de la casa, y parecían contar con una cerradura muy resistente.

Cuando los herraníes salieron en fila, dejándola a solas con Sarsine, Kestrel dijo:

—Espera.

Sarsine no bajó la gruesa llave que sostenía en la mano.

—Se supone que iba a ver a mi amiga.

—Tus días de visitas sociales han terminado.

—Arin me lo prometió. —Se le hizo un nudo en la garganta—. Mi amiga está enferma. Arin dijo que podría verla.

—A mí no me lo ha mencionado.

Sarsine cerró la puerta exterior tras ella, y Kestrel no suplicó. No quiso darle la satisfacción de saber cuánto le dolió oír deslizarse la llave en la cerradura y el ruido sordo del pestillo al encajar en su sitio.

—¿Qué crees que estás haciendo, Arin?

Adormilado, el aludido levantó la mirada hacia Sarsine mientras se restregaba los ojos. Se había quedado dormido en una silla. Ya era de día.

—No podía dormir en mis antiguas habitaciones. Al menos aquí, en las de Etta...

—No me refiero a tu elección de dormitorio, aunque no he podido evitar fijarme en lo convenientemente cerca que está del ala este.

Arin se estremeció. Normalmente, solo había una razón por la que un hombre conservaba a una prisionera después de una batalla.

—No es lo que parece.

—¿Ah, no? Demasiadas personas te oyeron llamarla «botín de guerra».

—No se trata de eso.

Sarsine alzó las manos en un gesto de frustración.

—¿Y por qué lo dijiste?

—¡Porque no se me ocurrió otra forma de salvarla!

Sarsine se quedó inmóvil. Luego se inclinó sobre él y lo sacudió por el hombro como si quisiera despertarlo de una pesadilla.

—¿Tú? ¿Salvar a una valoriana?

Arin le tomó la mano.

—Por favor, escúchame.

—Te escucharé cuando digas algo que pueda entender.

—Te hacía los deberes cuando éramos niños.

—¿Y qué?

—Le dije a Anireh que cerrara el pico cuando se burló de tu nariz. ¿Te acuerdas? Me tiró al suelo de un empujón.

—Tu hermana era tan guapa que pecaba de arrogante. Pero todo eso pasó hace mucho tiempo. ¿Adónde quieres llegar?

Arin le sostuvo ambas manos.

—Compartimos algo, y probablemente por poco tiempo. Los valorianos vendrán y sitiarán la ciudad. —Se esforzó por encontrar las palabras adecuadas—. Por todos los dioses, tú escúchame.

—Ay, Arin. ¿Todavía no has aprendido? Los dioses no te escucharán. —Suspiró—. Pero yo sí.

Arin le habló del día que Kestrel lo compró, y de todos los que vinieron después. No se guardó nada.

Cuando terminó, la expresión de Sarsine había cambiado.

—Sigues siendo un idiota —contestó, pero con dulzura.

—Es verdad —susurró él.

—¿Qué piensas hacer con ella?

Arin inclinó la cabeza, en un gesto de impotencia, contra el respaldo tallado de la silla de su padre.

—No lo sé.

—Ha exigido ver a una amiga enferma. Dice que se lo habías prometido.

—Sí, pero no puedo hacerlo.

—¿Por qué no?

—Porque puede que Kestrel me odie, pero todavía me habla. En cuanto vea a Jess… no volverá a dirigirme la palabra.

* * *

Kestrel se hallaba sentada en la terraza acristalada. Era un espacio cálido y lleno de plantas en macetas de las que brotaba un aroma mineral y casi lechoso. El sol ya se encontraba encima de la claraboya. Sus rayos se habían abierto paso a través de los restos de lluvia que quedaban sobre el cristal tras la tormenta de la noche anterior, que había apagado el incendio que arrasaba la ciudad. Desde la ventana situada más al sur, Kestrel había visto cómo las llamas se consumían.

Había sido una noche larga, y una larga mañana. Pero no quería dormir.

Sus ojos se posaron en una planta. En herraní, se llamaba «espina de doncella». Era grande, de tallo grueso, y debía de ser, como mínimo, de la época de la guerra. Sus hojas parecían flores, debido a que el tono verde se convertía en rojo intenso a la luz del sol.

Contra su voluntad, Kestrel pensó en el beso de Arin. En cómo había encendido una brillante luz en su interior y la había transformado de una simple hoja en una llamarada.

Abrió la puerta de la terraza y salió a un jardín de altas paredes situado en una azotea. Inhaló el aire frío. Allí todo estaba muerto. Había racimos de hojas marrones. Tallos que se partirían en cuanto los tocaran. Piedras grises, azules y blancas, con forma de huevo, esparcidas por el suelo formando artísticos diseños.

Pasó las manos por las frías paredes. No había bordes rugosos, nada donde apoyar las manos o los pies. No podría escalar por ahí. Había una puerta empotrada en la pared del fondo, pero seguramente nunca sabría adónde conducía. Estaba cerrada con llave.

Kestrel se quedó allí, inmóvil, analizando la situación. Se mordió los labios con fuerza. Entonces regresó a la terraza acristalada y sacó la espina de doncella.

A continuación, estrelló la maceta contra las piedras.

* * *

El día siguió avanzando. Kestrel observó cómo, en el exterior, la luz iba adquiriendo un tono amarillo. Sarsine vino y vio los restos de plantas en el jardín. Recogió los fragmentos de cerámica y luego hizo que un grupo de herraníes registrara las habitaciones en busca de más.

Kestrel se había asegurado de esconder algunos fragmentos de aspecto siniestro donde los encontrarían. Pero el mejor (uno que podría rajar una garganta como si fuera un cuchillo) lo había colgado por fuera de la ventana. Lo había atado con una tira de tela, lo había dejado caer entre la espesa hiedra de hoja perenne que trepaba por las paredes del baño y había cerrado la ventana atrapando el borde de la tela entre el marco y el alféizar.

No lo descubrieron y volvieron a dejarla sola.

Le ardían los ojos y los huesos le pesaban como si fueran de plomo, pero se negó a dormir.

Al final, hizo algo que había estado temiendo. Intentó destrenzarse el pelo. Se tiró de las trenzas y empezó a soltar palabrotas cuando se convirtieron en una maraña de nudos. El dolor la mantuvo despierta.

Al igual que la vergüenza. Recordaba las manos de Arin hundiéndose en su pelo, el roce de un dedo contra el hueco situado detrás de la oreja.

Sarsine regresó.

—Tráeme unas tijeras —le dijo Kestrel.

—Ya sabes que no voy a hacerlo.

—¿Porque tienes miedo de que te mate con ellas?

La otra mujer no respondió. Kestrel la miró, sorprendida por el silencio y la expresión pensativa y curiosa que había aparecido en el rostro de Sarsine.

—Pues córtamelo todo —dijo Kestrel.

Lo habría hecho ella misma con la daga improvisada oculta en la hiedra si eso no hubiera planteado preguntas.

—Una dama de la alta sociedad como tú podría arrepentirse de cortarse el pelo.

Kestrel sintió otra oleada de cansancio.

—Por favor —dijo—. No puedo soportarlo.

Arin durmió de manera irregular y, al despertar, se sintió desorientado al encontrarse en las habitaciones de su padre.

Pero feliz, a pesar de todo, de estar allí. Tal vez fuera la felicidad, y no el lugar, lo que le resultaba desconcertante. No estaba acostumbrado a aquella sensación. La notaba vieja y un tanto rígida, como si le costara moverse.

Se pasó una mano por la cara y se puso en pie. Tenía que irse. A Tramposo no le molestaría que Arin disfrutara de su regreso a casa, pero había planes que trazar.

Estaba bajando por las escaleras del ala oeste cuando vio a Sarsine en la planta inferior. Venía del ala este con una cesta en brazos. Arin se detuvo.

La cesta parecía contener oro tejido.

Descendió los peldaños restantes de un salto. Se acercó a su prima con grandes zancadas y la agarró del brazo.

—¡Arin!

—¿Qué has hecho?

Sarsine se apartó.

—Lo que ella me ha pedido. Contrólate.

Pero Arin volvió a ver en su mente a Kestrel la víspera, antes del baile. Su cabello era como un manantial de luz suave entre sus manos. Había entretejido deseo en las trenzas, anhelando que ella lo sintiera, al tiempo que temía que ocurriera. La había mirado a los ojos a través del espejo, pero no había conseguido distinguir sus sentimientos. Solo había visto el fuego que lo consumía a él.

—Solo es pelo —dijo Sarsine—. Volverá a crecer.

—Sí —contestó Arin—, pero no todo puede volver a ser como era.

La tarde fue dando paso al ocaso. Casi había transcurrido un día entero desde el baile del solsticio de invierno, y más aún desde la última vez que Kestrel había dormido. Se quedó despierta, con la mirada clavada en la puerta exterior de sus habitaciones.

Arin la abrió. Luego retrocedió un paso e inhaló como si lo hubiera asustado. Apretó la jamba de la puerta con la mano y se quedó mirando a Kestrel. Sin embargo, no comentó nada sobre el hecho de que todavía llevaba el uniforme negro de duelo. Ni mencionó los irregulares mechones de pelo que le rozaban los hombros.

—Tienes que venir conmigo —le dijo.

—¿A ver a Jess?

Arin apretó la boca.

—No.

—Dijiste que me llevarías a verla. Al parecer, los herraníes sí que carecéis de honor.

—Lo haré en cuanto pueda. Pero, ahora mismo, no puedo.

—¿Cuándo?

—Kestrel, Tramposo está aquí. Quiere verte.

La joven apretó los puños.

Arin añadió:

—No puedo decirle que no.

—Porque eres un cobarde.

—Porque, si lo hago, las cosas se complicarán para ti.

Kestrel levantó la barbilla.

—Iré, si nunca más vuelves a fingir que lo que haces es por mi propio bien.

Arin no hizo ningún comentario sobre lo evidente: que ella no tenía ni voz ni voto en el asunto. Simplemente asintió con la cabeza.

—Ten cuidado —le aconsejó.

Tramposo llevaba una chaqueta valoriana que Kestrel estaba segura de que le había visto puesta al gobernador la noche anterior. Estaba sentado a la derecha de la cabecera vacía de la mesa del comedor, pero se puso en pie cuando entraron Kestrel y Arin. Se acercó.

La recorrió con la mirada.

—Arin, tu esclava tiene un aspecto francamente salvaje.

Los pensamientos de Kestrel eran irregulares y brillantes a causa de la falta de sueño, como fragmentos de espejos colgando de cuerdas. Las palabras de Tramposo dieron tumbos por su mente. A su lado, Arin se puso tenso.

—Sin ánimo de ofender —añadió Tramposo—. Solo alababa tu buen gusto.

—¿Qué quieres, Tramposo? —preguntó Arin.

El otro hombre se acarició el labio inferior con el pulgar.

—Vino. —Miró directamente a Kestrel—. Ve a buscarlo.

La orden en sí no fue lo importante, sino lo que Tramposo había dado a entender. Que era la primera de muchas, y que, al final, se traducía en una sola palabra: «obedece».

Lo único que impidió que los pensamientos de Kestrel se reflejaran en su rostro fue la certeza de que Tramposo disfrutaría de cualquier indicio de resistencia por su parte. Sin embargo, no consiguió moverse.

—Yo iré a por el vino —dijo Arin.

—No —repuso Kestrel. No quería quedarse a solas con Tramposo—. Iré yo.

Durante un instante de incertidumbre, Arin pareció no saber qué hacer. Luego se dirigió a la puerta y le hizo señas a una chica herraní para que entrara en la habitación.

—Por favor, acompaña a Kestrel a la bodega, y luego tráela de vuelta.

—Elige una buena cosecha —le dijo Tramposo a Kestrel—. Seguro que sabrás reconocer la mejor.

Los ojos de aquel hombre la siguieron, relucientes, mientras salía de la habitación.

Regresó con una botella de vino valoriano en cuya etiqueta se leía con claridad que databa del año de la Guerra Herraní. La colocó sobre la mesa delante de los dos hombres sentados. Arin apretó la mandíbula y negó ligeramente con la cabeza. A Tramposo se le borró la sonrisa.

—Era el mejor —dijo Kestrel.

—Sírveme.

Tramposo empujó una copa hacia ella. Kestrel descorchó la botella y le sirvió… y siguió sirviendo incluso cuando el vino tinto se derramó por el borde de la copa, encima de la mesa y sobre el regazo de Tramposo.

El herraní se puso en pie de un salto mientras intentaba limpiar el vino de su magnífica ropa robada.

—¡Maldita seas!

—Me has dicho que te sirviera. No que parase.

Kestrel no estaba segura de qué habría ocurrido si Arin no llega a intervenir.

—Tramposo, voy a tener que pedirte que te dejes de jueguecitos con mi propiedad.

Fue casi alarmante la rapidez con la que se desvaneció la rabia de Tramposo. Se quitó la chaqueta manchada, dejando al descubierto la sencilla túnica que llevaba debajo, y la usó para secar el vino.

—Hay mucha más ropa de donde salió esta. —Arrojó la chaqueta a un lado—. Sobre todo con tantos muertos. ¿Por qué no vamos al grano?

—Te estaría inmensamente agradecido —contestó Arin.

—Escúchalo —le dijo Tramposo a Kestrel con tono amistoso—. Qué rápido ha recuperado sus modales de clase alta. Arin nunca fue un plebeyo, ni siquiera cuando picaba piedra. A diferencia de mí. —Cuando Kestrel se mantuvo callada, añadió—: Tengo una pequeña tarea para ti, querida. Quiero que le escribas una carta a tu padre.

—Supongo que para decirle que todo va bien, de modo que podáis mantener vuestra revolución en secreto el mayor tiempo posible.

—Deberías alegrarte. Este tipo de cartas con información falsa mantienen vivos a valorianos como tú. Si quieres vivir, debes ser más colaboradora. Aunque tengo la sensación de que no te interesa colaborar. Recuerda que no necesitas todos los dedos para escribir una carta. Probablemente bastará con tres en una mano.

Arin resopló entre dientes.

—¿Y manchar las páginas de sangre? —repuso Kestrel con calma—. Dudo mucho que eso convenza al general de que gozo de buena salud. —Cuando Tramposo se dispuso a responder, Kestrel lo interrumpió—. Sí, estoy segura de que tienes una larga lista de creativas amenazas que te encantaría emplear. No te molestes. Escribiré la carta.

—No —intervino Arin—. Tú copia y yo te dicto. Si no, seguro que encuentras la forma de avisar a tu padre con una clave.

El desaliento hizo mella en Kestrel. Ese era ciertamente su plan.

Le pusieron delante papel y tinta.

Arin comenzó a dictar:

—Querido padre.

La pluma vaciló en la mano de Kestrel. Un repentino dolor en la garganta le hizo contener el aliento. Pero decidió que era mejor que las letras se inclinaran y temblaran. Su padre podría ver la angustia en su letra.

—El baile fue mejor de lo que esperaba —continuó Arin—. Ronan me ha pedido que me case con él, y he aceptado. —Hizo una pausa—. Sé que esta noticia debe de decepcionarte, pero ahora tendrás que glorificar al ejército del imperio por ambos. Sé que lo harás. También sé que esto no debe sorprenderte. Te dejé claros mis deseos con respecto a la vida militar. Y el afecto de Ronan ha sido evidente desde hace algún tiempo.

Kestrel levantó la pluma, preguntándose cuándo se habría dado cuenta Arin de algo que ella se había negado a ver durante tanto tiempo. ¿Dónde estaba Ronan ahora? ¿La despreciaba tanto como ella se despreciaba a sí misma?

—Alégrate por mí —dijo Arin. Kestrel tardó un momento en comprender que aquellas palabras formaban parte de la carta—. Ahora firma.

Era justo el tipo de carta que ella habría escrito en circunstancias normales. Sintió cuán profundamente le había fallado a su padre. Arin conocía lo que había en su corazón, en sus pensamientos, incluso la forma en la que le hablaría a alguien a quien quería. Y ella no lo conocía en absoluto.

Arin cogió la carta y la estudió.

—Otra vez. Ahora con buena letra.

Escribió varias copias antes de que quedara satisfecho. La versión final contaba con mano firme.

—Bueno —dijo Tramposo—. Una última cosa.

Kestrel se frotó, agotada, la tinta de la piel. Entonces podría haber dormido. Quería dormir. El sueño era ciego, era sordo, y la alejaría de esa habitación y esos hombres.

Tramposo añadió:

—Dinos cuánto tiempo nos queda antes de que lleguen los refuerzos.

—No.

—Ahora podría ser el momento de empezar a lanzar amenazas creativas.

—Kestrel nos lo dirá —le aseguró Arin—. Comprenderá que es lo más sensato.

Tramposo arqueó las cejas.

—Nos lo dirá en cuanto vea lo que podemos hacerle a su gente.

La expresión de Arin intentaba transmitirle algo que no se reflejaba en sus palabras. Kestrel se concentró y se dio cuenta de que ya había visto antes esa mirada en sus ojos. Era el prudente brillo que indicaba que quería hacer un trato.

—Voy a llevarla al palacio del gobernador, para que vea a los muertos y a los moribundos. Para que vea a sus amigos.

Jess.

—NO PROVOQUES A TRAMPOSO —LE PIDIÓ ARIN
cuando bajaron del carruaje delante del oscuro sendero que
conducía al palacio del gobernador.

A Kestrel el edificio le resultó inquietante, pues la impre-
sionante fachada era la misma que la de la noche anterior,
pero ahora brillaban pocas luces en las ventanas.

—Kestrel, ¿me oyes? No puedes jugar con él.

—Ha empezado él.

—Da igual. —La gravilla crujió bajo las pesadas botas de
Arin mientras avanzaba con paso airado por el sendero—.
¿No entiendes que quiere verte muerta? No dejará escapar
la oportunidad.

Tenía las manos en los bolsillos y la cabeza gacha, casi
como si hablara consigo mismo. Avanzaba dando grandes zancadas. Sus largas piernas se movían más rápido que las de ella.

—No puedo… Kestrel, debes entender que nunca he
pretendido reclamarte. Llamarte trofeo, mi trofeo, solo fueron palabras. Pero funcionó. Tramposo no te hará daño, te
lo juro, pero tienes que… disimular un poco. Colaborar un
poco. Dinos cuánto tiempo nos queda antes de la batalla.
Dale una razón para decidir que no es mejor matarte. Trá-
gate tu orgullo.

—Tal vez eso no sea tan fácil para mí como para ti.

Arin dio media vuelta para mirarla de frente.

—No es fácil para mí —repuso entre dientes—. Y tú lo sabes. ¿Qué crees que he tenido que tragar durante los últimos diez años? ¿Qué crees que he tenido que hacer para sobrevivir?

Se encontraban ante la puerta del palacio.

—Sinceramente, no me interesa lo más mínimo. Búscate otra persona a la que contarle tu triste historia.

Arin se estremeció como si lo hubiera abofeteado. Contestó en voz baja:

—Sabes hacer que la gente se sienta insignificante.

Kestrel sintió que la devoraba la vergüenza… y luego se avergonzó de su propia vergüenza. ¿Por qué tendría que pedirle disculpas? La había utilizado. Había mentido. De su boca no salían más que patrañas. Si iba a sentir vergüenza, debería ser por haber permitido que la engañara con tanta facilidad.

Arin se pasó los dedos por el pelo corto. Poco a poco, la ira se desvaneció y la reemplazó algo más intenso. No la miró. Su aliento creó nubes de vapor en el gélido aire.

—Hazme lo que quieras. Dime lo que quieras. Pero me asusta esa negativa tuya a ver el peligro que suponen otros. Tal vez ahora lo entiendas —dijo, y abrió la puerta de la casa del gobernador.

El olor fue lo primero que la asaltó. A sangre y carne en descomposición. Le revolvió el estómago, pero se esforzó por no vomitar.

Los cuerpos se amontonaban en la sala de recepción. Lady Neril yacía bocabajo, casi en el mismo lugar donde estaba la noche del baile, saludando a sus invitados. Kestrel la reconoció por el pañuelo que sostenía en el puño. La tela relucía bajo la parpadeante luz de las antorchas. Había cientos de cadáveres. Vio al capitán Wensan, a lady Faris, a toda la familia del senador Nicon, a Benix...

Se arrodilló junto a él. Su mano era como arcilla fría. Pudo oír cómo sus lágrimas goteaban sobre la ropa de su amigo muerto. Formaron gotitas sobre su piel.

Arin dijo en voz baja:

—Lo enterrarán hoy, con los otros.

—Habría que incinerarlo. Nosotros incineramos a nuestros muertos.

No podía seguir mirando a Benix, pero tampoco podía ponerse en pie.

Arin la ayudó con suavidad.

—Me aseguraré de que se hace como es debido.

Kestrel obligó a sus piernas a moverse, a dejar atrás los cuerpos apilados como si fueran escombros. Pensó que, después de todo, debía de haberse quedado dormida y eso no era más que una pesadilla.

Se detuvo al ver a Irex. Tenía la boca manchada de morado, lo que indicaba que lo habían envenenado, pero también mostraba tajos pringosos en el costado y un último corte en el cuello. Incluso envenenado, se había resistido.

Las lágrimas asomaron de nuevo.

La mano de Arin la apretó con más fuerza y la obligó a seguir avanzando.

—No te atrevas a llorar por él. Si no estuviera muerto, lo mataría con mis propias manos.

Habían colocado a los enfermos en el suelo del salón de baile. El olor era peor allí: a vómito y excrementos humanos.

Algunos herraníes se movían entre los camastros, pasando trapos húmedos por rostros demacrados y retirando cuñas. Resultaba extraño verlos comportarse todavía como esclavos, ver la compasión en sus ojos y saber que esa compasión era lo único que los impulsaba a cuidar de las personas a las que ellos mismos habían intentado destruir.

Un herraní levantó la mirada, detectó la presencia de Kestrel y comenzó a hacerle preguntas a Arin, pero Kestrel no le prestó atención. Se apartó del lado de Arin. Tropezó con las prisas, revisando los camastros, buscando unos grandes ojos castaños, una nariz chata y una boca pequeña.

Casi no la reconoció. Jess tenía los labios de color violeta y los párpados cerrados por la hinchazón. Seguía llevando el vestido de baile, una vaporosa prenda verde que ahora resultaba chocante verle puesta.

—Jess —dijo Kestrel—. Jess.

La respiración irregular de la otra chica se transformó en un resuello. Fue el único indicio de que estaba consciente.

Kestrel buscó a Arin, que estaba apoyado contra la pared del fondo. Evitaba mirarla a la cara.

Se acercó a él. Lo agarró y lo arrastró hacia su amiga.

—¿Qué es? —exigió saber—. ¿Qué veneno usasteis?

—Yo no…

—Fue algo a lo que tendríais fácil acceso. En el campo, tal vez. ¿Una planta?

—Kestrel…

—Pudisteis cosecharla hace meses, dejarla secar y luego convertirla en polvo. Tenía que ser incolora para poder mezclarla con el vino helado. —Repasó mentalmente todo lo que Enai le había contado sobre las plantas locales—. ¿Simbaya? No, no habría hecho efecto tan rápido…

—Fue jaula nocturna.

—No sé qué es eso.

—Una raíz que crece en primavera, se seca al sol y luego se muele.

—Así que hay un antídoto —insistió Kestrel, aunque Arin no había indicado nada de eso.

Él tardó un momento en responder.

—No.

—¡Sí, claro que sí! Los herraníes erais los mejores médicos del mundo. Nunca habríais permitido que existiera un veneno sin encontrar una cura.

—No hay ningún antídoto… solo algo que podría ayudar.

—¡Pues dádselo!

Arin la agarró por los hombros y la giró para que no pudiera ver las hileras de camastros.

—No lo tenemos. Nadie pensó que habría supervivientes. La planta que necesitaríamos se debería haber recolectado en otoño. Estamos en invierno. No quedará nada.

—Seguro que sí. Todavía no ha nevado. Ni helado. La mayoría de las plantas no se mueren hasta la primera helada. Me lo dijo Enai.

—Es cierto, pero…

—La encontrarás.

Arin guardó silencio.

—Ayúdala. —Se le quebró la voz—. Por favor.

—Es una planta delicada. Puede que hayan muerto todas por el frío y no estoy seguro de si podré…

—Prométeme que la buscarás —insistió Kestrel, como si no hubiera jurado que sus promesas no valían nada.

—Está bien. Te lo prometo.

Arin insistió en llevarla primero a casa.

—Puedo ir contigo a las montañas —protestó ella—. Puedo ayudarte a buscar.

Él respondió con una sonrisa seca.

—Tú no eres quien se pasaba horas de niño devorando libros de botánica, preguntándose por qué las hojas de una especie de árbol se dividían en cuatro partes y las de otra, en seis.

El vaivén del carruaje hizo que Kestrel empezara a adormilarse. Horas de sueño perdido le pesaban en los párpados. Se esforzó por mantenerlos abiertos. Al otro lado de la ventanilla, el atardecer había dado paso a la noche.

—Tenéis menos de tres días —murmuró.

—¿Qué?

—Antes de que lleguen los refuerzos.

Cuando él no dijo nada, Kestrel expresó lo que debía de estar pensando.

—Supongo que no es el momento apropiado para andar buscando una planta por las montañas.

—He prometido que iría. Y lo haré.

A Kestrel se le cerraron los ojos. Entró en un estado de duermevela. Cuando Arin habló de nuevo, no estuvo segura de si esperaba que lo oyera.

—Me acuerdo de ir en un carruaje con mi madre.

Hubo una larga pausa. Entonces la voz de Arin llegó de nuevo de aquel modo lento y fluido que revelaba al cantante que llevaba dentro.

—En mi recuerdo, soy pequeño y tengo sueño, y ella está haciendo algo raro. Cada vez que el carruaje gira hacia el sol, levanta la mano como si quisiera alcanzar algo. La luz bordea sus dedos de fuego. Entonces el carruaje pasa entre las sombras y baja la mano. La luz del sol entra de nuevo por la ventanilla y ella levanta la mano otra vez. Es como un eclipse.

Kestrel escuchaba. Era como si la propia historia fuera un eclipse, envolviéndola con su oscuridad.

—Justo antes de quedarme dormido, me di cuenta de que me estaba protegiendo los ojos del sol.

Oyó que Arin se movía, sintió que la miraba.

—Kestrel. —Se imaginó cómo estaría sentado, inclinado hacia delante. Su aspecto bajo el resplandor del farol del carruaje—. No tiene nada de malo sobrevivir. Puedes vender tu honor mediante pequeños detalles, siempre y cuando te protejas. Puedes servir una copa de vino como se supone que se debe hacer y ver beber a un hombre y tramar tu venganza. —Tal vez ladeó ligeramente la cabeza al decir eso—. Es probable que estés tramando algo incluso mientras duermes.

Se produjo un silencio largo como una sonrisa.

—Trama, Kestrel. Sobrevive. Si yo no hubiera sobrevivido, nadie recordaría a mi madre, no como la recuerdo yo.

Kestrel no pudo seguir resistiéndose al sueño. La arrastró.

—Y nunca te habría conocido.

Kestrel fue vagamente consciente de que la llevaban en volandas. Rodeó el cuello de alguien con los brazos y enterró la cabeza en su hombro. Oyó un suspiro, y no estuvo segura de si había salido de ella o de él.

Notó un balanceo que indicaba que la llevaban escaleras arriba. La depositaron sobre algo blando. Le quitaron los zapatos. La cubrieron con una gruesa manta hasta la barbilla y alguien murmuró la bendición herraní para atraer sueños agradables. ¿Enai? Kestrel frunció el ceño. No, esa voz no era la de Enai, pero ¿quién pronunciaría esas palabras, aparte de su niñera?

A continuación, la mano apoyada sobre su frente desapareció. Kestrel decidió que ya resolvería aquel misterio más tarde.

Y se durmió.

El caballo resbaló por la ladera llena de piedras sueltas. Arin se mantuvo sobre la silla mientras el animal trastabillaba y luego separaba las patas y recuperaba el equilibrio.

Las cosas emporarían aún más, pensó con desaliento, cuando tuviera que bajar por el sendero en lugar de subir. Llevaba buscando casi un día entero. La pequeña esperanza que conservaba de encontrar la planta menguó.

Al final, desmontó. La montaña era una árida extensión de un tono marrón grisáceo, sin árboles, y, más adelante, podía ver la traicionera abertura por la que habían llegado los valorianos diez años antes. Vio un destello de metal. El arma de un herraní, con ropa de camuflaje, que vigilaba el paso junto con otros.

Arin se escondió tras un afloramiento rocoso, atrayendo también a su caballo. Encajó las riendas en una grieta entre dos rocas. No podían verlo… y tampoco a su caballo.

Él debería estar ahí arriba, vigilando el paso, o al menos esforzándose de algún modo por conservar su país.

Su país. Aquella idea siempre conseguía llenarlo de entusiasmo. Valía la pena morir por ello. Valía la pena sacrificar casi cualquier cosa para volver a ser la persona que había sido antes de la Guerra Herraní. Sin embargo, ahí estaba, arriesgando la frágil posibilidad de éxito.

Buscando una planta.

Se imaginó la reacción de Tramposo si pudiera verlo en ese momento, revisando el terreno en busca de un atisbo de verde pálido. Se burlaría, algo que Arin podría ignorar, y se enfadaría, algo que Arin podría aguantar… incluso entender. Pero no pudo soportar la imagen que le vino a la mente.

Los ojos de Tramposo posándose en Kestrel. Centrándose en ella, avivando el odio de su amigo con un motivo más.

Cuanto más se esforzaba Arin por protegerla, más aumentaba la animadversión de Tramposo.

Arin apretó las manos a causa del frío. Se las calentó con el aliento, se metió los dedos debajo de los brazos y empezó a caminar.

Debería dejarla ir. Dejar que se adentrara en la campiña, en las aisladas tierras de cultivo que no tenían ni idea de la revolución.

¿Y luego qué? Kestrel avisaría a su padre. Encontraría la forma. Entonces todo el peso del ejército del imperio caería sobre la península, y Arin dudaba que los herraníes pudieran lidiar siquiera con el batallón que llegaría a través del paso en menos de dos días.

Dejar ir a Kestrel sería lo mismo que masacrar a su propio pueblo.

Empujó una roca con la bota y quiso darle una patada.

Pero no lo hizo. Siguió caminando.

Multitud de ideas pusieron a prueba su cordura, proponiendo soluciones solo para revelar problemas, hostigándolo con la certeza de que perdería todo lo que trataba de conservar.

Hasta que la encontró.

Encontró la planta abriéndose paso a través de un trozo

de tierra. Era una cantidad ínfima, y estaba marchita, pero la arrancó del suelo imbuido de una esperanza feroz.

Alzó la mirada de sus manos sucias y descubrió que estaba de nuevo a la vista del paso de montaña. Una idea lo dejó sin aliento.

Una idea tan minúscula como las hojas que sostenía en la mano. Pero que creció y echó raíces, y Arin comenzó a ver cómo podrían derrotar a los refuerzos valorianos.

Vio cómo podría ganar.

CUANDO KESTREL DESPERTÓ EN LA CAMA, NO QUISO pensar en cómo había llegado hasta allí.

Entonces el día se consumió por completo. El frío se coló en la casa, el anochecer fue como una losa sobre sus hombros y su mente se llenó de pensamientos sobre Arin y Jess.

Oyó una llave en una cerradura. Se puso en pie de un salto, y solo entonces se dio cuenta de que había estado sentada con la mirada perdida. Atravesó las habitaciones hasta detenerse ante la última puerta, que se abrió.

Sarsine.

—¿Dónde está Arin? —le preguntó.

Sería mejor no revelar nada.

—No lo sé.

—Pues eso es un problema.

Silencio.

—Un problema para ti —aclaró Sarsine—, porque Tramposo está aquí, exigiendo ver a Arin, y, puesto que no consigo encontrar por ningún lado al irresponsable de mi primo, Tramposo quiere hablar contigo en su lugar.

El pulso de Kestrel se ralentizó, como cuando Rax se preparaba para algún tipo de ataque veloz o su padre le hacía una pregunta y ella no sabía la respuesta.

—Dile que no.

Sarsine se rió.

—Esta es la casa de tu familia —insistió Kestrel—. Y él es tu invitado. ¿Quién se cree que es para darte órdenes?

Sarsine negó con la cabeza, aunque la expresión compungida de su boca indicaba que no culpaba a Kestrel por intentarlo. Cuando habló, sus palabras no pretendían sonar como una amenaza, pero Kestrel notó el rastro de una... de lo que fuera que hubiera dicho Tramposo.

—Si no me acompañas a verlo, él subirá a verte a ti.

Kestrel echó un vistazo a las paredes, pensando en la distribución de las habitaciones, en la forma en que se orientaban hacia dentro como la concha de un caracol, dando la impresión de que uno quedaba oculto al mundo, arropado en un lugar íntimo y hermoso.

O atrapado.

—Iré —contestó.

Sarsine la condujo al atrio, donde Tramposo estaba sentado en un banco de mármol delante de la fuente. Las antorchas iluminaban la sala, proyectando franjas rojas y anaranjadas en el agua de la fuente.

—Quiero hablar con ella a solas —le dijo Tramposo a Sarsine.

—Arin...

—... no es el líder de los herraníes. Soy yo.

—Ya veremos por cuánto tiempo —soltó Kestrel, y luego se mordió el labio.

Tramposo notó el gesto y ambos supieron lo que significaba.

Un error.

—No pasa nada —le aseguró Kestrel a Sarsine—. Vamos. Vete.

Sarsine le dedicó una mirada cargada de dudas y luego se marchó.

Tramposo apoyó los codos en las rodillas y miró a Kestrel. La examinó: las largas manos entrelazadas con suavidad, los pliegues del vestido. La ropa de Kestrel había aparecido misteriosamente en el armario del vestidor, probablemente mientras ella dormía, y se alegraba de poder contar con ella. El conjunto para duelos había cumplido su función, pero llevar un vestido apropiado para una reunión social hacía que se sintiera preparada para otros tipos de batalla.

—¿Dónde está Arin? —le preguntó Tramposo.

—En las montañas.

—¿Haciendo qué?

—No lo sé. Supongo que, puesto que los refuerzos valorianos llegarán a través del paso de montaña, estará analizando sus ventajas y desventajas como campo de batalla.

Tramposo le dedicó una sonrisita alegre.

—¿Te molesta ser una traidora?

—No veo por qué habría de serlo.

—Acabas de confirmar que los refuerzos llegarán a través del paso. Gracias.

—No tiene sentido darme las gracias —repuso ella—. Han enviado al sur a casi todas las embarcaciones útiles del imperio, lo que significa que no hay otra forma de llegar a la ciudad. Cualquiera con dos dedos de frente podría darse cuenta de eso, motivo por el cual Arin está en las montañas y tú, aquí.

Un rubor comenzó a extenderse por la piel de Tramposo. Le dijo:

—Tengo los pies cubiertos de polvo.

Kestrel no tenía ni idea de cómo responder a eso.

—Lávamelos —añadió.

—¿Qué?

Tramposo se quitó las botas, estiró las piernas y se recostó en el banco.

Kestrel, que se había mantenido muy quieta, se convirtió en piedra.

—Es una costumbre herraní que la señora de la casa les lave los pies a los invitados especiales.

—Aunque tal costumbre existiera, murió hace diez años. Y yo no soy la señora de la casa.

—No, eres una esclava. Y harás lo que te ordene.

Kestrel recordó que Arin le había dicho que podría venderse mediante pequeños detalles. Pero ¿se refería a eso?

—Usa la fuente —le indicó Tramposo.

La rabia se apoderó de Kestrel, pero no dejó que se le notara. Se sentó en el borde de la fuente, le sumergió los pies en el agua y restregó con energía, como les había visto hacer a los esclavos en la lavandería. Si hubiera sido una esclava, podría haber fingido que estaba lavando otra cosa, pero nunca había lavado nada aparte de a sí misma, así que no consiguió olvidar que lo que sostenía entre las manos era piel, carne y hueso.

Lo detestó.

Le sacó los pies de la fuente y los depositó sobre las baldosas.

Tramposo tenía los ojos entrecerrados y las pupilas le brillaban con intensidad.

—Sécamelos.

Kestrel se puso en pie.

—¿Adónde crees que vas?

—A buscar una toalla.

Agradeció tener una excusa para marcharse, para ir a cualquier parte y no volver.

—Tu falda servirá.

Ahora le resultó más difícil evitar que lo que sentía por dentro se reflejara en su rostro. Se agachó y usó el dobladillo de su falda para secarle los pies.

—Ahora úngelos.

—No tengo aceite.

—Busca bajo una baldosa decorada con el dios de la hospitalidad. —Tramposo señaló hacia el suelo—. Presiona el borde y se abrirá.

Y allí estaban los frascos, cubiertos con el polvo de diez años.

—Hay en todas las casas herraníes —le explicó Tramposo—. También en tu villa. O, más bien, en la mía. No es necesario que te quedes aquí en contra de tu voluntad, ¿sabes? Podrías volver a casa.

Kestrel salpicó aceite sobre los pies de Tramposo y lo extendió por la piel áspera.

—No. Allí no queda nada que me interese.

Notó la mirada del hombre en su cabeza gacha, en las manos que le tocaban los pies.

—¿Le haces esto a Arin?

—No.

—¿Qué le haces?

Kestrel se enderezó. Tenía las palmas de las manos aceitosas. Se las restregó en la falda, sin importarle que la indignación fuera una de las cosas que Tramposo quería ver.

¿Por qué… por qué le interesaría eso?

Dio media vuelta para marcharse.

—No hemos terminado —protestó.

—Claro que sí —contestó ella—, a menos que quieras averiguar todo lo que mi padre me enseñó sobre el combate sin armas. Te ahogaré en esa fuente. Si no puedo, me pondré a gritar tan fuerte que todos los herraníes de la casa vendrán corriendo y se preguntarán qué clase de hombre es su líder para que una chica valoriana le haga perder el control con tanta facilidad.

Se alejó, y él no la siguió, aunque sintió que la observaba hasta que dobló una esquina. Encontró la cocina, el lugar con más gente de la casa, y se quedó de pie junto al fuego, escuchando el estruendo metálico de las ollas. Hizo caso omiso de las miradas de extrañeza.

Entonces empezó a temblar, de furia entre otros motivos.

«Cuéntaselo a Arin.»

Kestrel desechó esa idea. ¿De qué serviría contárselo?

Arin era una caja negra escondida debajo de una baldosa lisa. Una trampilla que se abría bajo sus pies. No era lo que ella creía que era.

Tal vez Arin sabía que ocurriría eso, o algo parecido.

Tal vez ni siquiera le importaría.

ARIN CRUZÓ DE UN SALTO EL UMBRAL DE SU CASA. Corrió por los pasillos iluminados y entonces se detuvo de golpe al ver a Tramposo fulminando la fuente del atrio con la mirada.

De pronto, volvió a ser un niño de doce años, con las manos cubiertas de polvo blanco de extraer toda la roca que podía para demostrarle su valía a ese hombre.

—Me preocupaba que no nos encontráramos —dijo Arin—. He ido a tu villa primero, pero me han dicho que habías venido aquí.

—¿Dónde has estado?

Tramposo estaba de un humor espantoso.

—Reconociendo el paso de montaña. —Cuando esto intensificó el ceño de su amigo, Arin añadió—: Puesto que es la ruta que seguramente seguirán los refuerzos.

—Claro. Evidentemente.

—Y ya sé qué hacer con ellos.

A Tramposo se le iluminó el rostro.

Arin envió a buscar a Sarsine y, cuando esta llegó, le pidió que trajera a Kestrel.

—Necesito su opinión.

Sarsine vaciló.

—Pero…

Tramposo le hizo un gesto admonitorio con el dedo.

—Estoy seguro de que sabes encargarte de esta casa, pero ¿no ves que tu primo se muere de ganas de contarnos un plan que podría salvarnos el pellejo? No lo aburras con detalles domésticos, como quién se ha peleado con quién… o si vuestra invitada especial no está muy sociable. Trae a la chica de una vez.

Sarsine se marchó.

Arin fue a buscar un mapa a la biblioteca y luego se encaminó a toda prisa al comedor, donde Tramposo aguardaba con Kestrel y Sarsine, que le dedicó a su primo una mirada de exasperación que indicaba que se desentendía de los tres. A continuación, la joven salió por la puerta.

Arin desplegó el mapa sobre la mesa y sujetó las esquinas con unas piedras que llevaba en los bolsillos.

Kestrel se sentó, blindándose con un silencio obstinado.

—Oigamos ese plan, chico —dijo Tramposo, mirándolo únicamente a él.

Arin sintió que lo invadía el mismo entusiasmo que hacía mucho tiempo, cuando empezaron a planear apoderarse de la ciudad.

—Ya hemos eliminado a los guardias valorianos de nuestro lado de la montaña. —Tocó el mapa, deslizando un dedo por la franja del paso—. Así que ahora enviamos una pequeña fuerza a través del paso hasta el otro lado. Elegimos hombres y mujeres que puedan hacerse pasar por valorianos hasta el último momento. Acabamos con los guardias imperiales. Algunos de los nuestros ocupan su lugar, otros se esconden en las estribaciones y enviamos un mensajero a través del paso para alertar a nuestros guerreros, que habrán colocado barriles de pólvora aquí –señaló el centro del paso–, a ambos lados. Necesitaremos gente que conozca las montañas y pueda trepar lo suficientemente alto para situarse por encima de los valorianos. También tendrán que estar dispuestos a acabar aplastados bajo cualquier avalancha que provoquen las explosiones. Cuatro personas, dos a cada lado, bastarán.

–No nos queda mucha pólvora –dijo Tramposo–. Deberíamos reservarla para la invasión real.

–No seguiremos vivos para la invasión si no utilizamos la pólvora ahora. –Arin apoyó las palmas sobre la mesa y se inclinó sobre el mapa–. La mayoría de nuestros efectivos, unas dos mil personas, flanquearán nuestra entrada al paso. Un batallón valoriano siempre cuenta más o menos con el mismo número de soldados, así que…

–¿Siempre? –preguntó Tramposo.

Los ojos de Kestrel, que se habían ido entrecerrando a medida que Arin explicaba su plan, prácticamente eran rendijas.

–Has aprendido mucho como esclavo del general –comentó el otro hombre con aprobación.

Arin no conocía detalles de las tácticas militares valorianas exactamente por eso, pero lo único que dijo fue:

–Las dos fuerzas, la nuestra y la suya, serán equiparables más o menos en número, pero no en experiencia ni armamento. Estaremos en desventaja. Y los valorianos tendrán arqueros y ballesteros. Sin embargo, no transportarán cañones pesados cuando no planean entrar en combate. Ahí es donde tendremos ventaja.

–Arin, nosotros tampoco tenemos cañones.

–Claro que sí. Lo único que tenemos que hacer es descargarlos de los barcos que capturamos en el puerto y llevarlos hasta la ladera de la montaña.

Tramposo se quedó mirando a Arin y luego le dio una palmada en el hombro.

—Magnífico.

Kestrel se recostó en la silla y se cruzó de brazos.

—En cuanto todo el batallón esté en el paso —continuó Arin— y empiecen a salir por nuestro lado, nuestros cañones dispararán contra sus primeras líneas. Una completa sorpresa.

—¿Una sorpresa? —Tramposo negó con la cabeza—. Los valorianos enviarán exploradores por delante. En cuanto alguien vea los cañones, empezarán a sospechar.

—No van a ver los cañones, porque nuestras armas y soldados estarán ocultos bajo telas de este color. —Señaló las rocas pálidas—. Cáñamo y sacos de arpillera de los astilleros servirán, y podemos coger sábanas de las camas valorianas. Nos confundiremos con la ladera.

Tramposo sonrió de oreja a oreja.

—Nuestros cañones disparan contra las primeras líneas —prosiguió Arin—, que será la caballería. Con suerte, los caballos se asustarán, y en cualquier caso les costará mantener el equilibrio por la pendiente. Mientras tanto, los barriles de pólvora estallan en el centro del paso y provocan un derrumbe, aislando una mitad del batallón de la otra. Entonces la gente que tenemos en el otro lado del paso entra y elimina en un abrir y cerrar de ojos a una mitad del batallón valoriano, que debería estar atrapado y presa del caos. Hacemos lo mismo con la otra mitad. Y ganamos.

Tramposo no dijo nada al principio, aunque su expresión hablaba por sí misma.

—¿Y bien? —Se volvió hacia Kestrel—. ¿Qué opinas?

Ella se negó a mirarlo.

—Hazla hablar, Arin —protestó Tramposo—. Has dicho que querías conocer su opinión.

Arin, que había estado observando los leves cambios en el ánimo y la postura de Kestrel y había visto aumentar su resentimiento, dijo:

—Opina que el plan podría funcionar.

Tramposo los miró a ambos. Su mirada se entretuvo en Kestrel, probablemente intentando detectar lo que había visto Arin. Luego se encogió de hombros de aquel modo extravagante que lo había convertido en un subastador tan popular.

—Bueno, es lo mejor que tengo. Iré a comunicarles a todos lo que deben hacer.

Kestrel le lanzó a Arin una mirada furtiva, que él no supo interpretar.

Tramposo abrazó a Arin y se marchó.

En cuanto se quedó a solas con Kestrel, se sacó la planta del bolsillo: un puñado de estrechas hojas verdes con un tallo parecido a un alambre. La colocó sobre la mesa delante de ella. Los ojos de Kestrel relucieron, se convirtieron en joyas de alegría. Aquella forma de mirarlo fue como un tesoro.

—¡Gracias! —exclamó.

—Debería haberla buscado antes. No tendrías que habérmelo pedido.

Le tocó el dorso de la mano con tres dedos: el gesto herraní que se podía emplear como respuesta al agradecimiento por un regalo, pero también para pedir perdón.

Tenía la mano suave, reluciente, como si se la hubiera embadurnado con aceite.

Kestrel apartó la mano. Cambió. Arin notó el cambio, vio cómo la felicidad la abandonaba.

—¿Qué te debo por esto?

—Nada —contestó enseguida, confundido. ¿Acaso no estaba él en deuda con ella? ¿No le debía que hubiera luchado por él una vez? ¿No se había aprovechado de su confianza para hacer añicos su mundo?

Estudió a Kestrel y se dio cuenta de que no se trataba exactamente de que hubiera cambiado, sino que había vuelto a apoderarse de ella la misma rabia que la había hecho tensar los hombros todo el tiempo que había estado sentada al lado de Tramposo.

Por supuesto que estaba furiosa después de escuchar un plan para destruir a su gente. Sin embargo, en cuanto Arin asumió que se trataba de eso, su mente volvió a centrarse en la mirada inescrutable que le había dirigido. La estudió desde todos los ángulos, como haría con una concha marina, preguntándose qué clase de criatura había vivido en su interior.

Recordó aquella mirada: el leve movimiento de cejas, la línea tensa de la boca.

—¿Qué pasa? —le preguntó.

Le dio la impresión de que no iba a contestar, pero luego dijo:

—Tramposo se apropiará de tus ideas.

Arin ya lo sabía.

—¿Te importa?

Un resoplido de indignación.

—Necesitamos un líder. Necesitamos ganar. Cómo no importa.

—Has estado estudiando —comentó ella, y Arin se dio cuenta de que había citado uno de los libros del general sobre el arte de la guerra—. Has estado sacando libros de mi biblioteca, leyendo sobre formaciones de batalla y métodos de ataque valorianos.

—¿No habrías hecho tú lo mismo?

Kestrel movió la mano en un gesto de impaciencia.

Arin añadió:

—Ya es hora de que mi pueblo aprenda algo del tuyo. Después de todo, habéis conquistado la mitad del mundo conocido. ¿Tú qué opinas, Kestrel? ¿Sería un buen valoriano?

—No.

—¿No? ¿Ni siquiera cuando se me ocurren unas estrategias tan ingeniosas que mi general pretende robármelas?

—¿Y qué clase de hombre eres para permitírselo? —Kestrel se puso en pie, esbelta y recta, como una espada.

—Soy un mentiroso. —Arin le dirigió las palabras despacio—. Un cobarde. Carezco de honor.

Allí estaba otra vez. Aquella mirada, cargada de mensajes ocultos.

Un secreto.

—¿Qué pasa, Kestrel? Dime cuál es el problema.

Su rostro se endureció de tal forma que Arin supo que no obtendría ninguna respuesta.

—Quiero ver a Jess.

La planta yacía raquítica y mustia sobre la mesa.

Arin se preguntó qué había esperado lograr.

La nieve espolvoreaba el camino que conducía al carruaje. Kestrel estaba agradecida por la planta que llevaba Sarsine, pero los acontecimientos de la tarde le habían agriado los pensamientos, la ansiedad le retorcía las entrañas. Pensó en Tramposo. Consideró el plan de Arin: un plan astuto y que, desgraciadamente, era probable que funcionara.

Era más urgente que nunca que consiguiera escapar.

Pero ¿cómo podría, en el patio de Arin, rodeada de herraníes que se parecían cada vez menos a rebeldes andrajosos y más a miembros de un ejército?

Si lograba escapar, ¿qué le ocurriría a Jess?

Sarsine entró en el carruaje. Kestrel estaba a punto de hacer lo mismo cuando miró por encima del hombro hacia la casa. Poseía un brillo misterioso, la nieve de la tarde le aportaba un aspecto vidrioso. Vio la espiral arquitectónica en la que consistían sus habitaciones en el lado este del edificio. El alto rectángulo de piedra era su jardín en la azotea, aunque parecía el doble de ancho.

La puerta.

Kestrel recordó la puerta cerrada de su jardín y comprendió varias cosas:

La puerta debía de conducir a otro jardín igual al suyo. Por eso el alto muro parecía el doble de ancho desde el exterior.

Ese otro jardín conectaba con el ala oeste, cuyas brillantes ventanas eran tan grandes como las de sus habitaciones y estaban decoradas con los mismos paneles de cristal con forma de diamante.

Más importante aún, el techo del ala oeste se inclinaba hacia abajo. Terminaba sobre una habitación de la planta baja que debía de ser la biblioteca o la salita.

Kestrel sonrió.

Arin no era el único con un plan.

—Solo para Jess —le dijo Kestrel al curandero herraní, sin importarle que hubiera decenas de personas muriendo a sus pies.

Lo siguió de cerca, pues no estaba dispuesta a arriesgarse a que una sola hoja pudiera ir a parar a otra persona, a pesar de que vio otras caras conocidas bajo la máscara violeta del veneno.

Eligió a Jess.

Cuando la bebida estuvo preparada y se la vertieron en la boca, Jess se atragantó. El líquido le bajó por la barbilla. El curandero lo atrapó con calma con el borde del cuenco y lo intentó de nuevo, pero pasó lo mismo.

Kestrel le quitó el cuenco de las manos.

—Bébete esto —le dijo a su amiga.

Jess gimió.

—Hazlo o te arrepentirás.

—Bonita forma de tratar a una enferma —comentó Sarsine.

—Si no te lo bebes —insistió Kestrel—, te arrepentirás, porque nunca podrás volver a tomarme el pelo, a ver que quiero lograr demasiadas cosas y cometo estupideces para conseguirlo. Nunca me oirás decirte que te quiero. Te quiero, hermanita. Bébetelo, por favor.

Un chasquido brotó de la garganta de su amiga. Kestrel lo tomó como una señal de asentimiento y le acercó el cuenco a los labios.

Jess bebió.

Pasaron las horas. La noche avanzó. Jess no mostró indicios de mejoría. Sarsine se quedó dormida en una silla y, en algún lugar, Arin se estaba preparando para una batalla que podría llegar con el amanecer.

Entonces Jess inhaló: una inspiración débil y acuosa. Pero sonaba mejor. Entreabrió los ojos y, al ver a Kestrel, dijo con voz áspera:

—Quiero a mi madre.

Eso era lo que Kestrel le había susurrado una vez, cuando eran niñas y dormían en la misma cama, rozándose los pies fríos y suaves. Kestrel sostuvo la mano de su amiga e hizo lo que Jess había hecho por ella entonces, que fue murmurar cosas tranquilizadoras que apenas eran palabras y se asemejaban más a música.

Kestrel sintió la débil presión de los dedos de Jess contra los suyos.

—No te sueltes —le dijo.

Jess la escuchó. Sus ojos enfocaron, se abrieron, despertaron al mundo.

—Deberías contárselo a Arin —le dijo Sarsine más tarde en el carruaje.

Kestrel sabía que no se refería a Jess.

—No voy contárselo. Y tú tampoco. —Y comentó con desdén—: Le tienes miedo a Tramposo.

Kestrel no añadió que ella también.

*   *   *

Esa noche, Kestrel intentó abrir de nuevo la puerta del jardín. Tiró del pomo con todas sus fuerzas. La puerta era maciza. Ni siquiera se sacudió.

Se quedó allí de pie, temblando bajo la nieve. Entonces volvió a entrar y regresó con una mesa, que colocó contra la pared en la esquina del fondo. Se subió a la mesa, pero aun así no alcanzaba la parte superior de la pared. Esperaba que los ángulos de la esquina le proporcionaran apoyos para las manos y los pies para impulsarse hacia arriba.

La pared era demasiado lisa. Volvió a deslizarse hacia el suelo. Incluso con una silla encima de la mesa, la pared era demasiado alta para ella, y sería peligroso colocar algo encima de la silla. Lo más probable era que cayera sobre las piedras.

Se bajó y estudió el jardín a la luz que proyectaba una lámpara desde la terraza acristalada. Se mordió el interior de la mejilla. Estaba preguntándose si serviría de algo apilar libros sobre la silla encima de la mesa cuando oyó algo.

El crujido de un tacón contra unas piedrecitas. Provenía del otro lado de la puerta, del otro lado de la pared.

Alguien había estado escuchando.

Seguía escuchando.

Con todo el sigilo que pudo, Kestrel bajó la silla de la mesa y entró.

Antes de partir rumbo al paso de montaña, durante las horas más frías de la noche, Arin encontró tiempo para ordenar que retiraran de sus habitaciones todos los muebles lo bastante ligeros como para que Kestrel pudiera moverlos.

MIENTRAS SU GENTE SE APOSTABA EN EL PASO Y EN los alrededores, Arin se planteó que tal vez había malinterpretado la adicción a la guerra de los valorianos. Había dado por hecho que los motivaba la codicia. Una salvaje sensación de superioridad. Nunca se le había ocurrido que los valorianos también iban a la guerra por pasión.

A Arin lo apasionaron aquellas horas de espera. La silenciosa y reluciente tensión, como las ramificaciones de un relámpago lejano. Su ciudad, allá lejos detrás de él, la mano apoyada en la curva de un cañón, los oídos concentrados en la acústica del paso. Clavó la mirada allí y, aunque olió el miedo de los hombres y mujeres que lo rodeaban, lo invadió una especie de asombro. Se sentía rebosante de energía. Como si su vida fuera una fruta fresca, translúcida y de piel fina. Podrían cortarlo en pedazos y no le importaría. No había nada comparable.

Salvo…

Y eso fue otra cosa que logró la guerra. Lo ayudó a olvidar lo que no podía tener.

Se oyeron unos pasos veloces. Resonaron por el paso, volviéndose cada vez más fuertes, hasta que uno de los mensajeros de Tramposo apareció y corrió directamente hacia el comandante. Arin no se encontraba lejos de Tramposo, pero, aunque no hubiera sido así, probablemente habría podido escuchar la exclamación entrecortada del muchacho.

—Vienen. Ya vienen.

Después de eso, todo fue bullicio y prisas. Comprobar que los cañones se habían cargado correctamente, y luego comprobarlo de nuevo. Cortar mechas de largos y finos rollos de cuerda inflamable. Acurrucarse bajo la tela de color pardo.

Arin atisbó a través de un agujero abierto en la tela. Le ardían los ojos de no parpadear.

Aunque, naturalmente, los oyó antes de verlos. El retumbar de miles de pies marchando. Entonces las primeras filas valorianas salieron del paso. Arin aguardó, y aguardó, el primer disparo de Tramposo.

Allí estaba. La bala de cañón atravesó la tela, voló por el aire y se estrelló contra la caballería. Despedazó caballos y personas. Oyó gritos, pero bloqueó ese sonido.

Las telas color piedra desaparecieron. Ya no las necesitaban. Arin introdujo una bala en el tubo de un cañón, disparó, repitió el proceso, con las manos negras de pólvora y entonces una mujer apareció a su lado. Le tiró de la manga.

—Tramposo está herido —le comunicó.

Los valorianos respondieron a los disparos con sus arcos y ballestas. Las flechas surcaban el aire con una precisión aterradora. Arin contuvo el aliento. Echó a correr.

Las flechas pasaban silbando a su lado.

Se ocultó detrás de las rocas que protegían parcialmente el cañón de Tramposo. Su amigo estaba tendido de espaldas, con la cara salpicada de pólvora. Los herraníes se apiñaban en torno a él, mirándolo atónitos.

—¡No! —les gritó Arin—. ¡Prestadles atención a los valo-rianos, no a él!

Sus compatriotas dieron un respingo y luego retomaron lo que estaban haciendo, que consistía en abrir todos los agujeros posibles en las formaciones valorianas.

—Menos tú. —Agarró por la camisa al hombre que tenía más cerca—. Cuéntame qué ha pasado. —Se agachó y tocó los brazos y el pecho de Tramposo en busca de sangre—. No hay heridas. ¿Por qué no hay heridas?

—Simplemente se cayó de espaldas —contestó el hombre—. Cuando el cañón disparó, la explosión lo derribó. Debe de haberse golpeado la cabeza.

Arin soltó una carcajada. El inicio de la batalla y el co-mandante se había quedado inconsciente. No era exacta-mente un buen augurio.

Arrastró a Tramposo hasta un lugar más seguro detrás de las rocas y le sacó un catalejo del bolsillo. Procedía de la vi-lla del general y era de magnífica calidad.

Tal vez demasiado. A través de él, vio que la caballería va-loriana se mantenía sobre las sillas y tenía los caballos bajo control, incluso en una empinada y traicionera pendiente bombardeada por cañones. Estaban avanzando.

Entonces vio algo peor. Mientras miraba, algunos solda-dos situados detrás de las primeras líneas estiraron el cuello para examinar los laterales del paso. Vio el brillante destello de un brazalete cuando un valoriano preparó una flecha, di-visó un objetivo por encima del precipicio y disparó.

Uno de los cuatro herraníes encargados de hacer estallar los barriles de pólvora cayó del precipicio. Arin soltó una palabrota. Observó, sin poder hacer nada, cómo ensartaban a los otros tres herraníes con flechas de ballesta.

Ya está, pensó. Ese era el final de todo. Si no podían dividir en dos el batallón valoriano con una lluvia de rocas en medio del paso, los herraníes acabarían arrollados enseguida por un ejército experimentado que ya se estaba recuperando de la sorpresa.

Sin embargo, la última herraní que quedaba en la ladera de la montaña se aferraba al precipicio. De algún modo, seguía viva.

Cayó. Giró en el aire y la envolvieron las llamas. Fue entonces cuando Arin se fijó en el pequeño barril que aferraba con los brazos. La mujer chocó contra el suelo y explotó. El fuego se propagó entre el ejército valoriano.

Era lo más parecido a una segunda oportunidad que Arin conseguiría.

—Apuntad a los arqueros —les ordenó a los que manejaban el cañón de Tramposo—. A los ballesteros. Corred la voz. Dirigid todos los disparos hacia ese escuadrón.

—Pero los valorianos se están acercando...

—¡Hacedlo!

Arin llenó un saco con toda la pólvora que cupo. Agarró un rollo de mecha, se echó el saco al hombro y corrió hacia la base del precipicio.

Lo que estaba haciendo era una insensatez. Fue como si estuviera tocado por los dioses, como si alguien lo hubiera maldecido con los nombres de los dioses de la locura y la muerte cuando era un bebé. Porque se dirigía a un estrecho camino de cabras marcado en el precipicio. Subió por el sendero a tal velocidad que acabaría rompiéndose los tobillos antes de alcanzar aquel grupo de rocas aparentemente sueltas situadas junto a las ramas negras de los arbustos invernales. Y si no se rompía los huesos primero, lo verían y le dispararían.

Lo alcanzaron.

Notó un dolor abrasador en el muslo. El asta de una flecha le sobresalía del cuerpo. Otra le rozó el cuello. Se tambaleó, y luego se obligó a acelerar de nuevo. El corazón le martilleaba en los oídos, tan fuerte como un cañonazo.

Unas rocas que se elevaban a su izquierda le ofrecieron protección. Corrió junto a ellas, ascendiendo por el paso. Luego se agachó, temblando y soltando palabrotas mientras manchaba de sangre todo el saco de pólvora. Lo encajó en la base de un montón de rocas sueltas y cortó la mecha con torpeza.

Encendió una cerilla y la sostuvo hasta que se le quemaron los dedos y la mecha prendió.

Entonces subió más arriba. Arriba, como si todo su cuerpo estuviera hecho de esa palabra, mientras se esforzaba por situarse por encima de la explosión que se avecinaba.

La pólvora explotó. Fragmentó la ladera de la montaña. Lanzó grandes rocas del precipicio.

El suelo se deslizó bajo los pies de Arin, que cayó en medio de una lluvia de piedras.

Se le cayó el alma a los pies. Los soldados valorianos no vitoreaban cuando ganaban. Cantaban.

El plan de Arin había funcionado.

Se acercó a una ventana con paneles de cristal en forma de diamantes desde la que se divisaba el patio y, más allá, la ciudad. La abrió de par en par. Se coló una ráfaga de aire invernal y notó el ardor de los copos de nieve en las mejillas. Se asomó por fuera de la repisa.

Un pequeño grupo de jinetes se aproximaba a la casa, al mismo paso lento que Jabalina, cuyo jinete estaba desplomado sobre el cuello del animal.

Los herraníes no vitorearían si Arin estuviera muerto o moribundo, ¿verdad?

«Idiota —se reprendió a sí misma—. Los muertos no pueden montar.»

Una tormenta de sentimientos la confundió, y Kestrel no supo si sus emociones eran las que debían ser, porque no sabía qué sentía. Ni siquiera podía pensar.

Entonces los caballos se detuvieron. Arin bajó del lomo de Jabalina y se produjo un forcejeo entre los herraníes para ver quién llegaba primero a su lado. La gente lo ayudó a mantenerse en pie, colocándole los brazos sobre sus hombros.

Arin estaba lívido de dolor y ennegrecido por las manchas de suciedad y las contusiones. La ropa desgarrada estaba teñida de carmesí. Como brillantes banderas ensangrentadas. Tenía un pie descalzo.

Echó la cabeza hacia atrás, vio a Kestrel y sonrió.

Kestrel cerró la ventana y cerró su corazón, porque lo que sintió al ver a Arin cojeando por el camino no era lo que había esperado. No debería sentir eso, eso no:

Un alivio absoluto y demoledor.

—Eres un héroe.

Tramposo observó a Arin, que estaba tendido en la cama. Este empezó a negar con la cabeza y luego hizo una mueca de dolor.

—Solo tuve suerte.

—Y que lo digas. Una maraña de arbustos impidió que cayeras por el precipicio, prácticamente acabaste enterrado bajo un montón de rocas y aun así no te rompiste nada.

—Me siento como si se me hubiera roto todo.

Tramposo tenía una expresión extraña en el rostro.

Arin comentó:

—Tú también tuviste suerte.

—¿Caerme de culo y perderme la batalla? Creo que no. —Pero se encogió de hombros y se sentó en el borde de la cama. Le dio palmaditas a Arin en el hombro magullado y se rió entre dientes cuando su amigo soltó una palabrota—. Siempre queda la próxima vez. Cuéntame qué pasó después de que te sacaran de debajo de las rocas.

—El plan funcionó. Los oficiales valorianos de la cabeza y

la retaguardia quedaron incomunicados los unos de los otros por el derrumbamiento, que acabó con un buen número de los efectivos del centro. Se rindieron. Creo que conseguimos asegurarnos de que no escapara ningún mensajero por el lado valoriano del paso. Envié a los heridos al palacio del gobernador. Ya puestos, podríamos transformar ese lugar en el hospital en el que se ha convertido.

—Nuestros heridos, quieres decir.

Arin se apoyó en un codo.

—De ambos bandos. Tomé prisioneros.

—Arin, Arin. No necesitamos más mascotas valorianas. Ya estamos hasta las cejas de aristócratas. Al menos sus cartas transmiten información falsa a la capital. Y proporcionan un poco de entretenimiento.

—¿Qué querías que hiciera? ¿Matarlos a todos?

Tramposo abrió las manos como si la respuesta estuviera allí.

—Eso es ser corto de miras —repuso Arin, demasiado cansado para preocuparse por si lo ofendía—. E indigno de nosotros.

El silencio de Tramposo adquirió un matiz severo.

—Míralo de esta forma —dijo Arin con más prudencia—. Un día podríamos estar en posición de intercambiar prisioneros. Esta no ha sido la última batalla. Podrían capturar a alguno de nosotros durante la próxima.

Tramposo se puso en pie.

—Podemos hablar de esto más tarde. ¿Quién soy yo para privar de descanso a nuestro héroe?

—Por favor, deja de llamarme así.

Tramposo chasqueó la lengua.

—La gente te adorará por esto —dijo.

Pero no sonó como si eso fuera algo bueno.

La posibilidad de un futuro ya no les parecía algo endeble a los herraníes. Antes de la batalla, habían seguido viviendo en su mayor parte donde habían sido esclavos, si no tenían una casa a la que regresar. Ahora se apropiaron de las casas valorianas vacías. Le pedían permiso a Tramposo para mudarse a un lugar u otro, pero a veces los ojos de la gente se posaban en Arin antes de hablar. En esos casos Tramposo siempre decía que no.

Arin trabajó para transformar a sus combatientes en un auténtico ejército. Hizo una lista de personas que habían destacado en la batalla y sugirió que se los nombrara oficiales. Los títulos que escribió fueron los mismos que utilizaban los militares herraníes antes de la conquista.

Tramposo frunció el ceño al ver la lista.

—Supongo que también quieres restaurar la monarquía.

—La familia real está muerta —contestó Arin despacio.

—¿Y tú eres la mejor alternativa?

—Nunca he dicho eso. Y eso no tiene nada que ver con nombrar oficiales.

—¿Ah, no? Mira esta lista. La mitad de ellos son antiguos aristócratas, como tú.

—La otra mitad, no. —Arin suspiró—. Solo es una lista. Tú decides.

Tramposo lo evaluó con la mirada, luego tachó algunos nombres e incluyó otros. Firmó con una floritura.

Arin sugirió que deberían empezar a apoderarse de tierras fuera de la ciudad, a capturar granjas y traer cereales y otros alimentos para prepararse para un asedio.

—La hacienda de Ethyra sería un buen lugar por el que empezar.

—Vale, vale —contestó Tramposo agitando una mano.

Arin vaciló y luego le ofreció un bolso pequeño pero lleno y pesado.

—Estos libros podrían resultarte interesantes. Tratan de las guerras y la historia valorianas.

—Soy demasiado viejo para ponerme a estudiar —respondió Tramposo, y dejó a Arin con la mano extendida.

Kestrel empezó a odiar sus habitaciones. Se preguntó qué clase de familia había tenido Irex para añadir una cerradura que solo se podía abrir por fuera a un conjunto de habitaciones tan lujosas que debían de haber sido las de su madre. La cerradura estaba hecha de bronce valoriano y era compleja y sólida. A esas alturas, Kestrel ya la conocía íntimamente, pues había pasado mucho tiempo poniéndola a prueba para ver si podía forzarla o romperla.

Si hubiese tenido que elegir qué elemento de las habitaciones detestaba más, habría sido una difícil elección entre la cerradura y el jardín, aunque esos días les guardaba especial rencor a las cortinas.

Se escondía tras ellas para ver salir a Arin de la casa, y luego regresar… a menudo en el caballo que le había quitado. A pesar del aspecto que tenía tras la batalla, sus heridas no eran graves. La cojera disminuyó, el vendaje del cuello desapareció y los intensos cardenales adquirieron horribles tonos verdes y morados.

Pasaron varios días sin hablarse, y eso tenía a Kestrel de los nervios.

Le costaba borrar el recuerdo de su sonrisa… agotada y dulce.

Y luego aquella avalancha de alivio.

Kestrel le envió una carta. Le escribió que era probable que Jess se recuperase y le pidió permiso para visitar a Ronan, al que retenían en la prisión de la ciudad.

La respuesta de Arin fue una nota cortante: «No».

Decidió no insistir en el tema. Se lo había pedido porque sentía que era su obligación. La aterraba ver a Ronan... aunque él accediera a hablar con ella. Aunque no la odiara ahora. Kestrel sabía que mirar a Ronan sería como encontrarse cara a cara con su propio fracaso. Lo había hecho todo mal... incluyendo no ser capaz de amarlo.

Dobló la carta de una sola palabra y la dejó a un lado.

Arin estaba saliendo de la villa del general, que se había convertido en el cuartel general del ejército, cuando uno de los nuevos oficiales lo saludó. Thrynne, un hombre de mediana edad, estaba examinando un grupo de caballos valorianos capturados en la batalla.

—Servirán para tomar la hacienda de Metrea —comentó.

Arin frunció el ceño.

—¿Qué?

—Tramposo nos ha enviado a capturar la hacienda de Metrea.

Arin perdió la paciencia.

—Eso es una idiotez. Metrea cultiva olivos. ¿Queréis vivir a base de aceitunas durante un sitio?

—Eh... no.

—Pues id a Ethyra, donde tendrán reservas de cereales, además de ganado.

—¿Ahora mismo?

—Sí.

—¿Debo preguntarle primero a Tramposo?

—No. —Arin se frotó la frente, harto de andarse con tanta cautela con Tramposo—. Simplemente largaos.

Thrynne se llevó a sus tropas.

Cuando Arin vio a Tramposo al día siguiente, ninguno mencionó la orden del comandante ni cómo había sido revocada. Su amigo estaba de buen humor y le sugirió que visitara a su «ganado valoriano», refiriéndose a los prisioneros de la batalla.

—Mira a ver si te gustan las condiciones en las que están —dijo Tramposo—. ¿Por qué no vas mañana por la tarde?

Hacía tiempo que Tramposo no le pedía que hiciera algo. Arin tomó la petición como una buena señal.

Se llevó a Sarsine con él. Su prima tenía talento para la organización y ya había convertido el palacio del gobernador en algo que empezaba a parecerse a un hospital. Se le ocurrió que tal vez ella sabría qué hacer ante el posible hacinamiento en la cárcel.

Salvo que el hacinamiento resultó no ser un problema.

La sangre manchaba el suelo de la prisión. Los cuerpos yacían en las celdas. Habían matado a todos los soldados valorianos: les habían disparado a través de los barrotes o los habían acuchillado mientras dormían.

A Arin se le revolvió el estómago. Estaba pisando un oscuro charco de sangre. Oyó la exclamación ahogada de Sarsine.

No todos los prisioneros estaban muertos. Aquellos a los que habían capturado la noche que comenzó la revolución todavía seguían vivos y miraban a Arin horrorizados. Permanecían en silencio... temiendo, tal vez, ser los siguientes. Pero uno de ellos se acercó a los barrotes de su celda. Tenía un cuerpo esbelto, un rostro atractivo y se movía con una elegancia que Arin había odiado. Envidiado.

Ronan no dijo nada. No era necesario. Su expresión feroz fue peor que las palabras. Culpaba a Arin. Lo llamaba animal sediento de sangre.

Arin se alejó. Recorrió el largo pasillo a grandes zancadas, intentando no sentirse como si estuviera huyendo, y se enfrentó a una guardia.

—¿Qué ha pasado? —preguntó, aunque ya sabía la respuesta.

—Órdenes —contestó ella.

—¿De Tramposo?

—Por supuesto. —La mujer se encogió de hombros—. Dijo que deberíamos haberlo hecho hace mucho tiempo.

—¿Y a ti no te pareció que estaba mal? ¿Matar a cientos de personas?

—Pero teníamos órdenes —intervino otro guardia—. Son valorianos.

—¡Habéis convertido esta prisión en un matadero!

Uno de los herraníes carraspeó y escupió.

—Tramposo dijo que te pondrías así.

Sarsine agarró a Arin por el codo y lo sacó a rastras de la prisión antes de que cometiera alguna estupidez.

Arin contempló el cielo plomizo. Inspiró enormes bocanadas de aire limpio.

—Tramposo es un problema —dijo Sarsine.

«Respira», se ordenó Arin.

Sarsine se retorció los dedos. Entonces soltó rápido:

—Hay algo que debería haberte contado antes.

Él la miró.

—Tramposo odia a Kestrel.

—Por supuesto que sí. Es la hija del general.

—No, es más que eso. Es el odio de alguien que no consigue lo que quiere.

Sarsine le explicó exactamente lo que creía que quería Tramposo.

Aquella información lo abrasó. Burbujeó en su interior como un brebaje de ira e indignación. No lo había visto. No lo había comprendido. ¿Por qué no se había enterado hasta ahora de que Tramposo había procurado quedarse a solas con Kestrel, y de esa forma?

Arin levantó una mano para detener las palabras de Sarsine, porque inmediatamente detrás de ese último pensamiento llegó otro, aún peor:

¿Y si Tramposo había pretendido que los asesinatos de la prisión fueran algo más que una demostración de poder sobre Arin?

¿Y si se trataba de una distracción?

Kestrel apoyó la frente contra una ventana de su sala de estar y contempló el patio vacío. Instó al frío cristal a congelarle el cerebro, porque no creía que pudiera soportar sus propios pensamientos mucho más tiempo… o su propia ineptitud. ¿Cómo es que todavía seguía prisionera?

Se estaba maldiciendo a sí misma cuando una mano la agarró por la nuca.

Su cuerpo supo reaccionar antes que su mente. Le dio un pisotón al hombre en el empeine, le asestó un codazo debajo de las costillas, se escabulló bajo un brazo grueso…

… y él la atrapó por el pelo. Tramposo la arrastró hacia él. Usó todo su cuerpo para apartarla de las ventanas y empujarla contra una pared.

Le cubrió la boca con la mano. Kestrel giró la cabeza hacia un lado. Tramposo le clavó el pulgar debajo de la barbilla y la obligó a mirarlo.

Con la otra mano, localizó sus dedos y apretó con fuerza.

—No te resistas —le dijo—. Las cosas blandas no se rompen.

36

INTENTÓ TIRARLA AL SUELO. KESTREL LIBERÓ UNA mano y le golpeó la nariz con la base. La sintió crujir. La sangre manó entre sus dedos.

Tramposo gruñó, jadeó. Se llevó las manos a la nariz rota, amortiguando los sonidos y deteniendo la sangre.

Liberando a Kestrel.

Pasó junto a él. Iba pensando: «el cuchillo». Su improvisado cuchillo de cerámica, escondido en la hiedra. Tenía un arma, no estaba indefensa, aquello no ocurriría, no lo…

Tramposo le dio un bofetón con el revés de la mano.

El golpe la derribó. Entonces se encontró en el suelo, con la mejilla contra la alfombra, mirando los diseños tejidos. Se obligó a levantarse. Volvió a hacerla caer de un empujón. Oyó el chirrido de una daga al salir de la vaina y Tramposo empezó a decir cosas que se negó a entender.

Se oyó un estruendo.

Kestrel no podía preguntarse qué era ese sonido, ni siquiera podía respirar bajo el peso del hombre. Pero, de repente, este se puso en pie a toda prisa. Ya no la miraba a ella.

Estaba mirando a Arin, que había echado abajo la puerta.

Arin entró en la habitación. Llevaba la espada en alto. Tenía el rostro tan pálido y tenso que parecía estar hecho únicamente de huesos y furia.

—Arin —dijo Tramposo con voz tranquilizadora—. No ha pasado nada.

Arin giró y la espada le habría separado la cabeza del cuello a Tramposo si este no se hubiera agachado. Tramposo empezó a hablar como si estuvieran discutiendo por un juego cuyas reglas se habían incumplido. Dijo que no era justo que Arin tuviera el arma más grande y que los viejos amigos no debían pelearse. Que la chica valoriana lo había atacado a él.

—Mírame la cara. Mira lo que me ha hecho.

Arin le clavó la espada en el pecho. Se oyó un chirrido de metal contra hueso. Un sonido de ahogo, un torrente de sangre. Hundió el arma hasta la empuñadura. La punta de la espada asomó por la espalda de Tramposo, que se inclinó, doblándose hacia delante, manchando a Arin de rojo. Pero la expresión de Arin no cambió. Solo reflejaba líneas duras y asesinato.

Los ojos de Tramposo se abrieron como platos. Con incredulidad. Y luego se apagaron.

Arin lo soltó. Se arrodilló en el suelo al lado de Kestrel. Le tocó la mejilla amoratada con una mano ensangrentada y ella retrocedió ante el tacto húmedo. Luego permitió que Arin la abrazara y la sostuviera con suavidad contra su corazón desbocado. Kestrel inhaló.

Una bocanada de aire. Brusca. Breve. Otra vez.

Empezó a temblar. Le castañetearon los dientes. Arin le decía: «chis», como si estuviera llorando, lo que le hizo darse cuenta de que era así. Y recordó que Arin no era un refugio sino una jaula.

Se apartó de él.

—La llave —susurró.

Arin dejó caer las manos a los costados.

—¿Qué?

—¡Le diste a Tramposo la llave de mis habitaciones!

Porque ¿cómo si no habría entrado con tanto sigilo? Arin lo había invitado, le había abierto su casa, le había ofrecido sus posesiones, la había ofrecido a ella…

—No. —Arin parecía asqueado—. Nunca. Yo nunca haría eso. Debes creerme.

Kestrel apretó la mandíbula.

—Piénsalo, Kestrel. ¿Por qué iba a darle a Tramposo la llave de tus habitaciones solo para matarlo?

Ella negó con la cabeza. No lo sabía.

Arin se pasó una mano por la frente. Se manchó de sangre. Intentó limpiarse con la manga, pero cuando la miró todavía había una raya roja encima de sus ojos grises. La ferocidad que inundaba su rostro cuando entró había desaparecido. Ahora simplemente parecía joven.

Se puso de pie, fue a arrancar la espada del cuerpo y registró los bolsillos del muerto. Sacó un grueso aro de hierro con docenas de llaves. Lo hizo girar, observando cómo las llaves se deslizaban y tintineaban.

Las envolvió con el puño.

—Mi casa… —dijo con voz ronca. Miró a Kestrel—. Las llaves se pueden copiar.

Sus ojos le rogaban que lo creyera.

—No tengo ni idea de cuántos juegos tenía la familia de Irex. Tramposo podría haberse hecho con este incluso antes del solsticio de invierno.

Kestrel entendía que lo que le decía podía ser verdad. No creía que nadie fuera capaz de fingir el horror que se reflejó en su cara cuando la vio en el suelo. O la expresión que tenía ahora: como si lo que le había pasado a ella estuviera pasándole a él.

—Créeme, Kestrel.

Lo creyó… y no lo creyó.

Arin abrió el aro, sacó dos llaves y se las puso a Kestrel en la mano.

—Son de tus habitaciones. Quédatelas.

Contempló el metal mate que sostenía en la mano. Reconoció una llave. La otra…

—¿Esta es la de la puerta del jardín?

—Sí, pero… —Arin apartó la mirada— no creo que quieras usarla.

Kestrel había adivinado que él vivía en las habitaciones del ala oeste, que habían sido las de su padre igual que las de ella habían sido las de su madre. Pero hasta ese momento no comprendió para qué servían los dos jardines: un modo de que marido y mujer se visitaran sin que se enterase toda la casa.

Se levantó, porque Arin estaba de pie y ya estaba harta de estar agachada en el suelo.

—Kestrel… —Era evidente que odiaba tener que hacerle aquella pregunta—. ¿Estás muy malherida?

—Ya lo ves. —Se le estaba cerrando el ojo por la hinchazón y la alfombra le había dejado la mejilla en carne viva—. La cara. Nada más.

—Podría matarlo mil veces y seguir deseando hacerlo de nuevo.

Kestrel observó cómo el cuerpo desplomado de Tramposo empapaba la alfombra de sangre.

—Será mejor que alguien limpie eso. Pero no pienso hacerlo yo. No soy tu esclava.

Él contestó en voz baja:

—Por supuesto que no.

—Podría creerte si me dieras todo el juego de llaves.

La comisura de la boca de Arin tembló.

—Ah, pero ¿sentirías respeto por mi inteligencia?

Cuando cayó la noche, Kestrel probó la puerta del jardín. El jardín de Arin estaba tan vacío como el suyo, las paredes eran igual de lisas. La terraza acristalada estaba a oscuras, pero el pasillo que conducía desde allí hasta el resto de las habitaciones era un túnel brillante.

En algún lugar de las capas y formas de habitaciones iluminadas, una larga sombra se movió.

Arin estaba despierto.

Kestrel volvió sigilosamente a su jardín y cerró la puerta con llave.

El temblor que la había consumido antes (después de aquello) regresó. Esta vez surgía del fondo de su ser. Aunque hubiera entrado en el jardín con la idea de escapar, al ver la sombra de Arin supo que en realidad buscaba compañía.

No soportaba estar sola.

Kestrel empezó a caminar de un lado a otro del jardín, desperdigando piedrecitas con los pies.

Si seguía moviéndose, tal vez conseguiría olvidar el peso del Tramposo. El ardor en la cara. El momento en el que comprendió que no podía hacer nada.

Lo había hecho Arin. A continuación, se había cargado el cuerpo al hombro y se lo había llevado. Luego enrolló la alfombra ensangrentada y también la sacó. Probablemente habría reparado la puerta, que colgaba astillada de los goznes.

Pero Kestrel le había dicho que se fuera. Y él se fue.

Arin estaba convirtiéndose en la clase de persona que admiraba su padre. Despiadada. Capaz de tomar una decisión, llevarla a cabo y dejarla atrás. Kestrel sintió que Arin era una sombra de sí misma… o más bien de quien se suponía que debía ser.

La hija del general Trajan no estaría en esa situación.

No estaría asustada.

Sus pies se hundieron en las piedras.

Entonces oyó algo, y se detuvo.

Cuando la primera nota se abrió paso en la fría oscuridad, no entendió de qué se trataba. Un sonido de una belleza pura, suave y resonante. Aguardó y lo oyó de nuevo.

Una canción.

Brotaba como la savia de un árbol formando gotitas doradas en la madera. Luego una sonora ligadura de notas. Un cantante comprobando su registro.

Soltándose. La voz de Arin se elevó más allá del muro del jardín. Envolvió el miedo que la atenazaba y lo devoró. La calidez sin palabras de la música cobró una forma conocida.

Una canción de cuna. Enai se la había cantado hacía mucho tiempo, y ahora se la cantaba Arin.

Tal vez la había visto en su jardín o había oído su andar inquieto. Kestrel no sabía cómo se había dado cuenta de que necesitaba que la consolara tanto como necesitaba el muro de piedra entre ellos. Sin embargo, cuando la canción se apagó y la noche resonó con un silencio que era en sí mismo un tipo de música, Kestrel ya no tenía miedo.

Y creyó a Arin. Creyó todo lo que había dicho desde el principio.

Creyó su silencio al otro lado de la pared, que indicaba que se quedaría allí todo el tiempo que fuera necesario.

Cuando Kestrel entró en sus habitaciones, se llevó la canción de Arin con ella.

Era una vela que le iluminó el camino y la cuidó mientras dormía.

* * *

Arin se despertó. Todavía notaba la garganta llena de música.

Entonces recordó que había matado a su amigo y que los herraníes se habían quedado sin líder. Buscó arrepentimiento en su interior. No lo halló. Solo el frío eco de la angustiosa rabia.

Se levantó, se echó agua en la cara y se la pasó por el pelo. El rostro que vio en el espejo no parecía el suyo.

Se vistió con esmero y fue a ver cómo estaba el mundo.

En los pasillos situados más allá de sus habitaciones, captó las miradas cautelosas de la gente. Algunas de esas personas habían servido a Irex, mientras que otras habían trabajado en esa casa cuando vivían sus padres. Habían retomado sus vidas en el punto en el que las habían dejado. Cuando Arin, incómodo, les había dicho que no hacía falta que ocuparan sus antiguos puestos, le habían contestado que preferían limpiar y cocinar que luchar. El pago podría llegar luego.

Había otros herraníes viviendo en casa de Arin, combatientes que se estaban convirtiendo rápidamente en soldados. Ellos también lo observaron pasar, pero no dijeron nada sobre el cuerpo que había sacado de la casa el día anterior y que había enterrado en la propiedad.

La falta de preguntas lo ponía nervioso.

Paso ante la puerta abierta de la biblioteca, luego se detuvo y retrocedió. Abrió más la puerta para ver mejor a Kestrel.

La chimenea estaba encendida. La calidez del fuego se extendía por la habitación mientras Kestrel echaba un vistazo a las estanterías como si fuera su casa, que era precisamente lo que él quería que fuera. De espaldas a él, sacó un libro de su hilera colocando un dedo encima del lomo.

Pareció sentir su presencia. Dejó el libro en su sitio y se volvió. El raspón de la mejilla había formado costras. Tenía el ojo morado completamente cerrado. El otro ojo lo estudió, almendrado, ámbar, perfecto. Verla lo agitó aún más de lo que esperaba.

—No le digas a la gente por qué mataste a Tramposo. No te granjeará simpatías.

—Me da igual lo que piensen de mí. Necesitan saber lo que pasó.

—No te corresponde a ti contar esa historia.

Un tronco carbonizado se movió en el fuego. Crepitó con fuerza.

—Tienes razón —contestó Arin despacio—, pero no puedo mentir sobre eso.

—Pues no digas nada.

—Me harán preguntas. Nuestro nuevo líder me hará responsable, aunque no estoy seguro de quién ocupará el lugar de Tramposo...

—Tú. Evidentemente.

Él negó con la cabeza.

Kestrel se encogió de hombros y se volvió de nuevo hacia los libros.

—Kestrel, no he venido a hablar de política.

La mano de la joven tembló ligeramente y luego recorrió los libros para ocultarlo.

Arin no sabía cuánto había cambiado la noche anterior las cosas entre ellos ni de qué manera.

—Lo siento. Tramposo nunca debería haber supuesto una amenaza para ti. Ni siquiera deberías estar en esta casa. Estás en esta situación porque yo te he puesto ahí. Aquí. Perdóname, por favor.

Los dedos de Kestrel se detuvieron: delgados, fuertes e inmóviles.

Arin se atrevió a tomarle la mano, y ella no la apartó.

KESTREL TENÍA RAZÓN. LOS HERRANÍES ACEPTARON rápidamente a Arin como su líder, bien porque siempre lo habían admirado, bien porque les gustaba el talento de Tramposo para la brutalidad y suponían que, si Arin lo había matado, él debía de ser aún mejor.

Sin lugar a dudas, era mejor estratega. Franjas enteras de la península empezaron a caer bajo control herraní a medida que enviaban escuadrones a apoderarse de las tierras de cultivo. Hicieron acopio de alimentos y agua, suficientes para un año de asedio… o eso les había oído decir Kestrel a los guardias apostados en las entradas de la casa.

—¿Cómo es posible que esperes imponerte contra un sitio? —le preguntó a Arin durante una de las raras ocasiones en las que estaba en casa y no encabezando un asalto en la campiña.

Estaban sentados a la mesa del comedor, donde a Kestrel no se le permitía usar un cuchillo para comer.

Por la noche, Kestrel atesoraba el recuerdo de la canción de Arin. Pero, de día, no podía ignorar los hechos básicos. El cuchillo ausente. Que todas las salidas de la casa estaban custodiadas, incluso las ventanas de la planta baja. Los guardias que la miraban con recelo cuando pasaba. Kestrel poseía dos llaves que servían para poco más que para demostrar que permanecía bajo una forma privilegiada de arresto domiciliario.

¿Debía ganarse su libertad llave a llave?

Y cuando su padre regresara con el ejército imperial, algo que era inevitable, ¿qué pasaría entonces? Kestrel intentó imaginarse cómo sería convertirse en una traidora y aconsejar a los herraníes durante la guerra que se avecinaba. No pudo. Daba igual que la causa de Arin fuera justa o que ahora se permitiera admitirlo. No podría luchar contra su propio padre.

—Podemos resistir un sitio durante algún tiempo —contestó Arin—. Las murallas de la ciudad son fuertes. Son de construcción valoriana.

—Lo que significa que sabremos cómo derribarlas.

Arin hizo girar su copa, observando la espiral que formaba el agua.

—¿Quieres apostar? Tengo cerillas. Creo que son muy útiles para las apuestas.

Una repentina sonrisa asomó al rostro de Arin.

—No estamos jugando al Muerde y Pica.

—Pero, si ese fuera el caso, y yo siguiera subiendo más y más la apuesta hasta el punto en el que no pudieras permitirte perder, ¿qué harías? Tal vez abandonarías la partida. La única esperanza de Herrán de ganar contra el imperio es hacer que sea demasiado costoso reconquistarnos. Involucrar a los valorianos en un asedio interminable cuando preferirían estar luchando en el este. Obligarlos a recuperar la campiña, trozo a trozo, malgastando dinero y vidas. Algún día, el imperio decidirá que no valemos la pena.

Kestrel negó con la cabeza.

—Herrán siempre valdrá la pena.

Arin la miró, con las manos apoyadas sobre la mesa. Él tampoco tenía cuchillo. Kestrel sabía que era para que resultara menos evidente que no se fiaban de ella para darle uno. En cambio, lo acentuaba aún más.

—Te falta un botón —dijo él de pronto.

—¿Qué?

Se inclinó sobre la mesa y tocó la tela que le cubría la muñeca, en el lugar en el que había una costura abierta. Rozó el hilo deshilachado con el dedo.

Kestrel se olvidó de que estaba preocupada. Recordó que estaba pensando en cuchillos y ahora estaban hablando de botones, aunque no tenía ni idea de qué tenía que ver una cosa con la otra.

—¿Por qué no lo coses?

Kestrel se recuperó.

—Qué pregunta más tonta.

—¿No sabes coser un botón?

Se negó a responder.

—Espera aquí —le pidió.

Arin regresó con un costurero y un botón. Enhebró una aguja, la sujetó entre los dientes y le tomó la muñeca con ambas manos.

La sangre de Kestrel se transformó en vino.

—Así se hace —le dijo.

Se sacó la aguja de la boca y la clavó en la tela.

—Así se enciende un fuego.

—Así se hace té.

Pequeñas lecciones, repartidas aquí y allá, entre los días. A través de ellas, Kestrel sintió la historia silenciosa de cómo

Arin había llegado a saber lo que sabía. Pensaba en eso durante los largos períodos de tiempo que pasaba sin verlo.

Transcurrieron varios días después de que le cosiera el botón a la manga. Luego pasó una semana en blanco después de que le prendiera fuego a la leña en la chimenea de la biblioteca, luego aún más tiempo desde que le colocó en las manos una taza caliente de té perfectamente elaborado. No estaba. Estaba luchando, le había explicado Sarsine. No quiso decirle dónde.

Con su nueva (aunque limitada) libertad, Kestrel a menudo vagaba por las alas donde trabajaba la gente. Algunas puertas le estaban prohibidas. Como la de la cocina. No lo estaba antes, aquel horrible día con Tramposo junto a la fuente, pero lo estaba ahora que todo el mundo sabía que Kestrel podía deambular por la casa. Había demasiados cuchillos en la cocina. Demasiados fuegos.

Pero encendían regularmente la chimenea de la biblioteca y la de sus habitaciones, y de todas formas Kestrel había aprendido a hacerlo ella misma. ¿Por qué no prenderle fuego a la casa y confiar en escapar en medio de la confusión?

Un día, estudió los flecos de las cortinas de su sala de estar y aferró unos trocitos de madera tan fuerte que se astillaron. Entonces aflojó la mano. Un incendio era demasiado peligroso. Podría matarla. Se dijo que ese era el motivo por el que devolvió los palitos de madera a la chimenea y volvió a guardarlos en su caja. No fue porque no soportaba la idea de destruir la casa familiar de Arin. No fue porque un incendio también podría matar a los herraníes que vivían allí.

Si escapaba y enviaba al ejército imperial a la ciudad, ¿no era lo mismo que provocar la muerte de todos los herraníes de esa casa? ¿De Arin?

Entonces se enfureció con él por cometer la estupidez de enseñarle una habilidad tan evidentemente peligrosa como encender un fuego. Se enfureció por lo que le hacía sentir la idea de su muerte.

Cerró de golpe la tapa de la caja, guardando los palitos de madera, y el repentino pesar de sus pensamientos. Salió de sus habitaciones.

Deambuló por el ala de las dependencias de los criados: un pasillo con pequeñas habitaciones situadas muy juntas, con puertas blancas idénticas, en la parte trasera de la casa. Ese día los herraníes estaban vaciándolas. Lienzos enmarcados pasaron a su lado. Vio a una mujer apoyarse una enorme e iridiscente lámpara de aceite en la cadera como si fuera un niño.

Como todas las demás familias coloniales, la de Irex había convertido las dependencias del servicio en trasteros y había hecho construir un edificio anexo para alojar a sus esclavos. La privacidad era un lujo que los esclavos no merecían, o eso pensaba la mayoría de los valorianos. Lo que fue su perdición, ya que obligar a los esclavos a dormir y comer juntos en un espacio común los había ayudado a conspirar contra sus conquistadores. A Kestrel la asombró cómo la gente se tiende trampas a sí misma.

Recordó aquel beso en el carruaje la noche del solsticio de invierno. Cómo todo su ser lo había anhelado.

Ella también había cebado su propia trampa.

Siguió adelante. Bajó las escaleras que conducían a las zonas de trabajo. Los fuegos de la cocina, que siempre estaban encendidos, caldeaban el nivel inferior. Pasó frente a la destilería. La lavandería, con sus sábanas colgadas como si fueran velas. Vio gente trabajando en el lavadero, donde había tinas llenas de ollas y agua humeante y pilas vacías forradas de cobre que aguardaban para lavar en ellas los platos de porcelana.

Dejó atrás el lavadero y luego se detuvo al sentir una gélida brisa alrededor de los tobillos. Una corriente de aire. Lo que significaba que, en algún lugar cercano, habían dejado abierta una puerta que conducía al exterior.

¿Era su oportunidad de escapar?

¿Podría aprovecharla?

¿Lo haría?

Siguió la corriente de aire frío. La condujo a una despensa, cuya puerta estaba entreabierta. Había sacos de grano apilados dentro.

Pero ese no era el origen de la corriente de aire. Kestrel siguió bajando por el pasillo vacío. Al final, un pálido rayo de luz se extendía por el suelo. El frío se colaba dentro.

La puerta que conducía al patio de la cocina estaba abierta. Unos cuantos copos de nieve se arremolinaron en el pasillo y se desvanecieron.

Tal vez ahora. Tal vez ahora era el momento de huir.

Kestrel dio otro paso. Notaba los latidos de su corazón en la garganta.

Entonces la puerta se abrió de par en par, la luz inundó el pasillo y entró Arin.

Kestrel reprimió una exclamación de asombro. Él también se sorprendió al verla. Arin se enderezó de repente bajo el peso del saco de grano que llevaba al hombro. Veloces como el rayo, sus ojos se dirigieron a la puerta abierta. Dejó el saco en el suelo y la cerró con llave tras él.

—Has vuelto —dijo Kestrel.

—Pero me voy otra vez.

—¿A robar más grano de alguna hacienda capturada?

Él le dedicó una sonrisa pícara.

—Los rebeldes también tienen que comer.

—Y supongo que utilizas mi caballo en esas batallas y robos tuyos.

—Se alegra de apoyar una buena causa.

Kestrel resopló y se dispuso a emprender el camino de vuelta a través de las zonas de trabajo, pero Arin dijo:

—¿Quieres verlo? ¿A Jabalina?

Ella se quedó inmóvil.

—Te echa de menos —añadió.

Contestó que sí. Después de que Arin apilara el último saco de grano en la despensa y le prestara su abrigo, salieron al patio de la cocina y cruzaron las losas de pizarra para llegar a las caballerizas.

Hacía calor dentro. Olía a heno, cuero, estiércol mezclado con hierba y, de alguna manera, a sol, como si lo hubieran almacenado allí durante el invierno. Los caballos de Irex eran hermosos ejemplares de pelo reluciente. Briosos. Varios piafaron en sus recintos cuando Kestrel y Arin entraron y otro sacudió la cabeza. Pero Kestrel solo tenía ojos para un caballo.

Fue directamente al recinto de Jabalina. El semental se erguía sobre ella, pero bajó la cabeza para darle un empujoncito en el hombro, resoplarle en las manos levantadas y lamerle las puntas del pelo. A Kestrel se le hizo un nudo en la garganta.

Se sentía sola. Pensó que la soledad no debería doler tanto... teniendo en cuenta todo lo demás. Pero ahí estaba su amigo. Pasar la mano por la testuz de terciopelo de Jabalina le recordó los pocos que tenía.

Arin se había quedado atrás, pero ahora se acercó.

—Lo siento, pero tengo que prepararlo. Está anocheciendo y debo irme.

—Por supuesto —contestó, y la horrorizó oír el tono estrangulado de su voz.

Sintió que Arin la observaba. Sintió la pregunta en su mirada, en la forma en la que la miraba al borde de las lágrimas, y eso le dolió también, más que la soledad, porque le hizo comprender que su soledad se debía a que él no estaba, y eso la había hecho vagar por la casa en busca de otra pequeña lección.

—Podría quedarme —dijo Arin—. Podría salir mañana.

—No. Yo deseo que te vayas ya.

—¿En serio?

—Sí.

—Ah, pero ¿y qué pasa con lo que yo deseo?

La suavidad de su voz le hizo levantar la mirada. Habría contestado (aunque no estaba segura de qué le habría dicho) si la atención de Jabalina no se hubiera centrado en él. El semental empezó a acariciar a Arin con el hocico como si fuera su persona favorita. Kestrel sintió una punzada de celos. Entonces vio algo que le hizo olvidar todo pensamiento de celos, soledad y deseo y simplemente la hizo enfurecer. Jabalina mordisqueaba cierta parte de Arin, resoplando junto a un bolsillo del tamaño perfecto para guardar...

—¡Una manzana! —exclamó—. ¡Has estado sobornando a mi caballo!

—¿Quién? ¿Yo? No.

—¡Claro que sí! No es de extrañar que le gustes tanto.

—¿Estás segura de que no se debe a mi atractivo y mis seductores modales?

Lo dijo en tono de broma, no exactamente con sarcasmo, pero sí de un modo que le indicó a Kestrel que él dudaba poseer alguna de esas cualidades.

Pero sí que era seductor. A ella la seducía. Y nunca podría olvidar su belleza. La había memorizado demasiado bien.

Se ruborizó.

—No es justo —dijo Kestrel.

Arin notó su creciente sonrojo. Su boca se curvó. Aunque Kestrel no estaba segura de que pudiera adivinar el efecto que tenía sobre ella simplemente estando allí de pie y pronunciando la palabra «seductor», sabía que él siempre se daba cuenta de cuándo tenía ventaja.

La aprovechó.

—¿Las teorías de guerra de tu padre no incluyen ganar al otro bando ofreciendo golosinas? ¿No? Un descuido, en mi opinión. Me pregunto si yo podría… sobornarte a ti.

Kestrel apretó los dedos. Probablemente pareciera una señal de enfado. Pero no lo era. Era el gesto instintivo de alguien que se veía peligrosamente tentado.

—Abre las manos, puñitos —dijo Arin—. Abre los ojos. No te he robado su cariño. Mira.

Era cierto que, en el transcurso de la conversación, Jabalina se había apartado de Arin, decepcionado por encontrar el bolsillo vacío. El caballo le dio un golpecito en el hombro a Kestrel con el hocico.

—¿Lo ves? Sabe diferenciar entre un blanco fácil y su dueña.

Sí que Arin era un blanco fácil. Se había ofrecido a llevarla a las caballerizas y ese era el resultado: desde donde se encontraba, Kestrel podía ver el guadarnés abierto, cómo estaba organizado y todo lo que necesitaría para ensillar a Jabalina rápido. La velocidad sería importante cuando escapara. Y escaparía, debía hacerlo. Solo era cuestión de salir de la casa en el momento adecuado, del modo adecuado. Jabalina sería el medio más rápido para llegar al puerto y subir a un barco.

Cuando Arin y Kestrel salieron de las caballerizas, había dejado de nevar y todo tenía un aspecto cristalino. Kestrel no estaba segura de si ahora hacía más frío o solo se lo parecía. Se estremeció dentro del abrigo de Arin. Olía como él. A oscura tierra de verano. Se alegraría de devolvérselo. De verlo ponérselo preparándose para la misión, fuera cual fuese, que se lo llevaría lejos de allí. Tenerlo cerca le nublaba la mente.

Inhaló el aire frío y se obligó a ser como esa bocanada de aire: una pureza gélida e implacable.

¿Qué pensaría su padre si la viera flaquear, si supiera lo cerca que estaba a veces de desear seguir siendo una prisionera privilegiada? La repudiaría. Ningún vástago suyo elegiría rendirse.

Fue, bajo vigilancia, a ver a Jess.

Su amiga tenía el rostro ceniciento, pero podía sentarse y comer sola.

—¿Has oído algo acerca de mis padres? —le preguntó Jess.

Kestrel negó con la cabeza. Unos cuantos valorianos (civiles y miembros de la alta sociedad) habían regresado antes de lo previsto de su estancia en la capital durante la temporada de invierno. Los habían detenido en el paso de montaña y los habían encarcelado. Los padres de Jess no estaban entre ellos.

—¿Y de Ronan?

—No me permiten verlo —dijo Kestrel.

—Pero puedes venir a verme a mí.

Recordó la nota de Arin con una sola palabra. Contestó con precaución:

—Creo que Arin no te considera una amenaza.

—Ojalá lo fuera —murmuró Jess, y luego se quedó callada.

Tenía el rostro hundido. A Kestrel le resultaba increíble que Jess (¡Jess!) tuviera un aspecto tan mustio.

—¿Has dormido algo? —le preguntó.

—Demasiadas pesadillas.

Kestrel también tenía pesadillas. Empezaban con la mano de Tramposo en su nuca y acababan cuando se despertaba jadeando en la oscuridad, recordándose que aquel hombre estaba muerto. Soñaba con el bebé de Irex, que la miraba fijamente con sus ojos oscuros, y a veces hablaba como un adulto. La acusaba de dejarlo huérfano. Era culpa suya, le decía, por no ver lo que planeaba Arin. «No puedes confiar en él», le decía el bebé.

—Olvídate de esos sueños —le pidió a Jess, a pesar de que ella no podía seguir su propio consejo—. Te he traído algo para animarte.

Le pasó a su amiga una pila de vestidos doblados. En otro tiempo, su ropa le habría quedado demasiado estrecha a Jess. Ahora le quedaría suelta. Kestrel pensó en eso. Pensó en Ronan, en la prisión, y en Benix y el capitán Wensan y aquel bebé de ojos oscuros.

—¿Cómo es que los tienes? —Jess pasó una mano por la tela de seda—. Olvídalo. Ya lo sé. Arin. —Torció la boca como si bebiera de nuevo el veneno—. Kestrel, dime que no es verdad lo que dicen, que le perteneces, que estás de su lado.

—No es verdad.

Jess echó un vistazo para asegurarse de que no las oyera nadie, se inclinó hacia delante y le susurró:

—Prométeme que se lo harás pagar.

Era lo que Kestrel había esperado que le dijera. Por eso había ido. Miró a los ojos a su amiga, que había estado tan cerca de la muerte.

—Lo haré —contestó.

Sin embargo, cuando regresó a la casa, Sarsine tenía una sonrisa en el rostro.

—Ve al salón —le indicó.

Su piano. Su superficie relucía como la tinta húmeda. Una emoción inundó a Kestrel, pero no quiso darle nombre. No estaba bien que sintiera eso simplemente porque Arin le hubiera devuelto algo que, más o menos, le había quitado.

No debería tocar. No debería sentarse en aquella conocida banqueta de terciopelo ni pensar en que transportar un piano por la ciudad era toda una hazaña. Implicaba gente. Poleas. Caballos esforzándose para tirar de un carro. No debería preguntarse cómo había encontrado Arin tiempo para ello y cómo habría apelado a la buena voluntad de los suyos para llevárselo.

No debería rozar las teclas frías ni sentir esa deliciosa tensión entre el silencio y el sonido.

Recordó que Arin se había negado a cantar durante quién sabe cuánto tiempo.

Pero ella no poseía ese tipo de fortaleza en particular.

Se sentó y tocó.

Al final, no le costó adivinar cuáles habían sido las habitaciones de Arin antes de la guerra. Estaban silenciosas y polvo-

LA MALDICIÓN DEL GANADOR

rientas. Habían sacado todos los muebles infantiles y tenían un aspecto bastante corriente, con sus ventanas cubiertas de cortinas de color violeta intenso. Daba la impresión de que, durante los últimos diez años, las habían utilizado como habitaciones de invitados para los visitantes de menor categoría. Las únicas características inusuales eran que la puerta exterior estaba hecha de una madera diferente y de un tono más ligero que las del resto de la casa... y que de las paredes de la sala de estar colgaban instrumentos.

Elementos decorativos. Tal vez a la familia de Irex los instrumentos de tamaño infantil le habían parecido curiosos. Una flauta de madera formaba un ángulo sobre la repisa de la chimenea. En la pared del fondo había una hilera de pequeños violines, que iban aumentando de tamaño hasta llegar al último, que medía la mitad que el violín de un adulto.

Kestrel iba allí a menudo. Un día, cuando se enteró a través de Sarsine de que Arin había vuelto a casa pero ella todavía no lo había visto, fue allí. Tocó uno de los violines, estirando la mano furtivamente para hacer sonar la cuerda más aguda del instrumento más grande. El sonido fue desagradable. El violín se había estropeado... como todos los demás, seguramente. Eso es lo que sucede cuando se deja un instrumento encordado y sin guardar en una funda durante diez años.

Una tabla del suelo crujió en algún lugar de una de las estancias exteriores.

Arin. Entró en la habitación y Kestrel se dio cuenta de que había estado esperándolo. ¿Por qué habría ido allí con tanta frecuencia, casi todos los días, si no hubiera esperado que alguien se fijara y le contara que podía encontrarla allí?

No obstante, aunque reconocía que quería estar con él en sus antiguas habitaciones, no había imaginado que iba a ser así.

Que la sorprendiera tocando sus cosas.

Bajó la mirada.

—Lo siento —murmuró.

—No pasa nada —contestó él—. No me importa.

Descolgó el violín de los clavos y lo depositó en sus manos. Era liviano, pero Kestrel bajó los brazos como si el violín hueco pesara muchísimo.

Se aclaró la garganta.

—¿Todavía tocas?

Él negó con la cabeza.

—Prácticamente he olvidado cómo se hace. De todos modos, no se me daba bien. Pero me encantaba cantar. Antes de la guerra, me preocupaba que ese don me abandonara, como les ocurre a menudo a los chicos. Crecemos, cambiamos, mudamos la voz. No importa lo bien que cantes con nueve años. No, si eres un chico. Cuando llega el cambio, simplemente puedes encomendarte a los dioses y esperar que tu voz se asiente en algo que puedas volver a amar. A mí me cambió la voz dos años después de la invasión. Por todos los dioses, cómo graznaba. Y, cuando por fin se me asentó, fue como una broma cruel. Era demasiado buena. No sabía qué hacer con ella. Me sentía tan agradecido por ese don… y tan enfadado, porque significaba tan poco. Y ahora… —Se encogió de hombros, menospreciándose a sí mismo—. Bueno, ya sabes que estoy oxidado.

—No —protestó Kestrel—. No es verdad. Tienes una voz preciosa.

Tras eso, se hizo un suave silencio.

Los dedos de Kestrel se cerraron alrededor del violín.

Quería hacerle una pregunta a Arin, pero no soportaba plantearla, pues no podía alegar que no comprendía lo que le había ocurrido la noche de la invasión. No tenía sentido. La muerte de su familia era lo que su padre llamaría un «desperdicio de recursos». El ejército valoriano no había tenido piedad con los soldados herraníes, pero había procurado minimizar las bajas civiles. No se puede hacer trabajar a un cadáver.

—¿Qué pasa, Kestrel?

Ella negó con la cabeza. Volvió a dejar el violín en la pared.

—Pregunta —dijo Arin.

Recordó cuando se encontraban fuera del palacio del gobernador y se negó a escuchar su historia, y se avergonzó de nuevo.

—Puedes preguntarme lo que quieras —insistió.

Ninguna pregunta parecía la correcta. Al final, dijo:

—¿Cómo sobreviviste a la invasión?

Al principio no contestó. Luego dijo:

—Mis padres y mi hermana lucharon. Yo no.

Las palabras eran inútiles, patéticamente inútiles… ignominiosas, incluso, pues no conseguían reflejar el dolor de Arin ni podían justificar que la gente de Kestrel se hubiera aprovechado de las ruinas de la de él. La chica repitió:

—Lo siento.

—No es culpa tuya.

A ella sí se lo parecía.

Kestrel lo siguió hacia la salida. Cuando llegaron a la última habitación, el recibidor, Arin se detuvo delante de la puerta exterior. Fue una ligerísima vacilación, no duró más que si el segundero de un reloj permaneciera en su sitio un instante más de lo que debería. Pero, en esa fracción de tiempo, Kestrel comprendió que la última puerta no era más pálida que las otras porque estuviera hecha de una madera diferente.

Era más nueva.

Tomó la maltrecha mano de Arin con la suya. La notó áspera y cálida. Todavía tenía restos de carbón alrededor de las uñas de trabajar en la fragua. Su piel parecía irritada: como si se la hubiera restregado y se la restregara a menudo. Pero el tizne negro estaba demasiado incrustado.

Kestrel entrelazó sus dedos con los de él. Recorrieron juntos el pasillo y el fantasma de su antigua puerta, que los compatriotas de Kestrel habían echado abajo hacía diez años.

Después de aquello, Kestrel empezó a ir a su encuentro. Utilizó la excusa de las lecciones que le había dado. Le dijo que quería más. Así adquirió una serie de habilidades domésticas, como ennegrecer botas.

Resultaba fácil localizar a Arin. Aunque las incursiones en la campiña continuaban, les confiaba las misiones cada vez más a menudo a sus lugartenientes. Pasaba más tiempo en casa.

—No sé qué cree que está haciendo —comentó Sarsine.

—Les ofrece a los oficiales a sus órdenes la oportunidad de demostrar su valía —contestó Kestrel—. Les demuestra que confía en ellos y les permite que adquieran más seguridad en sí mismos. Es una estrategia militar sensata.

Sarsine le lanzó una mirada dura.

—Está delegando —añadió Kestrel.

—Está haraganeando. Y estoy segura de que sabes por qué.

Eso prendió una brillante cerilla de placer en Kestrel.

Pero, al igual que una cerilla, se consumió rápido. Recordó la promesa que le había hecho a Jess de hacérselo pagar a los herraníes.

Pero no quería pensar en eso.

Se le ocurrió que nunca le había dado las gracias por traerle el piano. Lo encontró en la biblioteca y pretendía decir lo que había ido a decirle; sin embargo, cuando lo vio estudiando un mapa cerca del fuego, iluminado por una ascendente lluvia de chispas a medida que un tronco caía sobre otro, recordó su promesa precisamente por cuánto ansiaba olvidarla.

Soltó algo que no venía a cuento.

—¿Sabes preparar medialunas melosas?

—¿Que si sé…? —Bajó el mapa—. Kestrel, siento decepcionarte, pero nunca he sido cocinero.

—Sabes preparar té.

Él se rió.

—¿Te das cuenta de que hervir agua entra dentro de las aptitudes de cualquiera?

—Ya.

Kestrel se dispuso a marcharse, sintiéndose idiota. De todas formas, ¿qué la había llevado a hacer una pregunta tan ridícula?

—Es decir, sí —añadió Arin—. Sí sé preparar medialunas.

—¿En serio?

—Pues… no. Pero podemos intentarlo.

Entraron en la cocina. Una mirada de Arin desalojó la habitación, y entonces se quedaron los dos solos. Vertieron harina sobre la mesa de madera y Arin sacó un tarro de miel de un armario.

Kestrel cascó un huevo en un cuenco y supo por qué le había pedido que hicieran eso.

Para poder fingir que no había habido guerra, que no había bandos, y que esa era su vida.

Las medialunas quedaron duras como piedras.

—Hum. —Arin inspeccionó una—. Podría usarlas como armas.

Kestrel soltó una carcajada antes de poder reprocharse que no era divertido.

—En realidad, miden más o menos lo mismo que tu arma favorita —comentó—. Lo que me recuerda que nunca me has dicho cómo te batiste en duelo con Agujas contra el mejor luchador de la ciudad y ganaste.

Sería un error contárselo. Infringiría la regla más básica de la guerra: ocultar tus fortalezas y debilidades todo lo posible. Sin embargo, le relató la historia de cómo había derrotado a Irex.

Arin se cubrió la cara con una mano llena de harina y la miró a través de los dedos.

—Eres aterradora. Que los dioses me protejan si alguna vez te contrarío.

—Ya lo has hecho —señaló ella.

—Pero ¿soy tu enemigo? —Arin recorrió el espacio que los separaba. Repitió en voz baja—: ¿Lo soy?

Kestrel no respondió. Se concentró en la sensación del borde de la mesa presionándole la parte baja de la espalda. La mesa era simple y real, trozos de madera unidos y clavos y esquinas rectas. No se bamboleaba. No cedía.

—No me perteneces —dijo Arin.

Y la besó.

Los labios de Kestrel se separaron. Aquello era real, pero no tenía nada de simple. Arin olía a humo y azúcar. Un aroma dulce con un toque de fuego. Sabía a la miel que se había lamido de los dedos minutos antes. El corazón de Kestrel se desbocó, y fue ella quien se inclinó con avidez hacia el beso, quien le deslizó una rodilla entre las piernas. Entonces la respiración de Arin se volvió irregular y el beso se transformó en algo misterioso y profundo. La sentó sobre la mesa para que su cara quedara a la misma altura que la de él y, mientras se besaban, fue como si el aire que los rodeaba ocultara palabras, criaturas invisibles que los rozaron, luego los tocaron y los empujaron y tiraron de ellos.

«Habla», decían.

«Habla», respondía el beso.

Kestrel notó la palabra «amor» en la punta de la lengua. Pero no podía pronunciarla. Cómo podría pronunciarla después de todo lo que había pasado entre ellos, después de pagarle cincuenta claves al subastador, después de las horas que había pasado preguntándose en secreto cómo sería si Arin cantara mientras ella tocaba, después de las muñecas atadas y el crujido de su rodilla bajo una bota y la confesión de Arin en el carruaje la noche del solsticio de invierno.

Le había parecido una confesión. Pero no lo fue. No le había dicho nada del complot. Y, aunque lo hubiera hecho, aun así habría sido demasiado tarde y él seguiría teniéndolo todo a su favor.

Recordó de nuevo la promesa que le había hecho a Jess.

Si no se marchaba de esa casa ya, acabaría traicionándose a sí misma. Se entregaría a alguien cuyo beso, la noche del solsticio de invierno, le había hecho creer que ella era todo lo que él deseaba, cuando en realidad pretendía poner el mundo patas arriba de modo que él estuviera en la cima y ella, en la base.

Kestrel se apartó.

Arin se estaba disculpando. Le preguntaba qué había hecho mal. Tenía el rostro ruborizado y la boca hinchada. Estaba diciendo algo acerca de que tal vez era demasiado pronto, pero que podrían tener una vida allí. Juntos.

—Mi alma te pertenece —le dijo Arin—. Y lo sabes.

Kestrel alzó una mano, tanto para no verle la cara como para detener aquellas palabras.

Salió de la cocina.

Tuvo que recurrir a todo su orgullo para no echar a correr.

Fue a sus habitaciones, se puso la ropa negra y las botas para duelos y recuperó el cuchillo improvisado de la hiedra. Se ató a la cintura la tira de tela que lo sujetaba. Salió al jardín y esperó a que anocheciera.

Kestrel siempre había considerado que el jardín de la azotea era su mejor opción para escapar. Sin embargo, no podía ver cómo aprovecharla.

Recorrió las cuatro paredes de piedra con la mirada. Una vez más, no encontró nada. Clavó la mirada en la puerta, pero ¿de qué le serviría? La puerta conducía a las habitaciones de Arin, y Arin…

No. Se dijo que no, no cruzaría esa puerta, no podía, cuando de repente se le ocurrió una solución.

No servía de nada considerar la puerta como una manera de cruzar la pared. La puerta era un medio para subirse *encima*.

Colocó la mano derecha en el pomo y el pie izquierdo en el gozne inferior. Su mano izquierda se apoyó contra la dura superficie de la jamba y se impulsó hacia arriba usando el gozne, manteniendo el equilibrio sobre algo tan peque-

ño, apenas una tira y un nudo de metal. Luego, el pie derecho se reunió con la mano en el pomo. Modificó el peso del
cuerpo y se incorporó para aferrar el gozne superior antes
de clavar los dedos en la grieta donde la parte superior de
la puerta se unía a la piedra.

Kestrel trepó por la puerta y se subió a la pared que separaba su jardín del de Arin. Caminó por encima del muro,
manteniendo el equilibrio, hasta llegar al tejado.

Entonces descendió por la superficie inclinada, apresu-
rándose para llegar al suelo.

ARIN SOÑÓ CON KESTREL. SE DESPERTÓ Y EL SUEÑO se desvaneció como un perfume. No lo recordaba y, sin embargo, cambió el aire a su alrededor. Clavó la vista en la oscuridad.

Al oír un ruido, comprendió que llevaba mucho tiempo esperando que ocurriera algo así.

Pasos livianos por el tejado.

Salió a toda prisa de la cama.

Kestrel saltó a la primera planta, se deslizó por el tejado sobre el estómago y tocó un hueco con el pie. El canalón. Se giró para agarrarlo y luego se colgó del borde de piedra situado sobre el suelo. Se dejó caer.

El fuerte impacto le provocó una punzada en la rodilla herida, pero recuperó el equilibrio y corrió hacia las caballerizas.

Jabalina relinchó en cuanto la vio entrar.

—Chis. —Lo sacó de su recinto—. No hagas ruido.

No le hizo falta encender un farol que podrían ver desde la casa. Se movió a tientas en la oscuridad y agarró los arreos que necesitaba. Pan comido. Había memorizado la ubicación de la brida y el freno y todo lo demás el día que estuvo en las cuadras. Ensilló a Jabalina con rapidez.

Cuando se adentraron en el aire nocturno, Kestrel miró hacia la casa. Dormía apaciblemente. No hubo gritos de alarma ni empezaron a salir soldados por las puertas.

Pero había una pequeña luz en el ala oeste.

No era nada, se dijo. Arin probablemente se había quedado dormido con una lámpara encendida.

Kestrel inhaló el aroma del caballo. Así olía su padre cuando regresaba a casa de una campaña.

Podía hacerlo. Podía llegar al puerto.

Se subió a lomos de Jabalina e hincó los talones.

Kestrel atravesó a toda velocidad el Distrito de los Jardines, guiando a Jabalina por sendas para caballos en dirección al centro de la ciudad. Casi había alcanzado las luces de la ciudad cuando oyó otro jinete por las colinas, detrás de ella.

Se le heló la sangre. Por temor a que aquel jinete fuera Arin.

Por temor a la repentina esperanza de que lo fuera.

Hizo que Jabalina se detuviera y desmontó. Era mejor recorrer a pie las estrechas calles que conducían al puerto. El sigilo era más importante que la velocidad.

El estruendo de unos cascos retumbaba en las colinas. Más cerca.

Se abrazó con fuerza al cuello de Jabalina y luego lo apartó mientras aún le quedaba voluntad. Le dio una palmada en la grupa para que regresara a casa. No sabría decir si el caballo volvería a su villa o a la de Arin. Pero se marchó, y tal vez hiciera que el otro jinete lo persiguiera, si de verdad estaban siguiéndola.

Se deslizó entre las sombras de la ciudad.

Y fue mágico. Fue como si los dioses herraníes le hubieran vuelto la espalda a su propia gente. Nadie se fijó en Kestrel escabulléndose a lo largo de las paredes ni la oyó pisar el fino hielo de un charco. Ningún transeúnte nocturno la miró a la cara y vio a una valoriana. Nadie vio a la hija del general. Kestrel llegó al puerto y bajó a los muelles.

Donde la esperaba Arin.

Su aliento formaba nubes blancas en el aire. Tenía el pelo negro de sudor. No había importado que Kestrel le llevara delantera en la senda para caballos. Él había podido cruzar abiertamente la ciudad, mientras que ella se había deslizado por callejones.

Sus miradas se encontraron y Kestrel se sintió completamente indefensa.

Pero ella tenía un arma. Por lo que podía ver, él no. Su mano se dirigió de manera instintiva al borde irregular del cuchillo.

Arin lo notó. No estaba segura de qué llegó primero: la rápida expresión de dolor de Arin, tan evidente e intensa, o la certeza de ella (igual de evidente e igual de intensa) de que nunca podría apuntarle con un arma.

Arin, que estaba preparado para echar a correr, se enderezó. Su expresión cambió. Hasta ese momento, Kestrel no se había percatado de la desesperación que reflejaba la línea de su boca. No había reconocido la súplica sin palabras hasta que desapareció y el rostro se le avejentó a causa de la tristeza. De la resignación.

Arin desvió la mirada. Cuando volvió la cara de nuevo hacia ella, fue como si Kestrel formara parte del muelle que tenía bajo sus pies. Una vela cosida a un barco. Una negra corriente de agua.

Como si ni siquiera estuviera allí.

Arin se dio la vuelta, entró en la casa iluminada del nuevo capitán de puerto herraní y cerró la puerta tras él.

Durante un momento, Kestrel no pudo moverse. Luego corrió hacia un barco de pesca atracado lo bastante lejos de los demás como para poder alejarse de la orilla sin que la viera ningún marinero de las otras embarcaciones. Saltó a la cubierta y evaluó rápidamente el barco. La diminuta cabina carecía de provisiones.

Mientras levaba el ancla y desenrollaba el cabo que unía el barco a su amarradero, supo, aunque no pudiera verlo, que Arin estaba hablando con el capitán de puerto, distrayéndolo mientras ella se preparaba para zarpar.

En invierno. Sin agua ni comida y seguramente muy poco sueño si quería realizar un viaje que requeriría, en el mejor de los casos, tres días.

Por lo menos soplaba un fuerte viento.

Tenía suerte, se dijo a sí misma. Suerte.

Partió en dirección a la capital.

En cuanto zarpó de la bahía y las luces de la ciudad se fueron atenuando hasta desaparecer, Kestrel ya no pudo ver la orilla. Pero conocía las constelaciones. Las estrellas eran puras y brillantes como notas que brotaban de altas y blancas teclas de piano.

Navegó hacia el oeste. Recorrió constantemente la pequeña cubierta, ajustando los cabos para que el viento desplegara la vela mayor. No había descanso, y eso era positivo. Si descansaba, se enfriaría. Se permitiría pensar. Incluso podría quedarse dormida y arriesgarse a soñar con cómo Arin la había dejado ir.

Memorizó lo que diría cuando llegara al puerto de la capital:

«Soy lady Kestrel, la hija del general Trajan. Los herraníes han tomado la península. Debéis hacer regresar a mi padre del este y enviarlo a sofocar la rebelión. Debéis hacerlo».

Un amanecer brillante y frágil. Sus colores eran como una alucinación y Kestrel se encontró pensando que el rosa era más frío que el naranja y el amarillo no era mucho mejor. Entonces se dio cuenta de que eso no era un pensamiento racional y que estaba temblando bajo la fina chaqueta. Se obligó a moverse.

Las manos se le agrietaron y sangraron bajo el gélido viento, se le rasparon contra los cabos. Su boca se convirtió en una cueva seca. La sed y el frío eran mucho más dolorosos que el hambre o la fatiga. Sabía que unos pocos días sin agua podían matar a una persona, incluso en las mejores condiciones.

Sin embargo, ¿no había aprendido Kestrel a resistirse a las necesidades?

Recordó el rostro de Arin cuando se llevó la mano al cuchillo.

Se obligó a olvidarlo. Se concentró en el vaivén y el golpeteo de las olas, dejó atrás una yerma isla rocosa y recitó lo que diría dentro de dos días si el viento se mantenía.

* * *

No fue así. Las velas se aflojaron durante la segunda noche. Su barco flotó a la deriva. Kestrel procuró no mirar hacia el cielo, porque a veces veía un destello, aunque sabía que las nubes ocultaban las estrellas.

Un indicio peligroso. Se estaba debilitando.

Una sed feroz se apoderó de su cuerpo. Destrozó la cabina, convencida de que debía de haber un recipiente con agua en alguna parte. Lo único que encontró fue una taza de hojalata y una cuchara.

Dormiría, entonces. Dormiría hasta que se levantara viento.

Ató las velas en dirección a la capital y luego cortó dos trozos de cordel. Fabricó una campana con la taza y la cuchara para que la despertara si soplaba el viento.

Volvió a entrar en la cabina. Todo estaba en calma. No había viento. Ni olas. Ni balanceo en el barco.

Se concentró en esa nada, se la imaginó como si fuera tinta derramándose sobre todo lo que pensaba o sentía.

Y se durmió.

Fue un sueño irregular e inquieto en el que su mente repasó las palabras que se suponía que debía decir cuando llegara a la capital.

Luchó contra imágenes de Arin sosteniendo una planta, una espada ensangrentada, su propia mano. Intentó sofocar el recuerdo de su piel contra la de él. En cambio, ese recuerdo formó brillantes gotas en su mente oscura, que se desplegaron como joyas líquidas, destiladas como se destila el alcohol, o un producto químico volátil, haciéndose más fuertes cuando se veían obligadas a consumirse.

La parte medio dormida de su ser dijo: «Arin te dejó ir porque una invasión valoriana era inevitable. Al menos, así, sabe cuándo esperarla».

Kestrel oyó música, y la melodía la llamó mentirosa.

«Mentirosa», resonó la campana.

Y siguió resonando y resonando hasta que Kestrel se despertó de golpe, salió de la cabina y vio la taza y la cuchara repicando.

Contra un cielo de un furibundo tono verde.

Una tormenta verde.

Las olas vomitaban sobre la cubierta. Kestrel se había atado al timón y podía hacer poco más que resistir, ver cómo el viento desgarraba las velas y esperar seguir dirigiéndose al oeste mientras el barco esquivaba montañas de agua y descendía en picado, y se desplazaba a un lado, y volvía a descender.

«Arin te dejó ir para que murieras, justo así.»

Pero, incluso mareada, su mente no le veía sentido a eso.

Kestrel repitió de nuevo las palabras que se suponía que debía decir, hizo que brotaran de ella como si tejiera, igual que les había visto hacer a los esclavos. Comprobó la tela de las palabras, la fibra de la que estaban hechas, y supo que podía pronunciarlas.

No lo haría.

Kestrel juró por los dioses de Arin que no lo haría.

No había viento. Apenas podía ver. El agua salada le había empañado los ojos. Pero oyó que el barco rozaba contra algo. Entonces oyó voces.

Voces valorianas.

Salió a trompicones del barco. Unas manos la cogieron y la gente empezó a hacerle preguntas que no entendía del todo. Entonces, una tuvo sentido:

—¿Quién sois?

—Soy lady Kestrel —dijo con voz ronca. De manera espontánea, atroces y maliciosas, las palabras que había memorizado brotaron de su boca antes de que pudiera impedirlo—: La hija del general Trajan. Los herraníes han tomado la península...

DESPERTÓ CUANDO ALGUIEN LE VERTIÓ AGUA EN los labios. Cobró vida al instante, suplicando más mientras se la proporcionaban en forma de sorbos insoportablemente pequeños. Kestrel bebió, y pensó en cosas de una belleza primigenia y fresca.

Lluvia en cuencos de plata. Lirios en la nieve. Ojos grises.

Recordó haber hecho algo. Algo cruel. Imperdonable.

Se obligó a incorporarse sobre los codos. Yacía en una cama grande. Todavía veía mal, pero le bastó para comprobar que la suavidad sobre la que descansaba su cuerpo era una piel tan poco común y valiosa que habían dado caza al animal del que procedía hasta llevarlo casi a la extinción y que el hombre que sostenía una taza de agua vestía la túnica del médico del emperador valoriano.

—Sois una joven muy valiente —dijo. Le dedicó una sonrisa amable.

Kestrel la vio y comprendió que lo había conseguido. Había llegado a la capital y la habían reconocido y creído.

«No —trató de protestar—. No lo dije en serio.» Pero no le funcionaba la boca.

—Habéis pasado por un calvario —añadió el médico—. Necesitáis descansar.

Notó un sabor extraño en la lengua, un ligero amargor que se transformó en una sensación de entumecimiento que le bajó por la garganta.

Una droga.

El aturdimiento la retuvo hasta que el sueño la reclamó.

Soñó con Enai.

La Kestrel dormida sabía que aquello no era real, que los muertos se habían ido. Pero anhelaba acurrucarse junto a Enai, encogerse hasta convertirse en una niña pequeña y no levantar la vista, no buscar en el rostro de su niñera la culpa que debía de estar allí.

Kestrel se preguntó cómo la miraría el fantasma de Arin.

La acosaría en sueños. Le mostraría visiones de sí mismo muerto en batalla. Transformaría su boca en una burla que ella conocía muy bien. Sus ojos se llenarían de odio.

Así se miraba a un traidor.

—Has venido a maldecirme —le dijo Kestrel a Enai—. No es necesario. Ya me maldigo a mí misma.

—Pilluela —contestó Enai, como solía hacer cuando Kestrel se portaba mal.

Pero aquello no era lo mismo, quiso protestar, que esconder partituras en las vigas de la sala de prácticas de Rax y sacarlas para ponerse a leerlas cuando se quedaba sola y se suponía que estaba entrenándose para el combate. No era lo mismo que una palabra irrespetuosa. Que una travesura.

Kestrel había comprado una vida, y la había amado, y la había vendido.

Enai comentó:

—Creo que un cuento te hará sentir mejor.

—No estoy enferma.

—Claro que sí.

—No necesito un cuento. Necesito despertar.

—¿Para qué?

Kestrel no lo sabía.

Enai dijo:

—Érase una vez una costurera que podía transformar los sentimientos en tela. Cosía vestidos deliciosos: translúcidos, centelleantes y lustrosos. Obtenía paños de ambición y fervor, de serenidad y diligencia. Se volvió tan hábil en su oficio que llamó la atención de un dios. Y este decidió requerir sus servicios.

—¿Qué dios es?

—Silencio —la reprendió Enai.

Se encontró, de esa forma característica de los sueños, en su cama de la infancia, la que tenía tallados animales cazando. Enai se sentó a su lado. Kestrel siempre había intentado imitar las líneas rectas y elegantes de sus hombros. La mujer continuó con su cuento:

—El dios fue a ver a la costurera y le dijo:

»"Quiero una camisa hecha de consuelo".

»"Los dioses no necesitan tal cosa", repuso la costurera.

»El dios la miró.

»La joven sabía reconocer una amenaza.

»Así que cumplió con lo que le había pedido y, cuando el dios se probó la camisa, le quedaba perfecta. Sus colores lo transformaron, haciendo que su rostro no pareciera tan pálido. La costurera lo observó y le vinieron a la mente pensamientos que sabía que no sería sensato compartir.

»Le pagó con abundante oro, aunque ella no le había indicado ningún precio. El dios estaba satisfecho.

»Sin embargo, no fue suficiente. Regresó, pidió un manto

de compañía y se marchó incluso antes de que la costurera accediera a hacerlo. Ambos sabían que lo haría.

»Estaba dándole las últimas puntadas al dobladillo del manto cuando una anciana entró en la tienda y contempló todas las cosas que no podía permitirse comprar. La mujer estiró la mano sobre el mostrador donde la costurera estaba trabajando. Sus dedos arrugados vacilaron sobre el manto de compañía. Sus ojos apagados rebosaban tanto anhelo que la costurera le regaló el manto y no le pidió nada a cambio. Podía elaborar otro, y rápido.

»No obstante, el dios fue más rápido. Regresó a la aldea antes de lo que había dicho. ¿A quién vio sino a la anciana durmiendo junto al fuego, envuelta en un manto demasiado grande para ella? ¿Qué sintió sino el peso de la traición, el veloz y profundo dardo de los celos que debería avergonzar a un dios?

»Fue a la tienda de la costurera con su sigilo habitual, como el hielo que se forma durante la noche.

»"Dame el manto", le exigió.

»La costurera aferró la aguja. No era un arma contra un dios.

»"No está listo", contestó.

»"Mentirosa."

Aquella palabra se veía lastrada por su propio peso. Kestrel dijo:

—En este cuento, ¿yo soy la costurera o el dios?

Enai continuó como si no la hubiera oído.

—Podría haberla destruido entonces, pero se le ocurrió otra forma de vengarse. Una forma mejor de causarle sufrimiento. Sabía que la costurera tenía un sobrino: un niño pequeño, la única familia que le quedaba. Con sus ganancias, pagaba para que lo cuidasen. En ese momento, el niño estaba durmiendo en un pueblo vecino, bajo la atenta mirada de una niñera a la que el dios podría distraer y engañar y embaucar.

»Así lo hizo. Salió de la tienda de la costurera y se acercó sigilosamente al niño dormido. No sintió piedad por las extremidades pequeñas y redondeadas, las mejillas sonrojadas por el sueño, la mata de pelo alborotado en la oscuridad. El dios ya había robado niños antes.

Kestrel intervino:

—Es el dios de la muerte.

—Cuando el dios apartó la manta, rozó con el dedo el camisón del niño. Se quedó inmóvil. Nunca, en todos sus años de inmortalidad, había tocado nada tan hermoso.

»El camisón estaba hecho con la tela del amor. Sintió la suavidad del terciopelo, la delicadeza de la seda, la resistente trama que nunca se deshilacharía. Sin embargo, había algo que no encajaba: un pequeño y húmedo círculo del tamaño de la punta de un dedo.

»O de la lágrima de un dios.

»Se secó. La tela se alisó una vez más. El dios se marchó.

»La costurera, entretanto, empezó a inquietarse. Hacía días que no tenía noticias de su mejor y peor cliente. Parecía imposible que hubiera conseguido escapar de él con tanta facilidad. No se debía desafiar a los dioses, y menos a ese. Una idea, parecida a una grieta, fue abriéndose paso por su mente. Una sospecha. Se ensanchó, desencadenando un terremoto que la destrozó, ya que de pronto comprendió, como lo había hecho el dios, cuál era la mejor manera de arrastrarla a la desesperación.

»Fue a toda prisa al pueblo vecino y a la casa de la niñera. Le tembló la mano contra la puerta, porque solo encontraría muerte al otro lado.

»La puerta se abrió de golpe. El niño se lanzó a sus brazos, reprendiéndola por haber estado lejos tanto tiempo esa vez, preguntándole por qué tenía que trabajar tanto. La costurera lo abrazó y no lo soltó hasta que protestó. Cuando le pasó los dedos por el rostro, convencida de que la muerte se le había deslizado bajo la piel de alguna forma y se manifestaría dentro de una hora, o un minuto, incluso en ese instante, vio que el niño tenía una marca en la frente.

»El símbolo de la protección del dios. De su favor. Era un regalo invaluable.

»La costurera regresó a su tienda y esperó. Sus manos, por una vez, no estaban ocupadas. Le costó reconocerlas, tan tranquilas estaban. Ellas también aguardaron, pero el dios no fue. Así que la costurera hizo algo aterrador. Susurró su nombre.

»Entonces vino, y guardó silencio. No llevaba puesto nada de lo que le había elaborado ella, sino su propia ropa. Su vestimenta tenía un diseño magnífico y le sentaba a la perfección. Sin embargo, la costurera no entendía cómo no se había fijado nunca en que estaba raída. La tela se había desgastado hasta convertirse en finas nubes.

»"Me gustaría darte las gracias", le dijo.

»"No las merezco", contestó el dios.

»"Quiero hacerlo de todas formas."

»El dios no respondió. Las manos de la costurera no se movieron.

»Entonces, el dios dijo:

»"En ese caso, téjeme una tela hecha de ti".

»La costurera colocó las manos en las de él. Lo besó, y el dios se la llevó.

Kestrel sintió que el cuento se propagaba por su interior,

como un viento feroz que le hizo escocer los ojos y provocó que le bajaran lágrimas por las mejillas.

—Venga, vamos —dijo Enai—. Me pareció un cuento alentador.

—¿Alentador? La costurera muere.

—Esa es una interpretación lúgubre. Digamos más bien que escogió. El dios le dejó escoger, y ella lo hizo. Tú, Kestrel, todavía no has elegido.

—Claro que sí. ¿Acaso no lo sabes? A estas alturas, el emperador ya le habrá enviado halcones mensajeros a mi padre. La guerra ya ha comenzado. Es demasiado tarde.

—¿Estás segura?

Kestrel despertó. Su cuerpo estaba débil por el hambre y turbado por los sueños, pero se puso en pie con un objetivo en mente. Se vistió. Acudieron esclavos a su encuentro, cuyos rostros componían un mapa del imperio: la tundra septentrional, las islas del sur, la península de Herrán. Hizo caso omiso del hecho de que tal cantidad de esclavos suponía una muestra de respeto hacia ella por parte del emperador. Hizo caso omiso del hecho de que el techo de su habitación era tan alto que no podía distinguir el color de la pintura. Se preparó para reunirse con el emperador.

La condujeron a una fastuosa sala y la dejaron a solas con el hombre que gobernaba la mitad del mundo.

Era más delgado que las estatuas que lo representaban y llevaba el cabello plateado muy corto, al estilo militar. Le sonrió. La sonrisa de un emperador representa un tesoro de oro y diamantes, una fortaleza, una espada sujeta con la empuñadura por delante... al menos cuando la sonrisa es del mismo tipo que la que le dedicaba en ese momento a ella.

—¿Habéis venido a por vuestra recompensa, lady Kestrel? El ataque contra Herrán comenzó hace dos días, mientras dormíais.

—Estoy aquí para pediros que detengáis el ataque.

—¿Detener…? —Las líneas de su rostro se endurecieron—. ¿Por qué habría de hacer eso?

—Su Majestad Imperial, ¿habéis oído hablar alguna vez de «la maldición del ganador»?

—EL IMPERIO LA SUFRE —DIJO KESTREL—, YA NO PUEDE conservar lo que ha ganado. Nuestros territorios han crecido demasiado. Los bárbaros lo saben. Por eso se atreven a atacar.

El emperador agitó la mano en un gesto de desdén.

—No son más que ratones mordisqueando el grano.

—Vos también lo sabéis. Por eso los atacáis, para aparentar que los recursos del imperio son infinitos, que nuestro ejército no tiene parangón, cuando en realidad no damos más de sí, como una tela vieja. Y han empezado a aparecer agujeros.

La sonrisa del emperador adquirió un matiz amenazador.

—Tened cuidado, Kestrel.

—Si os negáis a escuchar la verdad, solo será cuestión de tiempo que el imperio se desmorone. Los herraníes nunca deberían haber podido sublevarse.

—Ese problema se resolverá. En este mismo instante, vuestro padre está aplastando la rebelión. Las murallas de la ciudad caerán.

El emperador se relajó en su trono.

—El general Trajan no lleva a cabo una guerra, sino un exterminio.

Kestrel vio todas las partes vulnerables del cuerpo de Arin, su rostro desapareciendo bajo un mar de sangre.

Arin la había dejado ir.

Había sido lo mismo que cortarse su propio cuello.

El miedo la invadió, espeso como la bilis. Se lo tragó. Reunió sus pensamientos y los colocó como si fueran fichas.

Jugaría, y ganaría.

—¿Habéis tenido en cuenta el coste de otra Guerra Herraní? —le preguntó al emperador.

—Será menor que perder el territorio.

—Mientras las murallas de la ciudad resistan, los herraníes pueden soportar un largo sitio que exprimirá vuestras arcas.

El emperador apretó la boca.

—No hay otra opción.

—¿Y si pudierais mantener el territorio sin una guerra?

El emperador debía de haber oído, al igual que Kestrel, la voz de su padre saliendo de su boca. Esa cadencia de calculada certeza. La postura del emperador no cambió, como tampoco lo hizo su expresión. Pero un dedo se alzó del trono y golpeó una vez la superficie de mármol, como si tocara una campana para comprobar cómo sonaba. Kestrel continuó:

—Concededles la independencia a los herraníes.

Aquel dedo surcó el aire para apuntar hacia la puerta.

—Marchaos.

—Por favor, escuchad lo que…

—La labor de vuestro padre al servicio del imperio no significará nada para mí, vuestra labor no significará nada, si pronunciáis otra palabra insolente e insensata.

—¡Herrán seguiría siendo vuestro! Podéis conservar el territorio, siempre y cuando les dejéis gobernarlo. Concededles la ciudadanía, pero haced que su líder os jure lealtad. Cobradles impuestos. Apropiaos de sus bienes. Apropiaos de sus cultivos. Quieren su libertad, sus vidas y sus casas. El resto es negociable.

El emperador guardó silencio.

—De todas formas, nuestro gobernador está muerto —añadió Kestrel—. Que los herraníes proporcionen uno nuevo.

El emperador siguió sin decir nada.

—El nuevo gobernador respondería ante vos, naturalmente.

—¿Y creéis que los herraníes accederían?

Kestrel pensó en las dos llaves que Arin le había depositado en la mano. Una libertad limitada. Sin embargo, era mejor que nada.

—Sí.

El emperador sacudió la cabeza.

—No os he mencionado la mejor parte de acabar rápido con la revolución herraní. En este momento, el este piensa que os habéis batido en retirada. Los bárbaros se felicitan. Se han enterado, a través de espías o halcones mensajeros capturados, de las dificultades a las que os enfrentáis en Herrán.

No eran más que conjeturas, pero se convirtieron en certezas al ver el rostro del emperador. Kestrel siguió presionando.

—Los bárbaros saben que un asedio contra murallas bien construidas llevará tiempo, así que se retirarán de las primeras líneas donde les hacemos frente y regresarán junto a su reina para comunicarle las buenas noticias. Dejarán unos cuantos batallones simbólicos para ocupar las tierras que piensan que no tendrán que defender. Pero, si hacéis que nuestras fuerzas regresen y cogéis a los bárbaros desprevenidos...

—Ya veo. —El emperador juntó las manos y se llevó los nudillos a la barbilla—. Pero estáis pasando por alto que Herrán es una colonia. Las casas que los herraníes quieren recuperar pertenecen a mis senadores.

—Los bárbaros tienen oro. Aliviad la decepción de los senadores con el botín del este.

—Aun así… Lo que proponéis no sería muy bien recibido.

—Sois el emperador. ¿Qué os importa la opinión pública?

Él enarcó las cejas.

—Un comentario como ese me hace preguntarme si sois ingenua o intentáis manipularme. —La estudió detenidamente—. Sois demasiado inteligente para ser ingenua.

Kestrel sabía que lo mejor era no decir nada.

—Sois la hija del general más famoso en toda la historia valoriana.

No vio el rumbo que estaban tomando los pensamientos del emperador.

—Además, no os falta atractivo.

Eso la hizo mirarlo a los ojos.

El emperador añadió:

—Tengo un hijo.

Sí, Kestrel ya lo sabía, pero qué tenía que ver el heredero del imperio con…

—Una boda imperial. Que haría que los militares me adorasen. Que distraería a los senadores y sus familias para que su principal preocupación sea cómo recibir una invitación. Me gustan vuestros planes para Herrán y el este, Kestrel, pero me gustarían aún más si os casarais con mi hijo.

Uno no tartamudea ante un emperador. Kestrel inhaló y contuvo el aire hasta que pudo hablar con calma.

—Tal vez vuestro hijo preferiría a otra.

—No.

—Ni siquiera nos conocemos.

—¿Y qué?

El rostro del emperador se contrajo debido a algo que Kestrel reconoció como crueldad en el mismo momento en que recordó que su padre siempre lo había respetado.

—¿Hay algún motivo que os impida aprovechar la oportunidad de convertiros en mi hija? ¿Algún motivo para que argumentéis con tanta vehemencia en favor de los herraníes? Los rumores inundan la capital y no soy el único que se ha enterado de vuestro duelo con lord Irex.

»No, Kestrel, poner cara de inocente no funcionará. Ya hemos acordado que sois demasiado inteligente para ser inocente. Deberíais alegraros de que no lo requiera de una nuera. Sin embargo, sí requiero una elección. Aceptad casaros con mi hijo y levantaré el sitio, enviaré nuestras fuerzas de vuelta al este y haré frente a las consecuencias políticas. Negaos y habrá una segunda Guerra Herraní, y con diferentes consecuencias.

»Elegid.

CUANDO ARIN VIO LA INMENSA FLOTA VALORIANA adentrándose en el puerto, se sintió aliviado. Cuando destruyeron las pocas embarcaciones de las que se habían apoderado la noche del solsticio de invierno, se sintió aliviado, incluso mientras la madera llameante se desperdigaba por el agua y los restos encendidos se hundían.

Los herraníes hallaron coraje en lo que interpretaron como intrepidez. Arin no conseguía imaginarse cómo reaccionarían si supieran que él había provocado la guerra, y que la expresión de su rostro era alegría.

Había sentido, más que visto, la tormenta verde que había azotado la costa dos días después de que Kestrel partiera. La tormenta había rugido en su interior, arrasándolo todo hasta que no fue más que un cascarón vacío al que atormentaba la certeza de lo que había hecho, la imagen de un pequeño barco de pesca volcado, arrastrado hasta el fondo. Se imaginó una boca llena de agua salada, cómo se resistiría Kestrel. Sus extremidades se relajarían y luego se perderían en un laberinto de olas.

El comienzo del asedio probablemente significara la muerte de Arin. Pero también significaba que Kestrel estaba viva.

Así que los herraníes pensaron que su rostro reflejaba el desenfrenado deleite de un guerrero ante la batalla. Y él dejó que lo creyeran. «Tú eres el dios de las mentiras», le había dicho Kestrel. Miró a su gente y sonrió, y aquella sonrisa fue una mentira… pero como si escribiera en un espejo, cuyo reflejo es una verdad invertida.

Después de que Kestrel se marchara, ordenó que destruyeran los muelles del puerto.

Sin embargo, cuando los valorianos llegaron, fondearon lo más cerca posible de la orilla y enviaron ingenieros en pequeños botes. Bajo protección, los muelles se reconstruyeron rápidamente y los herraníes no pudieron hacer nada salvo observar y esperar tras las murallas. Arin había apostado cañones a lo largo de las almenas, pero el puerto estaba fuera de su alcance. Abrir las puertas y enviar gente a interrumpir la reconstrucción de los embarcaderos era un suicidio, así que los herraníes presenciaron ponerse el sol y volver a salir sobre las fuerzas valorianas que habían desembarcado para descargar máquinas de asedio. Arrastraron cañones. Transportaron barriles de pólvora. Alinearon caballos e infantería. De algún modo, habían enviado soldados alrededor de la ciudad hasta el lado que daba a las montañas. Arin recibió informes de las insignias que llevaban cosidas a las chaquetas y supo que se trataba de los Merodeadores: una brigada de élite cuyos miembros desempeñaban la labor de exploradores y eran diestros en el arte del subterfugio. En un abrir y cerrar de ojos, se confundieron con las rocas y los árboles desnudos.

Un mes antes, Arin había ordenado que excavaran un foso alrededor de la ciudad. Cuando los días previos a la tormenta verde trajeron vientos cálidos que ablandaron el suelo helado, los herraníes introdujeron desechos en el foso embarrado: muebles, árboles cortados, botellas rotas... El terreno se había congelado de nuevo.

Arin vio cómo un hombre se acercaba al borde del profundo surco abarrotado. Un yelmo le ocultaba el rostro; pero, incluso sin la bandera imperial pintada en la armadura, Arin habría sabido de quién se trataba. Ya había visto antes el andar acompasado del general, su modo de moverse.

El general Trajan inspeccionó el foso. Les echó un vistazo a los caballos que estaban descargando de los barcos. Arin lo vio analizar la dificultad de hacer que su ejército cruzara el foso: el desorden, las patas rotas de los caballos, el cristal incrustándose en los cascos y atravesando las botas. El general fue a hablar con un grupo de ingenieros.

Aparecieron tablones de madera. Se prepararon cimientos. En una semana, los valorianos cruzaron sus puentes improvisados y se acercaron a las murallas.

Mantuvieron una cautelosa distancia después de que los herraníes les arrojaran llameantes trozos de brea que habían sacado de los astilleros y que recubrían papel y madera. Hubo bajas. Un carro de suministros valoriano recibió un impacto y ardió. Pero otros soldados se adelantaron para rellenar los vacíos en sus filas y los carros restantes se dirigieron a la retaguardia.

Los ingenieros empezaron a construir tres montículos.

—Matadlos —les ordenó Arin a sus mejores arqueros... a los pocos de los que disponía y que solo contaban con una habilidad innata para manejar arcos y ballestas y la poca práctica que les había proporcionado apoderarse de la campiña.

El dios de la guerra los favoreció. Los ingenieros se desplomaron.

Sin embargo, unos soldados retomaron la labor. Los montículos de tierra y roca fueron creciendo poco a poco y los reforzaron con madera procedente de los puentes desmontados. Empezaron a tomar forma de torres. Arin sabía que solo era cuestión de tiempo que las torres alcanzaran la altura de la muralla, los valorianos construyeran puentes para salvar la distancia y cruzaran.

—Cavad un túnel debajo de la muralla —les ordenó Arin a sus soldados—. Continuad cavando bajo tierra hasta llegar a esas torres. Luego vaciadlas desde el fondo.

Los valorianos solo tardaron unos días en comprender por qué las torres parecían hundirse. Arin oyó cómo el general gritaba una orden. Las palas se hundieron en el suelo alrededor de las torres. Cuando llegaron a los túneles, los soldados saltaron dentro.

—¡Sellad los túneles! —gritó Arin.

Lo obedecieron. Los valorianos no lograron entrar en la ciudad de esa manera. Estaba clausurada para ellos, al igual que para los herraníes a los que tuvieron que abandonar en los túneles para que murieran allí.

Las torres se elevaron. Arin solo disponía de un pequeño arsenal de balas de cañón y pólvora, pero usó la mayor parte para hacer añicos las torres.

Los valorianos trajeron catapultas. Dispararon fuego sobre la ciudad.

Y esta comenzó a arder.

Una nevada cayó silbando sobre el fuego y ayudó a apagar-
lo. Habían transcurrido tres semanas desde que Kestrel se
había ido y Arin (agotado y tiznado de humo) recordó con
cuánta confianza le había asegurado que los herraníes podrían soportar un año de asedio.

Como si lo único que hiciera falta fuera unas buenas reservas de grano y agua.

Utilizó las últimas balas de cañón para destruir las catapultas. Después de eso, los herraníes solo contaron con la
muralla y lo que pudieran arrojar desde ella para protegerse.

Hubo una pausa en la actividad del enemigo. Arin pensó
que tal vez la nieve los había desmoralizado o que el general estaba planeando su siguiente paso. Sin embargo, cuando
algo se estrelló contra la muralla que daba a la ladera de la
montaña y esta tembló como un ser vivo, comprendió que
la pausa había formado parte del plan.

Los Merodeadores estaban intentando hacer volar la muralla.

Los herraníes vertieron agua hirviendo y alquitrán sobre los
Merodeadores. Los soldados gritaron. Se desplomaron. Pero
el general Trajan había oído, al igual que Arin, el sonido de
su éxito. Rodeó la ciudad con sus tropas, que Arin comprendió que había posicionado para ese momento. Pronto harían
caer todo su peso contra la muralla debilitada. Se abrirían
paso a través de trozos de piedra. Embestirían la fachada en
ruinas hasta que apareciera un agujero y se ensanchara. Uti-
lizarían arpeos de los que tirarían máquinas de asedio para
agrandarlo. Entrarían en la ciudad.

Sería una masacre.

Arin se había situado en la muralla que daba a la ladera. No vio entrar una embarcación en el puerto.

Pero vio un halcón (uno pequeño, un cernícalo) sobrevolar la ciudad y descender en picado hacia el general.

El hombre le sacó un tubito de la pata y lo abrió. Se quedó inmóvil.

Desapareció entre las filas de soldados.

El ejército valoriano detuvo el asalto.

Entonces, los pies de Arin recorrieron la muralla, situándose veloces frente al mar, y, aunque no podría haber afirmado que sabía qué había pasado, sí sabía que algo había cambiado, y en su mente solo había una persona que podía cambiar su mundo.

Otro halcón se había posado en las almenas que daban al mar. Lo observaba: la cabeza ladeada, el pico afilado, las garras aferradas a la piedra. Tenía las plumas salpicadas de nieve.

El mensaje que traía era breve:

Arin,

Déjame entrar.

Kestrel

42

KESTREL OBSERVÓ CÓMO EL PORTÓN SE ABRÍA pesadamente. Arin salió y el portón se cerró de golpe tras él, de modo que la muralla cerrada quedó a su espalda igual que el mar quedaba a la de ella. Se dirigió hacia ella. Entonces, como le había ocurrido a su padre cuando se reunió con él momentos antes, su mirada se posó en la frente de la joven. Arin se quedó pálido.

Sobre las cejas de Kestrel había una reluciente línea de polvo de oro y aceite de mirra. Se trataba del símbolo valoriano que indicaba que una mujer estaba comprometida.

Kestrel se obligó a sonreír.

—¿No te fías de mí lo suficiente como para dejarme entrar en la ciudad, Arin? Bueno, lo entiendo.

—¿Qué has hecho?

La destrozó oír quebrarse la voz de Arin. Pero no se permitió desmoronarse.

—Pero Ronan... —Arin se quedó callado—. ¿Cómo? ¿Quién?

—Felicítame. Voy a casarme con el heredero del imperio.

Vio que la creía. Vio reflejarse la traición en su rostro, y luego la conclusión a la que llegó. Vio lo que estaba pensando.

¿Acaso no se había apartado de sus brazos, había escapado por el tejado de su casa y casi lo había apuntado con un arma?

¿Qué significaba él para ella?

Y a Kestrel le gustaba ganar. ¿No era el futuro papel de emperatriz una apuesta tentadora? El poder podría convencerla donde Ronan había fracasado.

Lo que Arin creía era cruel. Sin embargo, no dijo nada para hacerlo cambiar de opinión. Si se enterase de las verdaderas condiciones de la oferta del emperador, nunca la aceptaría.

—Por muy grato que sería comentar los detalles de mi inminente boda, hay asuntos más importantes que atender. El emperador te envía un mensaje.

Los ojos de Arin se habían oscurecido. Su tono fue mordaz.

—¿Un mensaje?

—Libertad, para ti y tu gente. Te nombra gobernador. Naturalmente, tendrás que jurarle lealtad al emperador, recibir a sus emisarios y responder ante él. Pero, a menos que un asunto ataña directamente al imperio, puedes gobernar a tu gente como estimes conveniente. —Kestrel le entregó una hoja de papel—. Es una lista de los impuestos y tributos que se esperan de Herrán, a cambio del honor de formar parte del imperio.

Arin estrujó el papel.

—Es un truco.

—Ríndete ahora, y acepta su generosa propuesta, o ríndete pronto, cuando mi padre derribe tu muralla, y presencia el fin del pueblo herraní. Podría ser un truco, pero elegirás esa opción.

—¿Por qué haría el emperador algo así?

Kestrel vaciló.

—¿Qué?

—Si es real, es una oferta muy generosa. Y no tiene sentido.

—Te aconsejo no poner en duda la sabiduría del emperador. Si ves una buena oportunidad, aprovéchala. —Hizo un gesto con la mano para indicar sus galas: las pieles blancas, el oro y las joyas—. Yo lo he hecho.

Una espantosa tensión se había apoderado de Arin. A Kestrel le recordó a su violín de la infancia. Lo habían tensado demasiado durante demasiado tiempo. Cuando por fin habló, su respuesta fue un gruñido bajo.

—Acepto.

—Entonces ordena que abran el portón. Mi padre entrará y escoltará a todos los valorianos que haya en tu ciudad de regreso a la capital.

—Acepto —repitió Arin—, con una condición. Has mencionado emisarios. Solo habrá un emisario del imperio. Y serás tú.

—¿Yo?

—A ti te entiendo. A ti puedo leerte la mente.

Kestrel no estaba tan segura de eso.

—Creo que será aceptable —contestó, y quiso darle la espalda al hecho de cuánto anhelaba esa condición. Cómo aprovecharía cualquier oportunidad de verlo, incluso con el objetivo de hacer cumplir la voluntad del emperador.

Dado que no podía dar la espalda a sus propios deseos, se la dio a él.

—Por favor, no hagas esto. Kestrel, no sabes cómo son las cosas. No lo entiendes.

—Lo veo todo con total claridad.

Empezó a caminar en dirección a su padre, al que al fin había hecho sentir orgulloso.

—No lo ves —dijo Arin.

Kestrel fingió no oírlo. Observó cómo el cielo blanco se transformaba en nieve y se estremecía sobre el mar plomizo. Sintió los copos helados sobre la piel. La nieve cayó sobre ella, cayó sobre él, pero Kestrel sabía que ningún copo podría tocarlos nunca a ambos.

No volvió la mirada cuando lo oyó hablar de nuevo.

—No lo ves, Kestrel, a pesar de que el dios de las mentiras te ama.

Nota de la autora

La idea para esta novela se me ocurrió mientras estaba sentada con mi amiga Vasiliki Skreta en una colchoneta azul oscuro en la sala de juegos para niños de nuestro edificio de apartamentos. Vasiliki es economista y estábamos hablando de subastas. Mencionó el concepto de la «maldición del ganador». En pocas palabras, describe cómo el ganador de una subasta también acaba perdiendo porque ha ganado pagando más de lo que la mayoría de los postores ha decidido que vale el artículo. Naturalmente, nadie sabe lo que podría valer algo en el futuro. La maldición del ganador (al menos, en teoría económica) trata del momento exacto de la victoria, no de sus consecuencias.

Me fascinó esta versión de una victoria pírrica: ganar y perder al mismo tiempo. Me tentó la belleza del término «maldición del ganador», que se presentó por primera vez en un artículo de 1971 titulado «Competitive bidding in high-risk situations», de E.C. Capen, R.V. Clapp y W.M. Campbell. Intenté pensar en un argumento en el que alguien ganara una subasta que exige un alto precio emocional. Se me ocurrió: ¿y si el artículo a subasta no fuera una cosa sino una persona? ¿Qué podría costar la victoria?

Mi primer agradecimiento de *La maldición del ganador* es

para Vasiliki. También debo reconocer el papel de varios tex-
tos que me hicieron compañía mientras escribía. Aunque el
mundo que he presentado en estas páginas es de mi inven-
ción y no tiene relación concreta con el mundo real, me ins-
piré en la antigüedad, en particular en el período greco-ro-
mano posterior a la conquista de Grecia por parte de Roma
y la consiguiente esclavización de su población, según lo esperado en aquel tiempo. La esclavitud era una consecuencia
común de la guerra. Dos libros me ayudaron a pensar en la
mentalidad de ese período: la novela de Marguerite Your-
cenar *Memorias de Adriano* e *Historia de la guerra del Pelopone-
so* de Tucídides (que parafraseo en un momento dado). El
poema que Kestrel lee en su biblioteca se parece mucho al
comienzo del *Cantar I* de Ezra Pound (que a su vez recuerda a *La Odisea* de Homero): «Y bajamos a la nave, / enfilamos quilla a los cachones, nos deslizamos en el mar divino»

Así que doy gracias a mi lectura… y a mis lectores.
Muchos amigos leyeron e hicieron comentarios sobre *La
maldición del ganador*. Algunos leyeron un capítulo; otros
secciones enteras, y otros, múltiples borradores. Gracias
Genn Albin, Marianna Baer, Betsy Bird, Elise Broach, Don-
na Freitas, Daphne Grab, Mordicai Knode, Kekla Magoon
Caragh O'Brien, Jill Santopolo, Eliot Schrefer, Natalie Van
Unen y Robin Wasserman. Vuestros consejos han sido in-
dispensables.

Gracias también a los que han discutido este proyecto
conmigo y me han ofrecido ideas o apoyo moral (¡a menudo, ambas cosas!): Kristin Cashore, Jenny Knode, Thomas
Philippon y Robert Rutkoski (a quien se le ocurrió la expresión «código de llamada»), Nicole Cliffe, Denise Klein

Kate Moncrief e Ivan Werning me contaron cosas realmente útiles sobre caballos. David Verchere, como de costumbre, fue el experto al que acudir en temas de barcos y navegación. Tiffany Werth, Georgi McCarthy y muchos amigos de Facebook colaboraron en temas de lenguaje.

Tengo dos maravillosos hijos pequeños y no podría haber escrito este libro sin ayuda para cuidar de ellos. Gracias a mis padres, suegros y niñeras: Monica Ciucurel, Shaida Khan, Georgi McCarthy, Nora Meguetaoui, Christiane y Jean-Claude Philippon y Marilyn y Robert Rutkoski.

Les estoy muy agradecida a aquellos que cuidaron de mí. Mi sabia y encantadora agente, Charlotte Sheedy, y su equipo: Mackenzie Brady, Carly Croll y Joan Rosen. A mi perspicaz editora, Janine O'Malley, que hace que cada libro sea mucho mejor. A Simon Boughton, por valorar los detalles. A Joy Peskin, por ser una defensora tan maravillosa. A todos los demás de FSG y Macmillan, por disfrutar tanto trayendo libros a este mundo; en especial a Elizabeth Clark, Gina Gagliano, Angus Killick, Kate Leid, Kathryn Little, Karen Ninnis, Karla Reganold, Caitlin Sweeny, Allison Verost, Ksenia Winnicki y Jon Yaged. Gracias.

¿QUIERES SABER CUÁL SERÁ EL DESTINO DE KESTREL Y ARIN?

Muy pronto, *El crimen del ganador*,
la segunda entrega de la trilogía
de Marie Rutkoski

Tu opinión es importante.

Por favor, haznos llegar tus comentarios a través
de nuestra web y nuestras redes sociales:

www.plataformaneo.com
www.facebook.com/plataformaneo
@plataformaneo

Plataforma Editorial planta un árbol
por cada título publicado.